人間不是匪幫

許章潤

人間不是匹邦

章詒子題

OXFORD

UNIVERSITY PRESS

OXFORD
UNIVERSITY PRESS

Oxford University Press is a department of the University of Oxford.
It furthers the University's objective of excellence in research, scholarship,
and education by publishing worldwide. Oxford is a registered trade mark of
Oxford University Press in the UK and in certain other countries

Published in Hong Kong by
Oxford University Press (China) Limited
39th Floor One Kowloon, 1 Wang Yuen Street, Kowloon Bay, Hong Kong

© Oxford University Press (China) Limited

人間不是匪幫

許章潤

ISBN: 978-0-19-098945-3

Impression: II

目 錄

丁　遠方的家

序

起居循沿常例，積習而成常規，人間便有了常態。諸
眾群居，不得已相喻共守，這人世遂得維繫。人生倚靠常
識，秉持常理，出入於常情，而又不礙靈性飛揚，才是好
時光。可人性惟微，人心惟危，利害算計，齟齬不免，而
砍斫不休，遂哀而復哀。情形多半是，聰明反被聰明誤，
注定了人間永遠不會是天堂。天堂與地獄的發見，正說明
當下困窘，走投無路。人間居中，沒奈何，只好以放飛想
像來打發現實，也就是在策勵現實。從而，有望善善而惡
惡，終亦必一闋紅露，兩肩風霜，三春明月，四山秋老。

此間乖張，同為常態，源自人性，讓我們暗自神傷；
輾轉反側，發乎人心，雖為常識，卻依舊叫我們無地彷
徨。除非我們沒了人性，除非我們的胸腔裏不再有人心，
否則，世道還將如此，人間亦復循環，直到那個盛大的節
日降臨，直到抵達那個輝煌的頂點。那一刻未到，便只能
旦夕爬坡，將息於太息連連，起居於悲欣交集。至多，仗
着些兒微醺，「製個閒詞，假寐寬懷抱」。

如此這般，怎生是好？卻原來，說到底，人間不是
匪幫，蔚為底線。守住這底線，就叫文明，而天行有常，
而功德圓滿。可惜，往昔歲月早已表明，一再表明，一不
小心，文明即刻崩解，一夜復歸叢林。而且，此不惟屢見
於既往，亦頻頻上演於當下，且必將再現於未來。朝乾
夕惕，摩頂放踵，方能勉力維持，導致這人生就是重負，

而人世端不過是個光大而又醃臢的輪迴一環。人心不堪重負，人性不甘受困於牢籠，時時欲放縱，處處要掙脫。於是，金戈鐵馬拼來的不過愁紅恨紫，風花雪月的迤邐掩不住那屍骨纍纍。哦，這大千，好一個舞臺，戲分三場：一場喜劇，一場鬧劇，一場悲劇。

這便是我家的故事，也是你家和他家的故事，還是那別人家的家長里短。唯有在那遠方的家，一個只存在於心懷與夢中的家，「紗窗外，梅花下，煮酒弄簫」，才是堪能歇息的家園。

2018年12月28日，戊戌酷寒，於清華無齋

甲　我家

這半生，真幸運

一眨眼，半輩子過去。回頭一望，朝來寒雨晚來風，太匆匆，真幸運。

先是出生之時，「三年自然災害」剛過。幾年裏，億兆嗷嗷，餓殍遍野，萬戶蕭疏。這會兒，天德厚生，慢慢地，大家又都緩過勁來。雖說從小到大，饑寒雙至，尤其是饑餓，彷彿是吾等命定與生俱來的生存考驗，卻終究沒餓死。較諸那輾轉溝壑的萬千餓鬼，還有，不幸生逢離亂，槍炮棍棒打死的同胞骨肉，豈非幸運之至。

繼是自幼及長，父母雙全，兄弟姊妹和樂。父母少小成婚，養育兒女六人，四男二女，大半生裏，忍饑挨寒，鷇觫立世。家父活到八十，晚年終於吃飽喝足。彌留之際，氣若遊絲，依依不捨，眼神從母親移到我，又從我移到母親，冥瞑依稀，終究撒手。我懂父親的心思，那是在叮囑我們兒女要照顧好母親。父親死後，身體溫和，一如生平，半天後慢慢寒徹，我知道魂魄已散，只有來日相見了。三哥死時，三歲不到。二哥中年歸天，留下母子二人撐持。如今兄弟姐妹尚剩四位，合共五門，各有家室，都很順心。老母親神清氣朗，天明即起，即暮而眠，自己買菜，自己做飯，自己洗衣，我們做兒女的，豈非幸運之至。

再是天上掉餡餅，趕上恢復高考，居然有上大學的機會。這上大學，對於貧寒子弟，相當於重新投胎。轉胎成功，混一口飯吃。要不然，當牛做馬，甚至連做牛馬的福

分也無。世道輪迴，讀書人又能定居於校園，神馳八極，終日與書香為伴，豈非幸運之至。

最後，現在工作的單位，園子好。明堂辟雍，曲徑通幽，有大片草坪。春夏秋冬，年年歲歲，綠肥紅瘦。流連光景，雲水邊，混光塵，風和雨，散步不成問題。學院新進年輕學人，都很用功，風氣正派。基本上，他們認真做事，各憑本事吃飯。造化弄人，「水通南國三千里，江山留與後人愁」。回想舊日惡濁，眼看今日清明，憧憬明日斯文鼎盛，而起居不離校園，豈非幸運之至。

當中一段插曲，是五年前醫家診斷在下陽壽無幾，口徑不一，自一年至三、五年不等。於是，上手術臺，準備告別。本來，既來之，則安之，強撐也沒用。「晚涼生綠樹，西風吹夢草」，一晃五年將逝，我和老伴死裏逃生。女兒健康，自食其力，不市儈，不做作。看來情形還好，又能舞文弄墨，舞弄一陣算一陣。人生本是漫旅，長亭更短亭，豈非幸運之至。

女子嬌嗔：奴家從科級幹部做起，一步一個臺階，一級不落，才奮鬥到現如今的這個位子，「除了能力，其他一切社會資源等於零」。

是啊，她們居廟堂之高，呼風喚雨，翻江倒海，除了能力，什麼也沒有。我們處江湖之遠，螻蟻般寂靜而卑微，除了走運，同樣什麼也沒有。

這半生，真幸運，啊，啊啊，啊啊啊！

2015年9月22日於清華無齋

一輩子站講臺

1993年，春夏之交，學院路41號。法大聚會，誌念研究生院創院十週年。王鐵崖先生任教北大法學院，名人事多責重，在法大兼職導師。此刻致辭，峨冠博帶，危乎高哉。我一介「青椒」──那時還沒這個網絡用語，代表畢業生發言，裝愁弄恨，自由散漫。散會後，王先生走過來拍拍許後生肩膀：「詞鋒犀利，語句優美，章潤。英文怎麼樣？」我還沒來得及回答，王先生又說：「怕是只能一輩子站講臺！」這會兒我想接荏，不料，一眾簇擁，呼嘯而去。

真的，回頭一看，我已經站了三十年講臺了，不曾做過別的。此生餘日，一定、肯定、篤定以及必定還將站講臺，以教書匠始，賴教書匠終。我思故我在，其實，我這樣思故我在，也才在，則思換成站，站原來也就是思，抑或，思才能站，並且，站直了，這思才能真思。生存方式決定思想方式，還是思想趨向決定生存方式，有定律，扯不清。流年似水，黑板粉筆磨嘴皮子打發昏曉陽秋，是站着思，思着站，還是別的什麼，同樣扯不清。大致這麼說吧，站講臺就是我，我就是站講臺。這樣站講臺就是我，我就這樣站講臺。要是哪一天站不了了，或者，不讓站了，思還在，躺着就是了。──只是，那個「我」去哪兒呢啦？！

當年懵懂，聽不懂王先生的話，也沒多想。王先生

呢，也就是那麼一說。如今早已年逾半百，王先生魂在天堂。多少回綠葉紅英都過了，依舊懵懂，又彷彿有所啟悟。

這事早忘了。今日清華園霧濃霾重，參加「《樓邦彥先生法政文集》暨清華法政傳統研討會」，樓家公子主場，王先生三位女公子幫場，一幫當年的清華子弟捧場，大傢伙兒一起來暖場。他們談舊憶往，敘說當年這園子裏歲月如歌，王樓諸賢擊楫中流，這才猛然想起自家陳年往事。會散曲終，孤衾獨醒，揮筆記下，為這北國蕭瑟春日裏的曾經一天作證。

哦，對了，補充一句：早此一年，某公南巡，商品潮湧，卷席神州。不管水性如何，教師紛紛下海。一月中總有兩天揭不開鍋，不下海幹嗎？法大不能倖免，眼看着青椒們南下北上，七零八落。據說，學校行政會上，時任副校長張晉藩先生，眼底生愁，心中積鬱，告謂必須想轍挽留人才，否則，收拾不住，未來堪憂，甚至連站講臺的也沒有了，那怎麼辦。

一位復轉軍人，舊日團級軍官，此刻協助打理學校後勤，聽罷起身，激昂應對：別說得那麼兇險。走就走，沒什麼大不了的。他們不站講臺，我們站！

據說，當時會場上人很閒，沒人再說話，但空氣很忙碌，震顫不休，驚翻一地雞毛。

燈前對故事，鏡中滿把霜。推窗抬頭，一天朦朧，看來今日無風無雨，尚饗。

2016年3月18日拂曉

先天不足，後天失調

　　1983年8月底，在下二十出頭，跌跌撞撞，來到了學院路41號。此次別離山城，僥倖獲允入讀法大，峰迴路轉，興奮而忐忑。初秋時節，北國清爽，憑欄目送盡高遠。法大者，三月前剛剛成立的「中國政法大學」也。校園破爛局促，但是「規格高」。年輕氣盛，正所謂「有夢常嫌去遠，無書可恨來遲」，似乎並未為磚瓦的多少而煩心呢！

　　開學典禮上，袞袞諸公，多所戒勉。記得最清楚的，是余叔通教授致辭中的兩句話。當其時，先生剛剛出長司法部教育司，同時未辭法大副校長、研究生院院長，一身數兼，亮晃晃，應是臺上最有權勢的人物了。他一開口，場面上霎時靜下來，屏息凝神。

　　話不多，但其中兩句，至今言猶在耳。這兩句不是別的，就是對着臺下的一百來號二十來歲的男男女女，四顧睥睨：「同學們來了，不要覺得自己了不起，其實問題很多。你們先天不足，後天失調。」一時間，面面相覷，彷彿心跳如雷，「些兒意思，直恁思量，一身都是愁。」

　　直到今天，我也不明白那天余先生哪來的火氣，説着説着，突然就冒出這樣的話來。直要頭回見面，就這般疾言厲色，很難以長輩衷言逆耳相解。「文革」結束不久，余先生們身心俱創，今天回想，隱約間，戾氣未消呢！而所謂派性和派系糾葛，於大庭廣眾往新生頭上撒撒氣，消消火，不失為最無成本的事情了，雖説有個詞叫做「失

態」。本來，失態是一種事態，而反映的是世態，抖摟的是心態，法科學子恰恰需要多所體貼，時常溫習，才能於明白世道人心中估量出法意人情的真味，則余先生見面開蒙，善德也！

真的，要說「先天不足，後天失調」，余先生一輩「革命青年」，足堪樣板。為什麼呢？因為，他們不到二十入讀大學，「積極參加白區學生運動」，心猿意馬，未曾好好用功。二十出頭畢業，正好迎來「全國解放」，迅即投身紅色事業。1950年代初，若果有心有力，可能尚有幾年時間啃書本，不料蘇俄那一套佔領法政，所敘意識形態糟粕而已。旋遭「反右」整肅，一佛出世，二佛升天，從此再無用功的可能。這便一直要到「恢復高考」，才又開始了「學術的春天」。此時此刻，年過半百，體力、精力、思力和心力均已不濟，偏偏又當官，一直當官，歡天喜地跑龍套，心思都用於行政上的溝溝坎坎，在會議和掂量上意中打發似水流年，自然沒有時間讀書寫作了。場面上支應，其實吃的是微薄的老本。老本三分，一分喧嘩，一分機遇，一份翻譯。——余先生翻譯過一些東西，好像能夠講些英美歐陸的皮毛。

余先生掛名主編《犯罪學》，「統編教材」，實際組織者是邵名正先生。開過一次會，講過兩句不着邊際的話。如今明白，他於此其實陌生得很，也心不在焉。既入彀中，頭暈目眩，眼睛朝上看，學問是昨日記憶裏的碎屑而已。是呀，道問學，而尊德性，二者缺一不可。未曾下過功夫，當然也就無話可說，余先生已然是最為克制而

有自知之明的君子書生了。一年之後，所有作者均按時交稿，「留中」閱審，結果一拖八年，毫無音訊。一開始尚交待我搜集一些參考書籍送到府上，以備瀏覽，但從此泥牛入海，便無下落。旋又傳話，再送幾冊。記得七、八月間，一連兩三天，陰沉沉的，悶熱而潮濕。傍晚時分，騎車出門，估計暴雨將至，還曾猶豫不決。從學院路薊門橋，到北外西院教工宿舍，只需半個來小時。一路上行人稀少，不若今天之車水馬龍也。先生不在府上，公子公主模樣的兩位在宅，穿一種介於睡衣與和服之間的服飾。說明來意，門開一條縫，接過書。說話間，瓢潑大雨說來就來，如注如泄。而狂風大作，飛砂走石。少東家停話，一把關上門。我定定神，讓眼睛適應一下黑暗，回身緩步踱至樓道門口。疾風挾雨舞蒼天，透心涼，好景致。立門避雨，未幾居然一身盡濕，索性挺身出門，騎車如同策馬，急馳而去。

那本教材呢？永遠未見天日。

先生食其祿，跑龍套，汲汲乎，孜孜乎，昏昏也，昭昭也。古稀而歿，終生無一篇文字。以先生之才情和手眼，本不該如此。其時，我在海外坐冷板凳，接訊泫然。

「人散後，雪晴時」，歸去夢中尋，敢問天氣！

今年我五十又一，轉眼到了余先生「煥發學術青春」的年齡，身心俱疲。中夜不眠，突然想到「先天不足，後天失調」的話，驚出一身汗。不為別的，就為老師三十年前說的話，如今看來，不幸而言中矣！

不服？法學中人，吾儕這一輩的，你站出來舉例反駁吧！

2013年5月12日晨於故河道旁

活命錢

1979年，老天恩准，幸運之至，我們姐弟二人同時考上大學。秋季遠行，入讀西南政法學院法律系。我從此永離故土，以異鄉作故鄉。身在哪裏，哪裏就是故鄉，哪裏的黃土不埋人。這是今人的惆悵，也是古人的慷慨，其實是生存無奈，自己給自己找理由。總得下臺階，不然沒法活。

當時國家提供全額獎學金，免學費外，每月另發14塊五毛錢的伙食費，以及兩塊五的零花錢。伙食費由兩部分組成，包括每月32斤的口糧定量和菜金，直接變現為飯菜票，由各班生活委員從年級生活委員那裏領取，再分發到每個同學手上，頗為瑣碎，需要耐心。一級又一級，逐級分流，流到每個人的指縫間，再從指縫婉轉進入腸道，生化進程，不得逾越。生活方式就是存在方式，也就是思想方式，我們這輩人就這樣度過了自己的成年加冕禮。

每月兩塊五毛的零花錢，先買牙膏牙刷和手紙，再買筆墨紙張，然後再買信箋信封與郵票。若果進城坐公交，車票也靠它。有時候忍不住買碗麵吃，肉疼。咬緊牙關，四年下來，居然攢書半架，包括其實沒讀完更沒讀懂的什麼《小邏輯》。在學四年，幸有這份獎學金，可保肉身延續。雖說半饑半飽，但畢竟足夠活命，從而修完課程，畢業時拿到一紙找個飯碗的學位證書。這一輩子，每一想起，始終心懷感激。難以滴水湧泉比譬，什麼比喻都沒意

思，只是心中時常默念，永懷感激。要不然，沒今天。不是今天怎麼樣，而是比往昔好。好就好，就該感激。

是的，以我們家當時的「社會地位」和「經濟條件」，一無是處，沒有這筆錢，無論如何也上不起學。要是晚生二十年，上大學都要繳費，我們姐弟二人同樣不可能上學，或者，不可能同時上學。

大學畢業十多年後，又靠一筆獎學金，海外修讀博士課程，聽到同樣是靠兩塊五毛錢熬過四年寒窗的同胞，今昔比對，以鄙夷口吻嘲弄當年的活命錢，我竟然忍不住破口大罵。這才明白，再怎麼努力掙脫，我們這輩人，卻永遠鑲嵌在那個曾經的歲月。

歲月如歌，又如泣，歌詠這大千，而為天地夾縫中討食的億兆造物揪心，好美。

2015年10月3日下午於康乃爾法學院

執爨踏踏，為俎孔碩

1970年代末期，大學生的糧食定量是每月32斤。家貧接受助學金的，外加17塊5毛錢的菜金。它們折換成飯票和菜票，由各班生活委員直接發給每位同學。小小一疊，每頓抽兩張，眼看它慢慢消失。如此循環，身家吊在上面，不敢動彈。咽喉似海深，彷彿人生在世就糊弄一張嘴，咀嚼是生命的惟一行動。

我的食譜是這樣的：早飯二兩粥、一個饅頭，不吃菜。由於養成了習慣，直到現在還是不吃菜；出差住店，早餐「免費」，有時倒是吃不少。午飯四兩米飯，吃菜。晚飯四兩米飯，吃菜，或者，不吃菜。照此吞咽，一月下來需要36斤，才能餵飽腸胃。可這便超出了糧食定量，違反了國家政策。初離家門，17歲，不懂安排，到月底沒飯吃了。汲取教訓，採取的措施是週日早晨睡懶覺，一月可節約一斤六兩。說是「採取的措施」，其實純粹順其自然。但後來學會用功，週日早起跑到圖書館看書，情形遂趨惡化。另一項措施是但凡晚上沒課，只吃二兩米飯。

女同學每月糧食定量好像是27斤，據說有吃不了的。本班一位幹部子弟，因為家裏不時送來各種零食，還有一種叫做魚肝油的補品，也用不完定量。糧票定量供給，還有「全國糧票」與「地方糧票」之分，大家都無富裕，只能自己克服。明面上看，差距不大，好像都是這樣過來的。

雖說過得寒磣，但畢竟能填飽肚子，沒人抱怨。而且，相比當時的農民兄弟，不知幸運多少倍。因為尚未實行「聯產承包責任制」，交掉統購統銷的公糧後，耕地種糧土裏刨食的，反而只能吃糠咽菜，乃至於乾脆餓死拉倒，是1950年代末期神州大地開始出現的新景象，今天六十來歲的人，對此都不陌生。

往前推，為了支援亞非拉人民的革命，反帝、反殖又反霸，糧食定量常常削減。一個窮國，要當第三世界的頭，不容易，只好仰仗國民勒緊褲腰帶。有時削減之外，再用白薯片三斤替代大米三斤，因而，總量沒變，但內容變了。如果是一個五口之家，意味着每月頓失15斤定量。記得有一年，通知自本月起每人乾脆削減定量三斤，因為越南人民抗擊美帝到了關鍵時刻，需要「同志加兄弟」的「堅強後盾」更加勒緊褲腰帶。沒人表示異議，默默承受，靠天收。不過，也有人嘀咕，什麼「物極必反」之類的。

再往前推，因為「自然災害」，大家都餓飯，眼看着村村餓殍遍野。許多人家絕了戶，停屍床上，早已發臭。浮腫，半死，沒力氣掘地挖坑，乾脆一把火連人帶房燒乾淨了事。老家小鎮傍邊山頭上建有糧倉，囤積了大量「戰備糧」，據說幾年下來就糠了，只能做豬飼料。倉內碩鼠橫行，頓頓饕餮天朝戰備物資，個個撐得膀大腰圓。而且，飽暖思淫逸，繁殖得愈發旺盛。村民無知，膽大的，餓昏了，竟然破窗偷糧，均被人民政府就地正法，大快人心。

大學生活四年，全靠國家給的口糧和菜金活着，我終生都不會忘記。十幾年後在海外，有同胞拿所在國家政

府獎學金，兩相比勘，矜笑往昔，被我破口大罵，不知哪來的氣憤。三十年後回頭，大學生活刻骨銘心的記憶，竟是餓與冷，卻又倍感溫馨，真是活見鬼。戰戰兢兢的歲月裏，半饑半飽，轂觫立世，居然心懷天下，每日以迎接天光般的瞻聖心情，如饑似渴地沉浸於書本。物質的匱乏因此似乎變得恍恍惚惚，好像發生於遙遠的另一具肉體，而非自己的身上，靈魂因而出竅，神馳八極。

「執爨踏踏，為俎孔碩。或燔或炙，君婦莫莫。」有一年，大年初一，起得晚，食堂早關張了，喝碗開水，翻讀《詩經》，隨手便是「楚茨」。這時節，恍然肉身是自家的，而且，不僅要吃要喝，還要……

那時節，不知道有個叫做夾邊溝的地方，也不知定西河邊……

2012年9月24日於故河道旁

稻殼、碎石子和老鼠屎

流亡讀書本來很苦，睡在跳蚤窩裏，雪花從破窗飄進來，落在臉上，圍着破棉被發抖，米飯冰冷，帶着稻殼、碎石子和老鼠屎。

上揭文字，見諸王鼎鈞先生的《關山奪路》，記述的是1940年代的抗戰流亡生活。余生也晚，得免不幸掙扎於兵荒馬亂，而有幸「被拋到」偉大和平年代。拋者，借用名人名言「人是被拋到這個世上的」之意。但除了「跳蚤窩」一項，其餘諸種，少兒年月，卻也一一歷驗。至於米飯「帶着稻殼、碎石子和老鼠屎」，習以為常，吃上就算幸運，沒覺得是個事，更無從抱怨。畢竟，在我降生前夕，短短三年裏，數千萬同胞輾轉溝壑，活活餓死！

那是1960年代末期至1970年代末期，人們尚未走出大饑餓的陰影，感謝上蒼終於又能吃上飯了。一日三餐，母親淘米前，先要千挑萬揀，把「稻殼、碎石子和老鼠屎」剔除。下河淘米，再單手捏攏或雙手合掌，反復揉搓，或用箢籃上下震盪，希望篩選出漏網的碎石子、砂礫與草屑木屑。

通常較易剔出顏色偏深的碎石子，但細碎如沙，淺白或者灰色的，則多半成為漏網之魚，潛伏着伺候腸胃。有時母親讓我先在淘米籃裏找找，每次輕易就能劃拉出若干「稻殼、碎石子和老鼠屎」。此不過一餐之糧，長年累月，千門萬戶，該有多少。

將盛米的竹籃放在腿上，低眉埋首，用心挑揀，這樣的時光，彷彿昨日，是我少兒歲月裏為數不多的溫馨記憶。

　　每次吃到一粒石子，磕牙，趕緊吐出，而為連帶吐掉的米粒惋惜。也有吃得猴急的，磕巴一聲響，石子磕破牙唇，血絲殷殷。至於稻殼與老鼠屎，剔出就是了，眉頭都不會皺一下。

　　凡此飯中三寶，有時獨自登臺，有時聯袂出演，幾乎每天都來打個照面，家常便飯，沒人吐槽。頂不擠，石子磕進牙縫了，罵一句天娘老子。

　　不是天地不仁，而是人為刀俎我為魚肉。

　　今天讀到王先生的文字，這才想起自家的往事，恍然已有許多年不曾再吃這樣的飯了，好像都忘記了。人真是個趨利避害、一心嚮往快樂的生物，哲學家們筆下的「樂感文化」，振振有辭，煞有介事，其實哪裏只為我華夏子民所獨寵呢！所以便又有哲人說，人類歷史的最大教訓就是人類從來不曾汲取任何歷史教訓，而徒使後人復哀後人矣。

　　飯中有三寶，原因有三。一是當年糧食晾曬加工條件有限。二是國家下撥給農村居民的「商品糧」多為次品，印象中永遠是陳糧，時有乳白色的米蟲翻滾其中。所以收穫季節，多半是酷夏時節，偶得親戚鄉民饋贈兩斤新米熬粥，便為珍饈。三是糧站貪污。如何填補虧空？除開售賣之際缺斤短兩，便是往米中摻雜「稻殼與碎石子」。據說圓明園斷垣殘壁的漢白玉石柱石墩，數十年裏為鄉民搗碎，摻雜進稻米，養活了幾代人。此刻糧站拿工資的，無此幸運，窮鄉僻壤，手邊也沒漢白玉，但碎石子滿世界不

缺。稻殼麩子本來用於餵豬，比大米價格低得多，摻進米裏充數，反正吃不死人。還有，公糧沒人心疼，我幾次去糧站扛米，在糧倉鏟米，親見碩鼠豐滿，縱橫捭闔，在那個人類吃不飽的年代，它們個個腦滿腸肥，賊眼骨碌碌，嘴上的鬍鬚亮晶晶，一群一堆，彷彿天天開趴踢。

那時鄉民評價一個人生活好，甚至於長得好看，就說他或她「過得白白胖胖的」。今日動筆作文，想起那糧倉碩鼠，好像似曾相識。再一尋思，發覺與當年有幸見到的幾位倒了霉「下放老幹部」，頗有形似，復兼神似。

歲月何所寄，滄浪笑談中。東瀛讀書偶感，作此千字文，要是有所得罪，大夏天的，在下懇勸您可別生氣啊！

2018年7月5日於東京旅次

三顆人頭

　　小鎮一河穿街，東邊石橋，西邊木橋，交通南北。一兩百戶人家，趕上時運，兩天裏，三顆人頭落地。

　　先是日寇南來，一燒二搶三姦淫。臨了將一年輕女子人頭砍下，暗自塞進鹹菜罈裏。家人不知，待開罈取菜，驚痛暈厥。

　　後是國軍北上，將日寇趕走。戰鬥斷續半夜，國軍多有傷亡。黎明時分進街，要吃要喝，索錢索糧。米店掌櫃略有抵牾，那邊廂手起刀落，人頭咔嚓落地。行旅生涯，性命無常，有夜無明，小兵苦中作樂，將屍身搬進賬房，人頭拼接，佯作伏案熟睡狀。幾日後，妻女避難歸來，搖喚親人，才覺身首異處，心膽俱裂，留下終生不去的噩夢。

　　傍晚國軍轉移，游擊隊來了，號稱姓共，唯馬首是瞻，念的是斯拉夫經。賒賬買米，借鍋做飯，滿大街張貼標語。不料飯菜未熟，而槍聲大作，說是國軍又打回來了。領頭的振臂一呼，遂一陣風無影無蹤。張老漢欣然出門，趕緊將家門上的標語扯掉，以防萬一國軍回轉發難。不料一個時辰不到，殺回來的依舊是游擊隊。果然發覺大紅招貼沒了，當下查問，殺一儆百，將老人五花大綁，押赴李家倉槍決。

　　我母親的母親，我的外祖母，也自作聰明，將窗上標語撕掉，論罪當斬。一眾求情，念其尚有兒女嗷嗷待哺，乃以「陪斬」處罰。妙在事前並不說明，同樣綁縛，靠牆

站立，面對槍口。一聲吆喝，連珠槍響，張老漢斃亡，「中年婦女」倒下未死，而人已癱瘓。

李家倉者，李合肥之家產糧倉也。當年盧州環湖，作坊千家，良田萬頃，據說均為李家產業。魚米之鄉，承平時節，風調雨順，百姓靠山臨水，無虞溫飽。一旦亂起，遂成輪番搜刮膏腴之拉鋸地帶，遭難最深，印證的是興亡皆苦的千古定律。

四十年後，又一個料峭寒冬，海子徜徉蕭瑟湖畔，卻在詠歎輝煌夏日，那夏日的太陽，那太陽下的人間，那人間的愛情：

你來人間一趟
你要看看太陽
和你的心上人
一起走在街上

三顆人頭，父經母血，天地造化。他們曾經看過太陽，他們曾經走在街上，他們也曾有過心上人，或者，還沒來不及有過心上人。

戊戌臘月二十六，高堂米壽。南下膝前，絮叨家常，始將往事拼連。己亥正月初三，作此短文，記述八十年前的雲翻雨覆，為我鄉民苦難作證。

晴天麗日，風急而寒，決意長街漫步，看太陽，曬太陽，喚着太陽。沒準，畫角西風，斜陽渡口，梅花岸曲，碰到我的心上人。

2019年2月7日，正月初三，新春試筆，於清華無齋

私塾先生

　　一場大水過後，滿目瘡痍，天地蒼茫。災後重建，胼手胝足，披星戴月，歷經春秋，父母帶着我們終於搬進新家。草屋三間，篳門圭竇，距老宅十丈，夏熱冬冷。一家七口，臨河而居，伴夏雷冬雪，看春漲秋落。勞生息死，而形如螻蟻。但既然是家，天地懷中一個窩，便頓覺安全而溫暖。門前小徑，交通東西，是小鎮盡頭與鄉野的通貫之處。早晚總有行人，天黑則難覓身影。河對面偶有車輛經過，轟轟隆隆，在這個前現代的時空，倒予鄉民煙火滋養的感覺。每日早中晚，不遠處區政府的高音喇叭定時鳴響，播放遙遠北方偉大領袖的偉大號召，音調盛大，情緒高昂。看不見，摸不着，雖遁形卻有跡，無遠而弗屆，彷彿全知全能，因而才令人不寒而慄。它們喧囂而闃寂，神秘卻張揚，向劫後餘生的這一方水土提示着時代的行蹤。

　　這是1970年代初期，饑饉與恐懼籠罩着鄉民身心，卻又彷彿有所期待。「日食半升，夜眠七尺」，歲月遂在忐忑中流走。

　　時常有位老人打門前經過。身板高大，微駝背。夏季破帽遮顏，冬季腰間繫根草繩。印象中總是穿雙草鞋，褲腳卷到膝蓋以上。有時邊走邊朝門裏張望，匆匆而過。有時停下要口水喝，站在門前一飲而盡。偶或慢慢輟飲，坐在門檻上聊幾句家常，齊東野語，無悲無歡。快飲的是水缸裏舀的井水，慢啜的則為暖壺裏的開水。家裏沒茶葉，

似乎只有過年時才喝上茶，有次找到一小塊冰糖攪拌於井水，都說好喝。母親對老人持之以禮，總是恭迎恭送。

許多年裏，我並不知此公何人，也不曾起過打探的念頭。只記得他坐在門檻上時，曾經好奇地盯着他膝蓋上的疤痕斑斑。少年離鄉，匆匆於生計，追逐浮華，大家都成了無根浮萍。我陌生於鄉里，也早把這個人忘卻。直到六年前家父過世前不久，病床前陪他說話，講到老家往事，這才將前因後果拼連起來。

老者不老，那時節大約尚不到花甲。原是小鎮教師，父母私塾的先生。文革後不久，始押於「群專」土牢，後下放務農，戶口遷鄉，「接受貧下中農再教育」。當其時，厲行城鄉二元壁壘，鄉村如洗，真正一窮二白。一年四季勞作，沒日沒夜，交出公糧後，而居然食不果腹，衣不蔽體，春荒結隊乞討，卻為公權圍追堵截，是家常便飯。大姐高中畢業後作為知青下鄉，背包出門走遠，母親便躲進灶間，放聲大哭，淒苦為平日所無，緣由在此。如此這般，先生等於被逐出化外，任由生死，而生死不得。政治止於水邊，城邦之外非神即獸，此為古典希臘意象，一脈綿延於大西洋兩岸，輾轉翻新，指東打西，異己者尚有一線活口之望。源出自斯拉夫蠻族的共產極權，無孔不入，卻又郭野分處，從而粘連新舊偏鋒一齊發作，既縱容舊惡，復加處新辱，真正是天羅地網。可憐那教書先生，身處其間，只好荒野求生，卻又難逃專政網羅。

洪水前「運動」勢酣，有名無名的仇恨盡情釋放。「牛鬼蛇神」批鬥遊街是小鎮的熱鬧節日。記得一天清

早，睡夢中為鑼鼓和口號驚醒，窗前定睛，但見一干人形鬼怪，臉頰塗墨，頭頂尖頭高帽，五花大綁，彎腰低首，逶迤走過。那帽子總有三尺多高，搖搖晃晃。後邊押送人員，揮舞棍棒，不時敲打鬼怪，將重又直腰抬起的頭顱猛地往下摁壓。棍棒有名，專稱「文攻武衛棒」，粗若腕口，長約一米有半，兩頭塗紅，中間染白。揮舞之際，狀如火輪，颼颼帶風；用力搶擊，顱腦花開，肋骨聲裂。

又一日，也是一大早，一群鬼怪，麻繩捆綁連接成串。他們口銜稻草，胸掛寫有本人姓名的厚重木牌，頭頂高帽，跪伏匍行。姓名用黑色書寫，再用紅色打叉。口中稻草臭不可聞，原是鄉民擦屁股後扔進茅坑，早已漚爛，此刻撈起塞進鬼怪們的口中。隊前兩三人，臂挽竹筐，彷彿邊走邊撒石灰。與往昔遊街鬼怪們一律悄無聲息不同，此番示眾，個個鬼哭狼嚎，撕心裂肺，聲震天宇。走近一看，原來石灰裏摻雜着玻璃碎渣，膝蓋過處，血跡斑斑。石灰滲入創口，頓如火燒。圍觀鄉民伸頸縮脖，有嬉笑耍鬧者，有靜觀默察者，有不忍掩面淚溢者。我時年八歲，抑或九歲，等於畜生，親歷目睹，只覺肉疼驚悚，未覺心痛惶恐。

這兩場遊街示眾的，例為「地富反壞右」，外加「被打倒的」中小學教師。私塾先生場場不落，不堪凌辱，撞牆自盡而未遂，只落得頭破血流。那天劫後河邊清洗，自己將碎渣取出，不料感染化膿，旬月不治，幸虧鄉村郎中草藥煎敷，這才慢慢痊癒。

曾幾何時，有一句話，是這樣說的，「舊社會把人

變成鬼，新社會把鬼變成人」。可雷公地母啊，你去問問天，你去問問地，你去問問這些膝蓋疤痕纍纍的鬼怪們，是耶？非耶？

你的魂靈向水，向草木
遠遠走去了的時候，
我們召喚你的魂兮歸來
居住下去，生活下去

你的魂靈向太陽，向朝霞
遠遠走去了的時候，
我們召喚你的魂兮歸來
居住下去，生活下去

這印度古詩的詠歎，喚不回屈死的魂靈。老人一雙兒女，一死一逃。死者是女兒，「大躍進」時餓死，墓木早拱；逃者是獨子，一走渺無音訊，終不復還。他們因受父輩牽連，未曾婚配，生命尚未開始，便已告別人世。老伴不忍，跳井了卻，留下他孤身應對這個邪惡人世，晚年在貧苦中走完蒼涼人生。

走筆至此，淚已沾襟，不禁長嘯：三山五嶽啊，皇天后土啊，地藏王大仙啊，觀世音娘娘啊，諸位佛祖老爺啊，你們說，你們說，多少私塾先生，多少不幸兒女，生受傷痛，老來無聲，逝去無痕，誰還他們一個公道！？誰還他們一個公道！？

世界如沙，落葉無聲，又是黃昏，彷彿四野哭聲，但見漫天冤魂，一陣寒顫。

2018年11月18日，傍晚時分，修訂於清華無齋

觀北京街頭又現文革大字報，竟然聲稱「文革是人類文明的燈塔」，不禁感慨人性幽暗。極左勢力邪惡，唯賴啟蒙防範，遂奮筆疾書，草就此文，以祭奠那些屈死的在天魂靈。

兩瓶葡萄酒

耶誕兩千年，一月十號，農曆臘月初四。北京大雪過後，清冽蕭穆，周天寒徹。夜半時分，將婦挈雛，我們一家三口，萬里歸來。落草現在的單位，寄居周轉宿舍。這是「筒子樓改造工程」的產品，雖無單獨廚房，但有隱秘衛生間。南北兩小間筒子樓單間，經此扭轉，合二為一，成一瘦長條。原本橫亙中間的長廊，攔腰截斷，分割給各單元，成為前後間的連接處，蔚為中樞，是個不小的空間。可惜夾處中間，一團漆黑。如此要害，衣錦而行，不忍，於是晝夜燈火，察察為明。外間一桌二椅，桌旁置一爐灶，灶旁有一洗菜池。桌子兩面抵牆，正好夠一家圍坐。

這次第，用古人句，正所謂，別後幾番風雨，門外遠山無數，儂家舊在郊西住，誰道不如歸去。

她們母女倆住里間小屋，我便在這中間核心地段置一床墊，高枕無憂。每日晨起，將床墊摺疊靠牆放，南北大道遂暢通無阻。小女夜晚如廁，需要穿行中樞，有時一不小心踩在老爸身上，暗黑中不忘趕緊道歉。她小可憐人啊，踉踉蹌蹌，腳軟手軟，老爸受之怡然。

安頓下來，立刻湧入腦際，也是必須馬上要辦的，「當務之急」，便是女兒上學這件事。是啊，國朝上下，滿大街牆上寫的，大報小報上印的，電視電腦上播的，高官小吏口中念叨的，都是紅彤彤方正正的大宋，「再苦不能苦教師，再窮不能窮教育」，看上去蟠天際地，誦起來

字正腔圓。去附小詢問，所遇教師均極和藹斯文，說不用擔心，只要去教務處登記，直接插班上學就是了。並且告知，為了確保安排無誤，對孩子負責，事先會就孩子的中文程度做一書面測驗。「前後個把小時的事，沒事的，不影響上學」，其中一位，爽爽快快，看我們似乎有些擔心，安慰並鼓勵孩子。

我們身心溫暖，把自己當作人，不是外人呀。於是循着「教務處」的牌牌敲門進屋。當值的中年婦女，小個頭，燙髮，東北口音，精精幹幹，一直微笑着注視我們，強調孩子教育的重要性，以及附小正在「創建一流世界大學附小」的時代意義，以及面臨的艱巨挑戰，特別是「資源緊張」。——我們雖說不明白究竟創建的是「一流大學」還是「一流附小」，但也不敢不裝作心領神會，遂頻頻點頭，表明理解能力夠格跟上，不拖後腿。女兒最終能否如適才老師所言順利插班上學，燙髮婦人以「班子碰頭研究一下」作結，並索要臨時住址，告謂今晚來「家訪」。

教務領導和教師，兩個説法，我們更相信領導。至於「班子」是什麼，好像知道，也好像不知道，不用想，不再想，不敢想。

仿照偉大領袖名人名言：「批鬥會是個好形式」，不妨説「家訪是個好形式」。我們諾諾，將住址寫下。婦人説，哦，前幾天也有「回國的住在那裏」。輕車熟道，太好了。帶着女兒回家，把外屋雜物歸置一番，再找鄰居借把椅子放在牆邊，四處看看，恭候這幸福夜晚的降臨。

幸福的時刻終於來了。八點來鐘吧，敲門聲響，連忙開門恭迎。

來客正是教務處的燙髮，氣定神閒。坐定，對於我們忙叨要倒茶，擺手示意阻止。起話頭，將附小難上、資源有限的話，再說一遍。我們夫婦彷彿第一次聽講，欽敬地點頭，莊重地搖頭，並伴以深思狀與焦慮狀，復做忽然開朗狀。中間，婦人說，渴了，來杯茶吧，於是沏茶伺候，卻發現家中沒有開水。「慈悲方便濟群生，摩訶修喱修修喱」，婦人說算了，時候不早了，該回去了，你們也該休息了，再漫不經心地說，「回國的時候帶什麼免稅的洋貨沒有，見識見識」。

至此，恍然大悟，為愚憨遲鈍而不好意思。可我們夫婦手上無銀，只在機場免稅店買了兩瓶一般的葡萄酒。據實相告，並表示物件卑微，拿不出手。婦人不棄，答曰，「沒事，多謝啊！」倒叫我們感恩戴德之餘，害起羞來，遞上紙袋時都不敢正視對方。

恩人起身告別，拎包出門。行至門口，頓一頓，我們即刻也頓一頓。「明天記着來附小辦手續吧！」

我們一家三口，除開行李，就這一點奢侈品，如今得緣奉獻有司，一世榮光，三生有幸。關鍵時刻派上用場，想那葡萄死後投胎轉世而成的紅白液體，無論倒在誰的腸胃裏，也會覺得死得其所，頓生豪邁。說來慚愧，不爭氣，平時歡喜喝一杯，自稱「三杯主義」。起早貪晚，一天硯耕，種完地，伸伸懶腰，來一杯，自我酬勞，「沉吟久，幾行閒淚莫縱橫」，小資麻麻呢。時代偉大，人民

光榮，不光吃飽了，而且，還有酒喝。所以，離開墨爾本時，老婆在機場免稅店堅持要買兩瓶，多少帶有一點紀念的意思，外加一份依依不捨的情愫。——這叫做情愫的玩意兒，是害人精，據說，為大人堅拒，而為成功人士所不屑也。

我們後來住在同一教師宿舍小區，抬頭不見低頭見，倒沒想起此事，也從不打招呼，就像沒見過。至少在我心中，真的就熟視無睹。一晃十幾年飛逝，大家都白了頭。今日長途旅行，百無聊賴，突然情湧，那叫做情愫的玩意兒又襲來了，當年事乃如潮湧，歷歷在目。於是，隨手記下，殺時光，為十七年前的那個華夏寒夜作證。

2016年10月10日，北京飛往赫爾辛基的航班上

李時珍與傅斯年

「文革」驟降，天地玄黃，紡織女工吳桂賢女士時來運轉。三十來歲，天上掉餡餅，居然官膺中央政府副總理，那叫個堂皇。倘來之物，一步登天，說明命運神秘，冥冥中自有主宰。表面看是君王昏聵，不辨西東，實則廢黜老臣，拔擢新人，全在一己心意。指東打西，將公權與生民玩弄於股掌，捍衛的是一己至上，演繹的是現代極權的爭獰鬧劇，自有家法可循。吳桂賢也好，陳永貴也罷，更不用提那個提不起來的王洪文，起於微末，長於瘋癲，用如爪牙，而好在文化程度有限，近乎文盲，實腹弱智，便只能俯首帖耳，恰有利於極權騰挪而無所不用其極也。當其時，他們和他們，主僕沆瀣，君臣為奸，活生生鬧騰了一齣愚人劇中黨豺為虐之珠聯璧合。可惜，畫脂鏤冰，未幾，雨打風吹去。

話說吳副總理接見夷邦醫藥代表團，懷柔迎客遠，賓主相見歡。賓客恭維中華醫學偉大，尤其推重李時珍，讚頌其如何，表彰其怎樣。主人聽着耳順，副總理尤憐人才，情見乎辭，當即插話：「李時珍同志來了沒有？」致使舉座面面相覷，而獨伊一人怡然也。

究竟當時聽差如何作答，不得而知，想必另有故事。此間道聽途說，真假莫辨，只就前半段姑妄轉述，餘下讀者諸君自可探賾索隱，沒準好戲連臺。但下列一事，卻為在下親歷身受，道來且供飯後一笑爾。

十多年前，同學聚會，彙集北方水城。老城舊貌依稀，落拓慵懶。懷擁運河，坐南望北，曾經蔚為大邑。環湖人家，老街錯落，儼然江南風光。數其居民，以傅斯年先生最為稱著，尚有祖宅遺存，聊供憑弔。時近傍晚，驅車回城，瀕湖而行，煙柳迷蒙間，彷彿一縷蒼茫閃爍心頭，原是了無苦澀的簡淨美感。地主老王，在此摸爬滾打，經營有年，官居六品，建議乘天色未黯，順帶往訪名人故居，首列傅先生。部下一女，臨時客串導遊陪同，以為老王不過客套，深怕客人不識相真要徑直前往，則一天參訪勞頓後，還要再添節目，傷了領導的身子，因而，為領導計，遂出面阻攔。

其間情形，隱去撅嘴扭腰伸指揮手諸般動作，不談內心波濤、胸底丘壑，長話短說，大略如下：

老王：「哎，各位，累不累？不累的話去看看傅斯年先生吧，不遠，就在那邊?!」

女部下，某處長：「哎呀，王局，都這麼晚了，聽說傅先生今天不在家呢，以後再找機會好不！」

老王，內心如打翻五味瓶，沒好聲色：「叫你們平時注意讀書學習，讀書學習，不聽，這會兒給我丟人現眼！怎麼不說他去卡拉OK了？」

女部下，某處長，真誠委屈：「王局，我沒撒謊，他今天真的不在家，不是去卡拉OK，是出差了呀。」

第二天，王局沒讓我們去看老傅，卻帶大家去了一座陵園，獻花圈一個，觀宣傳短片兩段，三鞠躬如儀，總共饕餮四頓，少數久別重逢的連床夜雨五更天，對其他同學

則彷彿六親不認，令大家幾乎七竅冒煙。此陵佔地廣大，峰迴路轉，館舍嵯峨，松柏錦簇。瞻仰者絡繹不絕，更有中小學生與外地官員集體結伴而來，喜悅共懵懂一色，無聊與無知齊飛。陵主孔繁森，原任此城中共宣傳部長，後成援藏官員，逝於雪域，葬在故土。

越年，終有機會繞湖一周，至東關街，過仁義胡同，一座民宅，小門臉，傅先生祖靈棲息於斯。不見遊客，三倆閒人，落得個清淨。

天寶當年，水城商埠繁華，一群徽州移民隨波逐流來此，臨水而居，做篾匠，靠祖傳手藝吃飯，正與吾祖移居江北巢湖岸邊盛橋河畔之情形類似。換幟之際，家父避秦，輟學習藝，亦曾跟隨父祖操練篾竹行當，雖胼手胝足，泥塗輾轉，而小民無奈，終究逃不脫。

倏忽間，七十年前事，生死兩悠悠，又是黃昏！

2018年11月26日追記於清華無齋

開口啦！

　　嚴景耀先生與雷潔瓊先生同庚，都是1905年生人，而後同學、同事復同道。趕上翻天覆地的大時代，坐想行思，夫妻倆攜手走過風雨如晦的艱難時世。1976年1月，春寒料峭，黎明前，嚴先生古稀撒手。雷先生壽屆期頤，秋月春風，再獨自走過三十五度寒暑。據說雷先生曾經告訴北京政法學院的同事，當年他們是「先絕育，後結婚」，半真半假，亦真亦假。總之，膝下無嗣，倆口子各忙其忙，忙忙與共，都是大忙人。晚年的雷先生，一如既往，抑或尤甚往昔，時現慶節典禮，風風光光，忙忙叨叨。我見到她時，老人家步履蹣跚，粵音濃重，也彷彿和藹可親，似乎記憶衰退嚴重。

　　位尊壽高，難得的是身為著名教授，卻一直認同緊跟，遂成寶貝。那邊廂，待她不薄，依據國朝官箴，老人家位列「國家領導人」，身邊伺候的，像開車做飯的，像拿藥餵湯的，估計不缺。不過，看似熱鬧，實則踟躕於孤獨，而終究孤獨。老師告我，但受邀請，不論宏微，必然蒞駕，不僅說明老人家人品好，而且表明老人家閒得慌，也寂寞得慌。

　　是的，雷嚴二先生好像真的都是喜歡熱鬧的人，而雷先生地位更高，名聲更大。故爾，雖說執教黌宇，而終其一生卻無一部專書，大浪淘沙下亦無一篇像樣論文，也就怪而不怪。官樣文章說雷先生留美碩士論文「獲得教授

們一致讚譽」，以及「學術碩果纍纍」，皆為不明所以的胡扯，要麼就是睜眼說瞎話。那時節，若非矢志以學術為業，則兵連禍結、風雨飄搖之際，哪有心思爬格子。更何況，趕上火紅的年月，活過來就已不易，遑論其他。如此內外交迫，雷嚴二先生局處時代夾縫，都是普通人，身家性命並非自己說了算，有什麼辦法。

曾幾何時，一則笑話，聽老輩說的，以「聽話出活」為譬，將教授分為四種，依次是「聽話出活的」、「聽話不出活的」、「出活不聽話的」、「既不出活也不聽話的」。以此衡估，哈，兩彈一星功勳們位尊第一種，雷先生夫婦大抵排在第二種。至於傅雷、顧準們，來路有異，而歸路同一，屬哪一種呢？

今日早起，喝過咖啡，讀了幾頁韋伯，正在小資麻麻，自我感動，突然想到雷先生，再不禁聯想到自身。年來孤居鄉野，一日兩餐，而讀書寫作不止十個鐘點。如不進城購買食品，也不上課會友，則連續幾天閉口，無人對話，成了生活常態。有時候不免忽的沒由頭擔心會否因此喪失說話機能，心頭頓時一陣恐慌。畢竟，如我輩教書匠，就像街巷擺攤賣藝的，形同臺上粉墨登場的，都是「吃開口飯」的，倘若開不了口，豈非餓死不可。這才明白，夜半孤寂便會引吭高歌，偶有電話也不禁短話長說，其因在此，印證的是弗洛伊德們潛意識玄學之神神鬼鬼，恍然於「獨居制」這一嚆矢於西洋獄制的「良法美意」之攻無不克、戰無不勝。可能同此原因，於是，每日花在瀏

覽手機朋友圈上的時間，便水漲船高，「無限事，短信憑誰，準擬相思」。

好在這樣的日子並非人生第一回遭遇，事後追憶，知道熬一熬就過去了。怎麼活不是活呀？幾度花開，幾番花謝，又到黃昏，急啥子？再說，「露下天如水，風來夜又清」，不是還有蔡琴小妹的歌聲相伴嗎！

這次第，非絲非竹，亦真亦幻，如里爾克所詠：

你可願意，玫瑰，做我們現時激情
的熱烈女伴？
是否回憶更能贏得你
當一種幸福又重新到來？

多少次我看見你，玫瑰，幸福而乾枯
——每片花瓣都是一塊裹屍布——
在一個香匣裏，一根燈芯旁，
或獨自重讀的一本喜愛的書裏。

可惜，詩情來去匆匆，如夢如幻，擋不住寂寞，又習慣性地翻看「朋友圈」了。一看不打緊，始知今日是「世界新聞自由日」。哦呵，大日子嘛，怎能鴉雀無聲。於是，定定神，坐下敲鍵，鋪陳千字文，算是「開口」啦，或許改天還能倒賣，換得千文飯錢，噫嘻。

今天是自由日，明天是「五四」青年節。五月過了是

六月，六月有一號、二號、三號，還有……。一年悠悠，四季輪迴，這才過了一半呢。嗨，嗨嗨，大型的日子一個接着一個，而且，一床明月半床書，荒唐歲月不糊塗，咱，福分啦！

開口啦，開口喲……

2018年5月3日上午，於故河道旁

注定活在這方水土

三十出頭，人屆中年。夏天，天上掉餡餅，居然收到一份獎學金。朋友介紹，這家大學慷慨，有以然哉。可一想到今天的朋友明天將要成為自己的導師，而「導師」一詞總是與道德文章相連，所謂經師人師也，便覺得朋友私心叵測，在佔自己便宜，實在不夠意思。殊不知，今非昔比，東西異風，這導師早非那導師，正如這鴨頭不是那丫頭，何必當真。

結果是沒要這份獎學金，又後悔不迭，來年再申請，僥倖通過。於是收拾行裝，志忑上路。那時節，這叫做「知識分子」的物件兒，正處在吾邦「手術刀不如剃頭刀」的美好年代，這青年教師，抑或，中年教師，幾乎兩袖空空，隻身飛去。春色三分，一分怔忡，一分沒着沒落，還有一分隱隱約約不知來自何處的悲沉、憤怒與仇恨。——是的，悲沉、憤怒與仇恨。置此心境下，既無純粹求知的深心大願，也無媒介東西的雄心壯志，更無欣喜、期許和憧憬一類的稱心如意。至於躊躇滿志，此生微末，連它的影子都沒見過，從來沒見過。常聽過來人僭論「我選擇了什麼什麼」，這個那個的，便為他們慶幸。而在下回首一望，好像從來只有被選擇的份兒，於逼窄處求生，略無做主的格兒。

話題收回來，當時略感欣喜的是，總算暫時脫離這個號稱大學的醃臢院落，一門心思想的是年齡不小了，趕

緊完成學業，混個學位。至於要個學位幹嗎，彷彿並沒多想，可能，想也想不清楚。西方中世紀學究區辨純粹求知而知之知（vera causa）與基於致用而知之知（causa causans），所謂「真實原因」與「直接原因」。此時此刻，究竟吾心所求何知，「真實」何在抑或「直接」為何，鬼才知道。

如此這般，在海外的那幾年，埋頭讀書寫作，無時無刻不在盼着回鄉。回來了，落草一個新單位，備受羞辱，既有「體制性羞辱」，也有「日常性羞辱」，一晃十六年飛逝。

這幾年，國內與國外，好幾次被問及為何畢業時不在國外找份工，「留下來」。呵呵笑笑不成，便將上述心思和盤托出。有時不免多嘴，還要冒兩句什麼「漢語思想」、「主體性」之類，好像已然想清楚的樣子。對方也不反駁，但表情是給我面子，「我明白，不用找托詞」。

找什麼托詞呢？為何要找托詞呢？我不明白，他或者她也未必明白，但自認為不言而喻，因為一切都早已預有答案了。

今天在哈佛校園躑躅，百無聊賴，曬太陽。又被問及，遂告「英文不行，沒機會，留不下來，只好回國」，云云。聽者滿意，以過來人口氣傳授了一些關於移民與求職時填表應試的經驗教訓，在國外打工省錢的一些小竅門，以及通過「假結婚」辦理移民的價目。

三十年前，國人出國門，戰戰兢兢。二十年前，大包小包帶方便面。十五年前，中國人均GDP不足一千美金。現如今，中國大媽滿世界掃貨。在下廁挾其中，身為中國

公民，其位格，其權能，尚有待兌現，而不得不晝夜兼程。但作為國民，付出了，也收穫了，有什麼值不值。

首先而基本的是，老子是個人！

世界繽紛，上天有好生之德，下車上馬太匆匆。如古人所詠，喚作山翁，喚作溪翁，來是春風，去是秋風，一剪梅/沒也。

2015年10月7日於波士頓

尤感心痛

十七八歲時，祖國大難不死，第三波「改革開放」
拉開了序幕。剛剛告別「疾風暴雨」，同胞倖存，幾多興
奮，無限忐忑。懷揣絲許憧憬，依然噤若寒蟬。新舊遞嬗
之際，面黃肌瘦，但青春的軀體裏熱血湧流，渴盼掙脱
精神枷鎖，尤其急急於要將那瞑晦的昨天一頁，儘早翻
過。——一窮二白，還不敢大聲説話，這肯定不是命定的
生活，更不是愜意的人生！

可是，上了年紀的人們還在你耳邊嘀咕，什麼「又
紅又專」啦，什麼「主動向組織靠攏」啦，什麼「專政」
「打倒」啦，什麼「反擊自由化」啦，讓人不勝其煩，如
夢魘糾纏着一覺醒來的早晨。就連戀愛，大學校園裏紅男
綠女們的成年加冕典禮，人世間最為美好的勾當，在一
種「觀點」看來，也是「違犯紀律」而需要「大會點名批
評」的似乎見不得人的事情。——實際上，直到「風波」
浩瀚之際，還有「不准勾肩搭背」、「學生戀愛一般不得
公開進行」這類校園「公告」呢！清教共產主義的外衣之
下，其實販售的是一種中世紀的扭曲，怎不叫人莫名其妙
而倍感沮喪！那時節，面對此情此景，想法簡單，只覺得
生命自有規律，陳腐與壓制總會隨着代際的替換而消隱於
無形。進步是必然的，因為它是歷史規律。我們，新生一
代，一旦進入各自位置，一切自會好起來。它是如此的自
然而然，如同太陽總在清晨升騰。

是呀，「我們」是不一樣的，不僅把「他們」看穿，更會遠遠超越「他們」，用雙手締造一個真正的現代人世，迎來美好中華。

到那時，將會萬象一新！

一轉眼，「我們」紛紛上位了。這不，「四化」幹部們真的穿着西裝呢！其中一些人，還喜歡有事沒事冒兩句不相干的散裝英文。可是，無論是坑蒙拐騙、鑽營拍馬的齷齪，還是尸位素餐、行賄受賄的腐敗，抑或頤指氣使、顢頇無能、傾扎周刻的腐化，較諸舊官衙，不遑稍讓，甚至，亦且過之。「老八路」式的樸素、擔當和理想主義固然早已無影無蹤，新官僚的貪腐卻無師自通，在讓「他們」瞠目結舌的同時，似乎連「我們」也始料未及。就連曾經織造夢想的學府，也越來越像官府，而且，還真的就是官府的架構了呢！

本來，夢想經過代際交替，一切都會慢慢好起來，不少地方好像確實好起來了。但是，卻終究未曾好起來，而上演這一幕幕的，正是「我們」。

本文一開頭就說「第三波」改革開放，是因為晚近一百多年裏，此前中國已經進行過兩次這樣的「改革開放」了！1860年以還，「洋務運動」三十多年，自新求變，強毅力行，是第一次「改革開放」，一場前所未有的建設新中國的大膽嘗試，終演至「百日維新」的壯烈高潮。1902年始，歷經清末、北洋和民國，至抗戰軍興戛然而止，又一個三十來年，是第二次「改革開放」，全方位鋪開攤子建設新中國。正是這三十來年，承前接後，貞下起元，大

開大合，構成了吾國近代史上的「樞紐期」呢！今天嚷嚷的一切，說東說西，累死累活，論目標，論願景，論理路，當年都曾擘畫過了，全都商量過了，業已嘗試過了，早就夢想過了。是啊，如先賢所詠，「江頭一帶斜陽樹，總是六朝人住處」。

每念至此，思前想後，作為「我們」之一員，都想到造化弄人，歷史有意卻無情，而尤感心痛。

2012年8月14日於清華荷清苑家中

「哪有先生不說話?!」

在經管學院為EMBA學員上課。他們搜索百度,希望多瞭解授課教師,閱讀與課程相關的教師著述。跟十來年前相比,今天學員年齡多在四十上下,男女搭配,精力充沛,尚存求知問道的熱情。據好友郭丹清教授(Donald Clark)相告,時惟2018年7月29日,百度將我的詞條從數十萬刪到僅剩十條,算是悉數除袪。迄而至今,三月已過,猶有二三十條,羞羞答答,多為新聞報道,而牽連在下名字而已。至於所謂「百度學術」,乾脆「查無此人」。如此,自然搜索不到任何信息。

事緣今年七月下旬,在下撰寫了「我們當下的恐懼與期待」一文,為當下計,作千歲憂。情非得已,情見乎辭,而終究彷彿情見勢屈。本來,書生論政,處士橫議,常規作業,天賦人權。但身處中國大轉型異常政治時段,其之流傳於網絡空間,觸犯專政禁忌與極權鱗甲,以及莫名其妙、土得掉渣的個人崇拜造神運動,勢不可免。我對此心知肚明,對於可能的橫逆也早有心理準備,故而對於刪除詞條、屏蔽姓名一類的「和風細雨」,根本不曾留意,更不會往心裏去。秦制苛法,新貴舊招,雖兩千年往矣,前後有別,卻了無進步,總不外鉗口二字,何足為奇。

經學員提醒,遂查百度,發現凡近年落馬的高官伶優,如周永康、薄熙來、魯煒與「王林大師」等三教九

流，均有數萬詞條。所謂的「四人幫」，萬惡的四人幫，更是詞連山海，條接雲天，多到數不過來。它們林林總總，虛虛實實，多少給予讀者拼聯歷史真相的機會。更為重要的是，這些有關他們的詞條內容，從不同視角，討伐抑或崇仰，展示了酷烈時代的靈魂扭曲和體制罪惡，等於在向億萬讀者時時提示歷史的吊詭與無情，從而也就是在為避免悲劇重演，於涓滴匯流中積攢抵抗的精神資源。不只是抵抗某一種專斷，而是對於一切專斷的提防與抵抗。今昔流連之際，孤單的個體理性方始可能串聯並合成公共理性，於燭照人性中遵守常識，特別是明瞭人性的脆弱與幽暗，而護持我們生息其間、須臾不可離易的人世家園。而且，此非僅只惠及漢語讀者，而實具普世意義，但首先沾溉漢語世界，自是不言自明，則網開一面，流水不腐，吾族吾民，生機活現也。

其中關於「四人幫」的一個詞條，重述當年中共的表述，指斥其犯行「禍國殃民」，而罪惡「罄竹難書」，令我不禁回想起少年時代的觳觫歲月，以及後來審判大戲登場時的萬眾屏息，悲喜交加，更加珍惜此刻這個不搞「一浪高過一浪」階級鬥爭運動的喘息時光。

他們「禍國殃民」，進至於「罄竹難書」，尚有數萬詞條展示其生平，羅列其行止，甚至刊佈其作品。在下一介教書匠，三十多年裏，但求溫飽，「奮戰在教學第一線」，若禍則禍不及於國，要殃也只能殃及三、五學子，何至於將我從網上抹掉，或者，似乎認為如此這般就能將我從人間蒸發。

唯一的解釋是，我這個底層教書匠，不嗜打架，也不會任何一件兵器，竟然比「禍國殃民」的「四人幫」還壞。

秘書寫稿子，官員念稿子。有一個笑話說的是，講話稿的頁末一句是個疑問句，因排版原因，語助詞連同疑問號「麼？」印在了下一頁。官員念完這句，環視臺下，少頃，莊重翻頁，再補充上語助詞，音調鏗鏘，致使現場效果成了「周永康/吳永康/鄭永康/王永康/司馬永康不是一個壞人@＃＄％＆……麼？」轉借此例，在下接續而來的造句作業是：「我比『四人幫』還壞@＃＄％＆……麼？」抑或，「你們要和『四人幫』比壞@＃＄％＆……麼？」

只是值此八面來風時節，欲令天下無聲，惟剩諾諾，何其愚妄，何其滑稽。畢竟，身役教書匠，如八十多年前適之先生所言：「哪有先生不說話?!」而說話就得讓人聽見，才能構成對話與交談，讓我們擺脫孤立的私性狀態，獲得公共存在，保持人性。進而，我們的公共存在狀態，也唯有這種公共存在狀態，才賦予我們以自由。職是之故，對於百度的封殺，對於造成我們無奈只能用百度而無所選擇的那個巨靈，豈能不留意?! 又豈能不往心裏去?!

否則，閉目塞聰，實腹弱智，慢慢地，一個民族可能會變成一頭豬。

因而，我對你們，助紂為虐，為虎作倀，包括不嫌手髒而下手刪除、屏蔽信息的，特別是不怕心黑做出類此決策下達指令的，並無仇恨，只有滿腔的同情！再說了，年紀輕輕，身懷長技，為何不另找一個乾淨營生？

我們同處幽冥之中，不見熹微，唯以同情援手，手牽手，才能穿過這重重關隘而獲救。

暮雲朝雨，琴劍匆匆，秋意爛漫，千江一瓢，「看那花開在早晨，再看那花開在夜晚」，朋友，人間是多麼的美好。

2018年10月29日於清華無齋

法無正念，必成惡法

　　那年暮春往南，在一家大學講座。一位同學提問，指謂「許教授作為非法律學人」云云。以此定位，畫虎畫犬，意在褒揚，而例屬誤解，卻引發正解，彼此莞爾。當晚夜車回京，渾身困乏，卻難禁浮想聯翩。窗外幽冥，時或燈影憧憧，聯袂成打潑了的水墨飛白。回頭省視將近四十年學徒生涯，法學院茶杯裏的死水微瀾，反思自己的學思理趣，會心而痛心，寬心卻揪心，致令通宵不眠。

　　十七歲上，吾輩貧寒，公權寬大，有幸上大學。四年法學本科，半饑半飽中度過，卻心意激越。1983年秋，北上京華，入讀法大刑法專業，凡三年，跟着流程走，時或青春發作。畢業後「服從分配」，留校教授刑法學與犯罪學，還有「勞改法學」，如此直到1994年。其實，早在1989年後就已甩手跟它們告別，既因了無興味，亦於價值上衷心反感。當其時，內心深感不幸生逢惡政轄下，繼續以此為業，無異虎尾春冰，而且，一不小心，豈非助紂為虐。當然，現在回頭一看，此間誤解多多，而青春激昂，不容玷污，卻不明白起承轉合，只能以此揖別。就此打發了學科，其實是為了打理自己，安頓那懵懂怔忡卻杌隉憤慨的心。除開少數幸運者，無人指點，孤身瞎蒙，冥行擿埴，是那個學術斷層時代過來人的共同經歷。是啊，心思浩茫連廣宇，這蒼茫世界，這寥廓人間，不公不義，三尺法安在哉？對於一個27歲的青年而言，此時

此刻，思逞八極，上窮碧落下黃泉，正當時也。

置此情形下，為生計考量，還得在法學院討口糧。羨慕先賢「賣文買米，逐水草而居」，困頓卻放達，形役而不羈。相形之下，自己兩手空空，內無資質，外無機遇，而根本在於心性懦弱，只好蜷縮在單位打工。長此以往，偌大中華，不僅形成了一種叫做單位的圍牆生活，一個從生到死將你包裹起來的周全建制，而且，圈養出來了一批靠單位、吃單位、服從單位卻又動輒鬧單位、坑單位，從而，離開單位就不能活、所以終究只好俯首帖耳聽從單位的物種。在官方媒介中，他們陣勢嚴整，以集體面目示人，常常又被叫做什麼什麼「新人」。在此情形下，華夏泱泱，所謂的大學不過都是巨型國營單位而已。話說回頭，當時法學院諸科中最能體現形上性格而契合自家身心的，不就是法理學嗎？於是，遂轉攻法理學，或者，將治學領域擴展至此。迄而至今，誤打誤撞，這十來年的興味再轉，主要放在政治哲學領域，往好裏說，也算是舊學邃密轉新知吧。

因為有此轉折，經此同學一說，不禁想到人之心智與心性二柄，其之纖細幽微，其之倔強冥頑，夜半捫心，真堪驚訝。心智大致意味着智商高低，心性講的則為其傾向性。心智高，不妨研究數學哲學，反命題就是要不別往哪兒蹭。心智低，只能做修路工洗碗工。本來，幹活掙錢，養家餬口，流血流汗，就是頂天立地。但一般意義上的勞動分工確實關涉心智高低，由此造成社會差等，進至於社會苦難，則毋庸諱言，而另當別論。而且，因着制度不

公，起點差等，那揮汗如雨的修路民工大軍中，誰敢保證不曾埋沒過多少牛頓、愛因斯坦與梅蘭芳周信芳！

不過，心智雖高卻不適合研究數學，毋寧，更具「藝術氣質」，抑或恰恰相反，只於物理世界癡迷，天生是個工程師，這便牽扯到心性及其傾向性了。通常說某某「適合」或者「不適合」做什麼，不僅慮及心智，同時更多的是指心性之親疏取捨。古往今來，許多詩人是法學院的逃課生，就因心性不合，備受煎熬，索性一走了之。馬克思‧韋伯和卡爾‧馬克思，更不用說大詩人海涅，他們或以「社會科學」明世，攪動一天風月，或因不朽詩篇傳世，令靈魂不得安生，可一水兒的都是法學院的逃課生呢。不論心智，究其心性而言，着令這些天才埋首法律規範主義作業，用庸碌訴狀來壓抑豪情，而扭曲才情，委實太過委屈他們了。此情此景，恰如京劇《林沖夜奔》中豹子頭的那句唱詞所詠：「紅塵中誤了俺武陵年少」。

置此情形下，西洋往昔所謂「柏拉圖驅逐了詩人」，就因為柏拉圖以荷馬為敵人。在他眼中，荷馬這位敘事詩、編年史的作者，鼓吹情慾，純粹是妖言惑眾，適足以亂世。故爾其著述針對的是荷馬，卻又不便明說僅只針對詩人，毋寧，表明哲人哲學王戰勝了詩性與詩人，是在並且僅僅在此意義上宣洩一己喜惡而已。猜想自今往後，五百年，如果還有人拜讀錢穆先生文字，不明所以，會以為錢先生對哲學家有偏見。其實，錢先生明裏暗裏諷刺的哲學家只是胡適之胡先生，他對吾鄉績溪胡先生有意見，而不是對哲學家有偏見也。

職是之故，前文提及的那位學子，以「志在成為一個立法者」自勉，彷彿詩人氣質與詩性思維佔據了上風，也是青春激揚的表徵，彌足珍貴。但就法律之為一業而言，則需借助法律理性來對沖轉圜，方始中道平衡，而接近於法律的中立公道本義。說到「立法者」，適需注意該詞至少具有天上人間兩個維度，自有分際，不可不辨。若謂立法者意指從役「立法工作」，作為人大、議會中的一員「立法工作者」，則隸屬立法機器中的一介肉身，所作所為，一種世俗勞作，而例為「普通螺絲釘」也。其之無關詩性，亦不涉才情，惟需恪盡職守，肯堂肯構，不言自明。其間流轉，自有繁文縟節羈絆，未必想蹦躂得多高就多高。但是，縱便如此，一旦位高權重，而詩性發作，豪情干雲，以「四句教」，所謂「為天地立心，為生民立命，為往聖繼絕學，為萬世開太平」自勵，進而指導立法，則需慎之又慎，如履如臨。大權在握，排兵佈陣，神馳八極，不難想像其所指與能指，難抑其可能、可憎與可怖。君不見，寒冬臘月，一聲令下，就讓在京務工的數十萬民工兄弟三日內滾蛋，進至於趕出家門，拆屋扒房，此權勢之不受制約，毫無天下生民之念，囂張而錯亂，令人髮指，不就是眼面前的事嗎！至於江西竆政，突然發飆，收繳壽棺，集中焚毀，不僅殘暴無情，傷天害理，更且荒謬絕倫，愚不可及，同樣是眼面前的事，夫復何言！

　　行政如此，立法如此，都在於一個權字在手，而不受制約，則自大膨脹，恐怖如斯也。

　　畢竟，立法是個家常活兒，法律不外人情，一如生

活本身才是真正的立法者。因而，常態時光，觀俗立法，隨鄉入鄉，陳述一種生活方式，同時不違普世公義，蔚為底線。當此之際，豈能當人世如白紙，隨意染黃染蒼，又豈能視民命若無物，而縱情生殺予奪。當然，若果以此自勵，志在成為一個學人，如牛頓柏拉圖，如孔孟程朱，是並且僅在此意義上使用「立法者」修辭，則此「四句教」所鼓蕩激揚的超越心性，嗨，一定、肯定和必定，是將你渡過無邊苦海而駛向理想彼岸的一葉扁舟也。──既是無邊，則怎能渡過？！朋友，一切困頓與超越，所有的希望與絕望，出乎其類，拔乎其萃，真的沒個去處，遂無地彷徨矣！

職是之故，此處關鍵是想做什麼樣的立法者。人間世，千年教訓，萬年生聚，自有軌轍，不外一切以生民和平安居為鵠的。群居是我們的宿命，而饑餓是人類的第一政治屬性，這才凸顯出和平的致命政治意義。因而，但凡以所握世俗權力希圖改天換地之際，也就是最為恐怖之時。此時此刻，億萬人淪為試驗對象，一種「必要的代價」，則「天地不仁，萬民為芻狗」，能不恐怖嗎！此因近代中國不幸遭遇極權，其獨夫狂漢，為了兌現一己理念，致使萬民塗炭，更是教訓慘烈。「趕英超美」，豪氣干雲，可欲以短短十幾年為限，便過上「共產主義生活」，而大動干戈，「黃鐘毀棄，瓦釜雷鳴」，億萬斯民便生不如死矣。

迄而至今，倘再冒出個這樣的僭主立法者，朋友，那日子還怎麼過呢？！

轉借肉身與靈魂的譬喻，則通常所謂的法律，取其廣

義，不僅是一個規範體系，而且是一個意義體系。一切法律均需形諸規範，而規範的背後與深層，一定隱含着既有的價值理念，指向特定的意義追求。以吾國現行《憲法》為例，其序言「規定」男女平等、九年義務制教育、宗教信仰自由。凡此條款，煊煊赫赫，冠名堂皇，很像個現代國家的樣子。其為憲法規範，背後潛伏而支撐的則為男女平權、政教分離、靈魂自由等一系列意義、價值與理念。放寬視界，考諸史實，法律從來就不只是一堆乾巴巴的條文，雖說多數時候不免僵化而冷漠，但卻以價值理念、信仰精神作為意義支撐。合此靈肉，法律遂成規範體系與意義體系的統一體，而人間得有倚靠也。換言之，任何法律，只要堪為法律，從來二者合一，否則難言規範，不成方圓。善法得立，在於秉持普世理念，體恤凡塵生計，切合民情風尚，不違人性，而一以護持公義為最高準繩，堪為正念。惡法既成，正因為邪念當道，居然視天下為一黨一派之家業，沒了靈魂，或者，背後的意義體系出現嚴重偏差，得了神經病。

　　如此這般，朋友，吾人可得陳述而告誡者，不論是立志成為立法者，還是如在下這般滿足於當個法學院的教書匠，頂頂要緊，也最最要命的，就是千萬不要忘記法律須有靈魂，秉持正念，否則必成純粹壓迫工具。那時節，假法律之名行違法之實，叫天天不應叫地地不靈，人為刀俎我為魚肉，溝壑在前，嗚呼哀哉！

2018年11月18日修訂於清華無齋

火車來了，火車真的來了

　　清末自強維新，從仿製堅船利炮，至修路挖礦，再到開辦新式學堂，乃至於不得已變法立憲，雖說一路磕磕絆絆，但終究次第展開，而漸上軌道，實為近代中國的「第一波改革開放」。

　　單就修鐵路來說，篳路藍縷，一波三折，而且一度鬧得不可開交，甚至牽連上國體與魂靈，可終究還是修起來了，滿中國跑開來了。

　　時在1865年7月，清祚同治四年，在京英商杜蘭德出資，於京師永寧門外平地敷設鐵軌，長約里許。尚無火車，置小汽車馳騁於軌，「迅疾如飛」。這是中國的第一條鐵路，帶有先行開示，再圖展開的意思。結果，出師不利，事與願違。據李端瑞《春冰室野乘》記述，京師民眾「詫所未聞，劾為妖物，舉國若狂，幾致大變。」四九城的百姓不幹了，那還了得，於是，趕緊維穩，急命步軍統領衙門拆除了事。——「強拆」並非肇源於此，但也莫此為甚。

　　此時此刻，距離1825年9月27日大英帝國修建營運世上第一條鐵路，恰好四十年。

　　事隔一年，南邊的英資怡和洋行開建上海至寶山江灣的鐵路，後經1876年擴展，變成了著名的吳淞鐵路，全長15公里，於當年12月1日通車營運。前後十年間，因為事涉中西，利惹官商，牽動神俗，導致這條鐵路命運多舛，枝蔓

叢生，終以悲劇告終。長話短說，最後的結局是朝廷以28萬5千兩白銀買斷，於次年十月停運拆毀，將鐵軌與車輛悉數運往臺灣。之所以千里迢迢不惜靡費，據說是因為彼地僻遠，弄條鐵路試試，好歹不至干犯眾怒。

可洋務既已展開，嘩啦啦，終究擋不住，此後便修修拆拆，一路逶迤。庚子年間義和團大舉拆毀鐵路，激於義憤，基於愚昧，終於玉石俱焚，而有上頭默許，概為最凸顯之事。如此這般，迄清祚覆亡，幾十年間，李合肥張南皮們苦心經營，好歹已有官辦鐵路十三條，商辦四條，以及中外合辦暨洋人獨辦多條。——哈，這叫做合資與外資的玩意兒之現於中國，非起於此時，而早在其時矣。

其間一則花絮，可堪把玩。1881年洋務官員督修唐胥鐵路，是為中國人主持修建的第一條，沒料卻因「煙傷禾稼，震動陵寢」，驚擾山川神靈，一度只好用騾馬牽引。這也是李合肥沒轍而急中生智的轉圜之舉，類似於「退一步，進兩步」。又如1980年代初期重慶長江大橋兩頭的人體雕塑，裸還是不裸，據說事情鬧到鄧大人那裏，而指令是「天熱了脫下來，天冷了穿上去」，於是半遮半掩。今日懸想，亂山高處，欲哭無聲，吾鄉先賢中堂大人之悲愴，該是怎樣的蒼涼。影片《讓子彈飛》中的那個著名情節，一個後現代黑色幽默，卻是前現代的辛酸，還真不是瞎編。那邊廂，朝野不乏指認火車侵擾祖墳、毀壞風水之說，這邊廂鄉民就直接掄傢伙上了，不僅阻止開工，而且直接搗毀設備，趕殺勞工。前文說皇城根下四九城的平頭百姓不幹了如何如何，實則他們不過是螻蟻屁民，管屁

用，要害是朝中反對聲眾，而且出以道德面目，更列干犯條陳，云云乎乎，這才朝野呼應，弄得李合肥們有心無力，膽戰心驚。

上述情事，遠較所述複雜，近年史家多有理述，亦有普及性讀物繪聲繪色，而載浮載沉，見仁見智。

筆者之所以炒冷飯重提舊事，是因為不惟當年大清，就是在火車的發祥地，當年的大英帝國，這物件兒要來到世上跑起來，弄個出生證，也是相當不易呢。大家合群居家過日子，弄個眾人分享的大型家電就這麼難，諸位沒想到吧。這不，對於自利物浦至曼徹斯特的鐵路，「數不盡的人群喧囂着抗議」，一位作者寫道，「認為火車經過會令懷孕的馬匹流產。還有人嘲笑火車的速度：『說火車的速度能比馬車快兩倍，還有什麼樣的設想比這更加荒唐可笑的呢！』」與歡呼蒸汽火車的問世將會宣告「封建時代一去不返」的進步論相反，《季評》(Quarterly Review)雜誌宣稱，「我們相信，國會會把鐵路時速限制在8–9英里。」

這則舊日英人故事，載記於《鐵路工程師喬治·史蒂芬遜傳》(S. Smiles, The Life of George of Stephenson, Railways Engineer, John Murray, 1857.)。筆者並非親睹，而是從英國記者馬特·里德利的《理性樂觀派》一書中轉而來。也正是看到里德利所述英國舊事，這才想起清末的這段插曲，而鋪陳為文。有心又有力的讀者賢達，自可親炙英文著述，而在新舊比勘中印證今古，借中西互校而心心相映也。

日月如梭，時輪飛轉中，火車來了，火車真的來了。不僅火車來了，飛機也來了，其他的也來了，而

且，還將要來，早早晚晚，三三五五，前赴後繼，驚濤拍岸水連天。

小樣兒，擋得住嗎！

春風三月，乘坐高鐵，「天回洛水，路轉崧峰」，馳騁於天涯海角的讀者諸君，我親愛的同胞，你們說呢？

2018年5月6日夜於故河道旁

乙　他家

巫與革命

巫官拉扯，古已有之，中西皆然。蓋因權力來得突然，抑或，不明不白，難免心虛打鼓。再說，權勢如流水，說來就來，說走就走，總讓人忐忑。何以解憂？一種路子便是巫也！巫也看中了官的心理，虛其虛，實其實，直哄得那富貴翁婆灑金灑銀，官場利海，有夢來無。今日明星，打鬥彈唱，與巫扎堆，共巫起舞，相互傾慕，走的是下九流的路子，實則圖個樂子，向紫陌，風共月。至於商人信巫拜巫，除開上述官心官理外，多半源於故作風雅，可讀書有限，或者根本不讀書，骨子裏老粗，風雅不起來，只好以次充好，漏脯充饑。畢竟，那門檻低，誰都可以瞎侃兩下子。而說到底，大道隱，方術巫士興也！

巫與革命還有瓜葛，是大時代裏的小花絮，乃在下親歷身受者也。

話說那年五月，百萬青年，熱血沸騰，聚集一堂，自願不吃飯。白天赤日炎炎，廣場上人山人海。夜晚月冷風寒，廣場上人海人山。人是鐵，飯是鋼，一頓不吃餓得慌。晝行夜往，眼瞅着體力不支，小年輕倒下一片片。救護車嘶鳴，晝夜不息，把個古老都城的心撕碎，可能，也讓十萬萬同胞的淚流乾。在下血不冷，二十郎當，「青年講師」，不吃不喝，高燒不止，只好急送醫院掛水。護士長三指壓腹，自上而下，往復者三，聞聽兩天沒喝沒尿，當下大驚失色，急示加大劑量。三小時後，膀胱腫脹，終

於有尿如溪，老人家這才長抒一口氣，因緊張掛念而不失莊敬的面容，此刻泛出了慈善寬慰的光芒。圍攏的護士白大褂們，細語輕聲，同樣周身熱血，口罩上方的眸子晶淚閃閃。——那時節，人和善，人講理，誰說中國人一盤散沙！

夜半時分，返回廣場，但見東倒西歪，小年輕們虛弱不堪。據說，包括在下賤體在內，都是共和國的財富，而共和國也熱愛生活，可就是不見共和國憐惜。天可憐見，年輕的血肉之軀，居然以君子之道求公道，失察對方原是雞鳴狗盜，其實沒法跟他們講道理，他們也懶得跟你講理，彷彿這地界兒也不是講理的時空。這般光景，千里江山，風還雨，讓世界為之震顫。

如今年過半百，兩鬢飛霜，回首前塵，「步障深沉歸去，依然愁滿江山」，彷彿明白，似乎不明白，夫復何言！

廣播響了，說是幾位氣功大師，支持學生愛國民主運動，將在北京飯店的陽臺上向廣場發功，為大家輸送元氣，助益體能恢復，請大家斂氣凝神，接收功力。猶記每隔幾分鐘，廣播通知一次，如是者三。一時間，有人興奮，有人忐忑，有人無動於衷，有人王故左右而言他。在下臥地放鬆，大仰八叉，朦朧睡去。一覺醒來，不知今昔何夕，想起清醒時聽到的廣播，遂問周遭效果如何。有答沒感覺，山遙夢寐，聽之任之唄！有說真有效果，一時間背脊涼颼颼，元氣駕到，心竅為開，體能大增。還有說瞎扯淡，要是這麼神，乾脆直接隔空把那禍國殃民的王八蛋弄死算俅，懶得我們在此餐風宿露。

王八蛋們自有鬼神護佑，個個心寬體胖，神采奕奕。

一絲良知不滅，嘶鳴直聲的，都倒了霉，都遭了殃，甚至，都沒了命。自此中國無脊樑，真正開始深陷於道德暗夜矣！

這裏說王八蛋們神采奕奕，自有鬼神護佑，其中，聽說就不乏裝神弄鬼的氣功大師。他們養精蓄銳，為王八蛋們補氣安神，延年益壽。真耶，假耶，當政治還未走出宮闈簾幕，依舊神秘兮兮之際，可能還是只好讓鬼神們來猜吧！

看官要問了：那許多的科學家，或者，「理工科出身」的官員，對於此番裝神弄鬼也信得很嗎？難道他們的智商和情商都不足以判別真偽？朋友，你這樣問，就說明你太善良，而且，多少有些天真了。他們是吃科學飯的嘛，跟上耶穌老爺子食堂沒什麼兩樣嘛！若謂對於科學抱持信仰，而科學的真諦恰恰在於懷疑。在科學已然體制化甚至意識形態化了的今天，其人其學，其實屬非啟蒙狀態，所以，昔日秉持懷疑精神和科學理性的「理工科」，今日差不多就是愚昧的同義詞。故爾，才會有「聽話出活」一說也。職是之故，遇到另一種需要信仰才能固化的神神鬼鬼，咔嚓，老信仰土崩瓦解，趕緊的，急惶惶去擁抱新信仰，這眼面前的大變活人也。——如果信仰不過是這麼回事的話，那就用信仰這個詞吧！

今夏京畿多雨，南國酷熱乾旱，寰球不同此涼熱，天行健，天若有情天亦老，天行有常也！

2013年8月2日夜，忽然想起，隨筆記於故河道傍

天公長把人戲

朋友傳來一段現場視頻。夜幕籠罩，燈光搖曳，紅旗招展，人山人海。一位女青年領頭，舞旗揮膊，大家齊和，動情唱起了「祝你生日快樂」。這才恍惚，此處是聖地，今夜是毛誕。漏夜挑燈，不避風寒，群趨若過江之鯽，只為賀誕。

吃飽穿暖了，四野安靖，歲月平凡，但浪漫是天性，於是不平凡。「契訶夫式的生活」，一種無歷史的此在活着，終究是普世眾生活法。再說，社會不公就擺在眼前，而人有七情六欲，天生五官七竅，總要宣洩。不走這個口，就走那個口。

還在於，「沒有人教給我們什麼是自由，我們只被教育過怎麼為自由而犧牲。」更何況，人性高貴而卑賤，正如一位過來人所述：「成為自由人之後，他們更要去尋找頂禮膜拜的對象……」，而「大棒和偶像，都是自己造出來的。」（阿列克謝耶維綺：《二手時間》）

記憶中又唱這首洋歌，約莫始自1980年代中後期。慢慢地，從都市往鄉村，大家都琅琅上口。唱多了，唱久了，渾然忘其來源。畢竟，歌詞就一句，曲調簡單，對歌者的智商情商要求都不高，最適宜表達真愛，也適宜敷衍潦草一番假愛，還可以搪塞糊弄不明所以的愛，或者，不愛。之所以說「又唱」，是因為很長時間裏不讓唱。封資修，例皆掃入歷史垃圾堆，不齒於人類。這不，拜改革開放，

才又讓唱，而且，貴賤童叟齊唱。有一年，趕上生日，弟子給我買蛋糕，也唱，雖說感動，卻不愛吃，想念蔥油餅。

毛爺爺當年不讓唱的歌，今日毛粉們為他賀誕大唱特唱，不知老人家冥府聽了怎麼想。還有，更掛念的是，夜幕下引吭高歌的青年，不知他們是否知道這洋歌往昔曾經是禁歌，要是這麼唱，都要抓起來！

人間事，倒杖柱頤斜，天公長把人戲。——宋人打仗差點兒勁，詞填得好，沒法超越，至今吟誦不倦。

2015年12月29日於清華無齋

追車記

　　公司添置了一批新車，陣容燦爛。可不到半年，有輛車丟了。

　　事情是這樣的。一早司機開車送人赴會，完後將車停在馬路邊車位，上了趟廁所，回來一看車就沒了。一溜煙，趕緊跑回公司報案，請求老闆發落。

　　老闆晚睡晏起，告謂夤夜捧讀，「今夜我在德令哈」，其實只是喝多了。下午駕臨，聽完彙報立刻叫來一位得力伙計，也在公司開車的表弟，部署打開定位系統搜索。原本以為藏匿於市內，就地銷贓，不料想，儀器顯示被竊車輛早已疾馳東北某地。遂命帶上兩人，當即乘坐高鐵趕往瀋陽。

　　此前公司就曾丟過車，所以新購車輛除在前後杠各裝定位儀，還於發動機內置一枚。保險之上再加保險，彷彿萬無一失，結果還是不保險。竊賊已將前後杠GPS拆除，但似乎不知發動機內還剩一個，這才大搖大擺開着就跑，猶譬一葉障目，全然不知行蹤早已露陷。又像西亞沙漠上的伊斯蘭聖戰鬥士，開着吉普大搖大擺，卻躲不過老美重金佈置的密密天眼。不過，既然已將前後定位儀拆除，說明此為職業竊賊，非僅順手牽羊的小偷小摸。不怕賊偷，就怕賊惦記。下手快而準，說明惦記你多時了。什麼仇什麼怨？朋友，古往今來，東海西海，一個「錢」字也。

　　他們趕到瀋陽後，重新定位搜索，發現失竊汽車北上

長春，於是即刻奔赴吉林首府。開啟定位系統，發現汽車正在市內移動。趕赴所在區域，發現是一片4S修車店林立之所。挨家打問有無這個車型牌號的叫賣者，終於有人說他們剛走不久，不是賣車，而是早知發動機內置定位儀，奈何拆不掉，求助店家，可店家面對如此高難度動作，也是一籌莫展。現今華夏景觀，許多4S店，號稱專業敬業，其實蒙騙車主有方，手藝卻寒碜得很。送到手的生意做不了，眼看着鈔票近在眼前晃蕩卻無錢景，沒奈何，少惹事。

既然一時半會找不到，大家打尖住店，一夜無話。畢竟，車也不是他們的，公司更是人家的，何必那麼賣命。天亮起身，再度搜索時，發現被竊車輛居然南移河北保定，果真是兵貴神速。三條漢子受刺激，反倒興奮，遂抖擻精神，即刻南返。待到保定府，終於借助定位系統在一家4S店前找到自家座駕。好傢伙，車門沒鎖，鑰匙就放在駕駛座上，似乎賊爺借此告喻車主：老子服了，車還給你，彼此兩清，各留後路。而據修理工描述，車內共有三人，請求拆除內置定位儀不果，便藉故離去，氣定神閒，不僅預知車主必於午時三刻殺將而來，而且，料定他們奈何不得。

帶人追車的這位老闆表弟敘述此事，斷斷續續，前後左右，夾雜各種語助詞，外加吐沫二兩，此處不遑傳達。經過整理，大致是這麼個經過，本無可記之處。畢竟，大千人世，這種連環唱本每天都在上演，又一折而已。老戲新角，生人舊腔，有什麼稀奇的。他們原本以為竊賊偷車意在銷贓牟利，此刻覺得不能排除賊人只是借車長途販運

非法物品，譬如毒品或者武器，然後再驅車返回，能賣就賣，不能賣就棄置，更感遭遇了高手。

我沒丟過車，也沒販過毒，納悶如此周章，何不於第一時間報警。走進派出所，把信息、責任和負擔，一股腦兒交給警力就是了。連同那痛惜、焦慮、憤懣和仇恨，也一併傾述，讓警察順帶當回心理醫生，誰叫咱是交糧納稅的純種公民呢。不然，其實不然，看官，這樣想，那你就圖樣圖塞破了。於是，這才有了前面鋪墊，而延展擴充而來可記可述的下述一句話。

話説，聽我發問，表弟師傅頓顯深沉，略予沉吟，緩慢開口，儒法一體的表情，中西匯通的腔調，配合着眉心凝聚出一個魏碑的川字：「報警？報 —— 警？這麼説吧：不管用，不好使，可能，更麻煩，成本更高。」

2016年2月22日於清華

通就通了唄，還文化那個啥！

1990年代中期，澳洲華文傳媒突然熱炒「中國男人到底行不行」。炸開半邊天，炒成一鍋粥。黑白紅黃褐，五色人種雜處，不料引出的居然是最為原始的關切。事關命根子，不是「文化多元主義」或者「人民當家作主」那點兒小事，大是大非，自然群情激昂。

事緣一位復旦女生，感喟西洋男種80%都行，餘下的平平；那邊廂，80%的中國男人都不行，其他還湊合。這就是著名的「二八論」也，引發華人社區煙壺嘴裏的滔天巨浪。到底行還是不行？是不是說你行你就行，不行也行？說不行就不行，行也不行？反正言論自由，你就使勁兒說吧，扯嗓子喊吧！至於行不行，在這個凡事講究實證的時代，倒查無實據了。不過，據這位女士控訴，早洩、疲軟、不具持續性、無情無調，乃至於勃起不能，林林總總，是85%以上中國男人的通病。尤有甚者，口腔不潔，一邊做愛，一邊熱烈散放大蔥的芬芳。華埠風聞，該女來此有年，閱人頗豐。閒時舞文弄墨，濃妝淡抹，似皆有感而發。一會兒雨滴房檐，東風扶醉，彷彿張愛玲。過一會兒又落照移影，浮聲傷歎，不小心以為是瓊瑤。再過一會兒上綱上線，指東打西，活脫脫樣板戲李鐵梅阿慶嫂。本想與同胞分享人生經歷，取長補短，和舟共濟，不小心抖摟出了人類的私處，這便「茲事體大」了。

要害不在這裏，而在她的下述一段話，讓原本懷揣

洋插隊夢想，不料位居二等公民的華男們捶胸頓足，階級仇民族恨俱湧心頭，拌和着鴉片戰爭以還的所有歷史記憶，一併爆發。此女自述，倘若沒有跨種性愛經歷，以及它的高級形態或者穩定形態的婚姻，就不足以瞭解對方的文化，從而，無法真正融入主流文明。床上事，才是真抓實幹，民族本性和文明內涵，於此宣洩無遺，是觀察文化特性的最佳覷孔。故爾，她的個人實踐，看似一己身戰，其實是文化交通。誇張一點兒說，根據蝴蝶效應，是有關世界和平的。將來要是有個一男半女，就是文化交通進臻文化融合的結晶，蔚為善果。那就不是世界和平，而是世界大同了。之所以中西之間迄今無大戰，多虧了萬千跨國身戰鬥士，否則都不知亂成什麼樣子了；世界大戰，哪裏是什麼第三次、第四次，恐怕都打到第八十八次了，亦未可知也。換言之，生物行徑的本質不在動物性，卻是文化過程呢！沒有這個高度的認識，也是華男們除開那活兒之外，頂頂不開竅的地方。

真的，華男中真懂這個道理的不多。有的似懂非懂，有的可能懂而故意裝作不懂，還有的早就懂了，奈何一直沒有實踐的機會，或者，缺的是膽量與本錢。因而，罵聲一片，不外「羨慕忌妒恨」那一套。有說老子剛來乍到，天天漏夜打工，生存壓力太大，以致於雄風不再，否則還不照樣讓你欲死欲仙。——他不想想，華女生存壓力也很大呀，要不然怎麼會有這麼多的花樣呢！還有的酸不啦嘰，說咱口裏有葱味，哼，鬼佬渾身上下都是狐臭，非灑上一瓶「婆沸沐」不能鎮壓下去，咋不說呢？！更惡毒也

更陰險的，放話「要不咱倆試試」，在遞送一個小信號的同時，暗藏了佔點兒小便宜的小算盤，為明眼小讀者的小心眼兒所一眼識破，再小心翼翼地無情揭露，譴責他不該這樣覬覦自己的小同胞，有本事到洋妞那兒小小證明一下去，為祖國小小爭一下小光。幸災樂禍的，不免刨根問底她到底是隨機抽樣還是人口普查，暗藏齟齬。較為吸引眼球的，也讓華埠老少爺們讀着流口水的，是一個成功華男的自述。這位老兄專營中澳礦石生意，以買辦自居，兩邊通吃，發了大財。夫子自道，其半生征戰，洋女無不臣服，感慨中國功夫高妙，不在尺寸大小，遂紛紛轉上中文系。最不濟的，也要蹭幾晚中文夜校，學會包餃子。——也有人說，這小子嫖娼沒少花錢。

討論至此達到白熱化，輿情鼎沸，夜未央，呼兒嗨喲。唐人街站在路邊嚷嚷的都是這個話題，北風亂，自求多福。本來，「好男勿鞭春，好女勿看燈」。吾族男女，違祖訓，昧洋規，拳打腳踢，張燈結綵，事情可想而知。那一天，華媒刊登一文，專就非「通姦」（讀者注意：這是原文，我不同意用這個語詞）和非「通婚」不足以實現文化溝通大發感慨，古今中西，文采斐然。喲呵，「思皇多士，生此王國」呀！文題就是本文標題。結果文字處理人士粗心，刊出來後排成了「痛就通了唄，還文化那個啥！」

事過境遷，今夜忽忽想起，恍如隔世。信筆記下，以打發這燦爛天氣，殺死不愁吃不愁穿卻似乎提心吊膽的美好時光。

2012年10月7日於故河道旁

爺爺與司機

　　這裏說的是張三和李四的故事。他們素不相識，也不知道對方的存在。兩輩人，分處地球的南北兩端，各討自家的生活。可是，他們身上的事兒相似，值得放在一起說說。

　　張三，六十來歲，老右派，單身，剛退休，在家閒着。一早吃過飯，便在校園裏蹓躂，遇到熟人說上兩句。校園不大，拐幾個彎，閃過兩座樓，趟過一條塵埃覆面的窄路，就走到了盡頭。所以，總是迎面就碰得上熟人，總要不停地打招呼。熟人都熟知他那點事兒，不想再溫習，圓熟地搭訕幾句就會熟練地藉故走開。我們這撥青年教師，不閒不淡，不衫不履，反正有工夫，樂得有一句沒一句地拉呱。悄聲道情，大聲罵人，吼叫着跺腳，都是好景致。

　　話說「劃右」那會兒，他二十出頭，大學畢業，其貌不揚，卻也算得上風華正茂。剛到單位，論資排輩，場面上的事兒，大大小小，輪不上他。心裏明白，因而只顧埋頭做事，聽話出力就是了。出身不好，「成份高」，所以早已養成了習慣，從來不多話。用他的話來說，「只做事，不惹事，平安無事」。究竟「成份」有多高，從沒聽他說過，青年教師們也不曾問，好像父輩是開火柴廠的，雇了二三十個工人，算是資本家了。那年天氣轉涼，出了一趟差，回來「組織談話」，才知道自己轉身已成「右派」，華蓋罩頂，破帽遮顏過鬧市。

原來，走後這幾天，有人舉報，別看平時悶聲不響，宿舍床頭報紙上的「社論」，卻用紅筆打了許多問號，還有不敬的批語。說是不惹事，還是惹事了，沒法再平安無事。查證屬實，當然屬「現行」，帽子非他戴不可。其實，另有一層隱情。事隔二十年，當年的「小圈子」透風，說是「小圈子」想來想去，就他未婚，多出的這一個「增補的名額」落在他身上，好歹「打擊面」小點兒，請他原諒。——這是許多雷同故事中又一個再平常不過的段落，可小人物一旦不幸進入情節，雷公地母，從此命運便翻天覆地！這不，「小張」從大學教師，改行拉過板車，專業蹲過五年班房，業餘幫着燒開水，最後落腳一家縣城的工廠。

　　「解放」後回到校園，勉力執教，爬格子。多半是現炒現賣，半生不熟，糊弄了事。這一代人，現在基本退盡，論學術，是晚近三十年間校園裏最差的一撥兒，不能怪他們，時代病。話說回頭，張三年過五十，終於娶妻生子，有了自己的家。我看他抱着娃娃滿校園轉，臉上似乎總掛着笑，眼角的魚紋愈見深邃，彷彿將二十年的苦難壓縮鑴刻為道道不滅的歲月溝壑，這會兒，變成了花骨朵。一轉眼，孩子上小學了，無分陰晴，總是親接親送。大家都說老來得子是福，看張三幸福那樣兒！忽然，有一天，孩子堅決不讓他接送。原來，同學們嘲笑他爸爸像爺爺，小孩子家哪兒明白來龍去脈，受不了。又過了幾年，不知怎麼的，他又變回了單身，愈見蒼老，灰黃的臉龐似乎轉趨黑黃，面皮緊貼着骨頭，唯見溝壑。在校園裏碰見，眼

睛直勾勾地瞪人，外加不時湧現的幾縷飄忽，像是恐懼和仇恨，又像是躲避，還像是沒奈何。

另一位兄弟李四，是我的同輩人，當時四十來歲，在南半球「洋插隊」。趕上恢復高考，終於不用修地球，慶幸「翻身解放」。「啊呀呀，那幾年真是青春激昂啊！」一說到大學生活，老兄總是這句「開場白」，有時眼裏洋溢着淚花，不知不覺就湧出的淚花。異域憶舊，彷彿懷古，大家都是掘墓人。畢業後在一家機關混日子，後來不知怎麼，飄洋過海，「稀裏糊塗」，就來到了現在這個城市。説是留學，實際十來年主要一直在打工。因為尚未獲得永久居留資格，必須註冊讀書保有學生資格才能待在這兒，所以，打工那點血汗錢在手裏暖和了一下，便又轉到註冊處去了。那年「風波」過後，大陸來的留學生一夜之間都獲得了綠卡，證明確實存在「蝴蝶效應」。他們自嘲，「吃了人血饅頭」。三兩五的苦水，一兩不好意思，二兩不好意思説出口的僥倖，外加五錢「終於……」的解脱。既然不用交學費買暫住證了，索性退學，夫妻倆開了一家旅行社，對外名稱叫什麼「公司」。這家「公司」小了點兒，夫妻店，但名字響亮，記得不是「澳華」，就是「環球」。老兄的公司宗旨和企業文化是：專為中國人民服務，專賺中國人民的錢財，尤其是專門猛掏中國官員的腰包。

孩子漸漸長大了，夫妻倆早已立下志願，一定要送他上最好的私校。——多少我華族同胞，起早摸黑，省吃儉用，含辛茹苦，也總是要送孩子上最好的學校，為他族移

民所不解，更為他族移民所不及。這座公學，十二年制，多是富家子。華裔不少，基本是港臺移民的子弟，夾雜着幾個大陸同胞的後代。如同張三，李四每天親接親送，伴隨着晨鐘暮鼓，希望在心田裏一天天萌芽長大。突然，這天回家孩子宣佈，不許他到校門口接送，至少要在離校三百米外的街角等他。原來，富家子們平日多半是家中的司機接送，有時父母也會迎來送往，當然衣冠楚楚。但不管是誰，開的清一色都是好車。李四開的二手貨，咕咕隆隆，哐哐嘟嘟，哪裏上得了枱面。可嚴酷在於，沒人會道破，惟有不會撒謊的眼神和表情讓孩子無地自容。——畢竟，他才十二、三歲，來到這個陌生的世界不過三、五年。於是，有了前面「宣佈」這一幕。

不幸，有一天，不知怎麼回事，還是讓同學看見了李四來接他。小傢伙一邊朝車走過來——李四到底還是咬咬牙，換了一輛新車——一邊嘟嘟囔囔說是家父公司的司機來了。可憐這「澳華」還是「環球」的老總與CEO，心頭流着血，臉上堆着笑，滿眼恭順，拉開車門，迎候老闆的公子駕臨。一天酒後跟我說到此處，雙手握拳高舉，吼聲震天：「他娘的萬惡的資本主義！」

真人真事，發生在上世紀八十年代末、九十年代初。張三現在該有七十多了，李四也五十好幾近六十了吧！

今夜孤寂，月上柳梢，照得人發慌，突然想起他們，趕緊記下來，為我同胞的苦難作證，也為我們這代人和上代人伸冤。

向誰去伸冤呢？伸什麼冤呢？我也不知道。

寫下它們，看官，留給您茶餘飯後去掂量吧！

「鳳兮鳳兮歸故鄉，遨遊四海求其凰」。司馬相如的琴歌，悠遠綿長，卻又空靈而失落，彷彿穿越兩千年的風霜，隱隱約約，漂流在北國仲秋的夜風裏。

有點寒了，趕緊裹上被子。

2012年9月28日夜於故河道旁

城東有太陽，城西有月亮

英雄葬於城東。一方塚壘，千年祭祀。香火綿綿中，後人更多懷想的是那個金戈鐵馬、風雲激蕩的歲月。少年情致，羽扇綸巾，壯懷激烈，好一個大時代！

佳人息於城西。因為教子無方，依例分葬，東尊而西卑。當年初嫁，一對玉人。天下羨煞，遐想連翩，甚至引發赤壁折衝。烈焰熊熊，人頭滾滾；折戟沉沙，磨洗前朝。有人唱，有人歎。不料時光弄人，身後居然同城永隔，只能引頸遙望。

娟娟秋水兮望八荒，冥冥日月兮天雨霜。

英雄天靈有知，衷心何忍？美人地下翹首，必是垂淚相向。是誰拆散了這對神仙眷屬？憑什麼讓他們天各一方？教子有方還是教子無方，由誰說了算？鄉民的世代傳說，究竟道出的是誰家的心事？人事乘除，又是為了哪方的得失？它們熙來攘往，倏然顯隱，到底於人世何益？

這個陽光明媚、霜淒萬樹的清晨，我從城東走到城西。這個暮靄沉沉、月上柳梢的傍晚，我從城西折返城東。抓住過往的鄉民想問個究竟，鄉民如我一般懵然。過往的鄉民抓住我要討個說法，我和他們同樣茫然。但是，無論男女，也不分老少，都希望將他夫妻早日合葬，免得相思之苦。要不然，離恨千年，太狠心了！

千載風沙萬里夢，大江茫茫去不還。那地下真的還

有他們的骸骨嗎？哪怕一星半點？倘若空空蕩蕩，豈不正好說明兩情繾綣，他們早已奔向對方，管他後人的是是非非！

我不知道，我真的不知道，可能，大家誰也不知道。

可我想知道，太想知道了。

從城東走到城西，又從城西折返城東。城東有太陽，城西有月亮。

2012年11月12日夜於廬江。
吾鄉廬江城東有周瑜墓，城西有小喬墓。

我們大家都是鬼

堂會快要唱完了。

為了慶賀堂會完事兒，社區籌組歌詠會。習用説法是「熱烈祝賀」，幾十年沿用不廢，早成套話，張口就來。明知是套話而套用，正説明現實無奈，而用語言來搪塞，一時間也還真的就能抵擋一陣子。唱歌，唱指定的歌，自娛而娛人，是搪塞的油滑形式，並將油滑藝術化了，因而，噁心變成為分攤着的輕飄。

是啊，升平年月，沒有鳥語花香，豈非愧對山河；不見鶯歌燕舞，要山河做什麼?!

於是，老娘們來勁兒了。——當今天朝，無論是邪教發展信徒，還是賣假藥的尋找買家，抑或傳銷的騙子物色下家，以及，排排站聲調齊整兒放聲歌唱或者擊鼓傳花，城市有閒中老年婦女，或者，女性「科技工作者」，都是最佳人選。她們通常離退休，擁有一份鐵飯碗，基本衣食無虞，找點兒事做，在消遣時光中歡送時光，於歡送時光中消遣時光。那時光，便在悄悄流走中打發着消遣者，讓消遣者成為歡樂的人啊。這不，這會兒要「獻禮」，首先就把她們提溜兒出來了。本來，人生大舞臺，舞臺小人生，都要擔個角兒，其實分不出個戲裏戲外的。

轉來轉去，翻來倒去，什麼天翻地覆，什麼改革開放，什麼科技第一生產力，什麼比爾頭寸蓋茨銀根，什麼竹島就是獨島、不獨就是不統，都不還是在如來的掌心，

能蹦躂到哪裏去。總之，自茲以還，每日午時三刻開始，社區辦公樓裏，老娘們定時聚嘯，歡天喜地，「雙眉矑，一笑與誰濃」。隔壁居民，不堪其擾，只好把電視音量放到最大，以自擾抗干擾，而以全家老少頭昏腦脹告終，所謂「塞馬晨嘶，胡笳夕引，不盡愁千結」。路邊的貓狗，本來聽覺就靈敏，吼聲震耳，誤以為身逢亂世，炭炭惶惶，倘若路過，必定夾着尾巴，飛馳一溜煙，「黃塵路，客懷良苦」。不像往日，仗着大家的愛，故意大搖大擺地招搖過市，走進新時代。

她們唱什麼呢？當然是最響亮的時代之聲，統一部署下來的。什麼日子比蜜甜喲，什麼幸福了你就喊喲，還有什麼常回家看看喲（估計兒女在外，平常不太搭理她們）……歌聲高亢，齊刷刷，透過半敞的門窗，馬路上也聽得真真切切。本來，往前三十來年，她們中不少人還當過文藝宣傳隊員呢！扭過忠字舞，背過語錄歌，也是一段時光的故事，故事裏的時光。準確地說，是縈繞着那個叫做青春的主軸旋轉的時光的感覺，一種夾雜着快感與痛感的混合錯覺，有時候好像叫酸楚。而今韶華不再，可歌聲，集體的歌聲，在終於似乎不再感到任何恐懼的某種若隱若現的亢奮狀態下，又鬼使神差般地讓歌唱者彷彿找到了青春一元復始的美妙感覺，這隱隱約約的酸楚便如歌聲般飄散於深秋的空際。

這喊叫，飄散着，氤氳着，引來了一群老頭子。

這是一群七老八十的男性國民，娘們呢昵稱，「糟老頭子」。如果有錢有勢，改稱老先生，有時更前綴「德高

望重」四字，雖然其實可能恰恰是真正的王八蛋。深秋初冬，無風無雨的日子裏，坐在馬路牙子邊，曬太陽，聊大天，閒看車來人往，是糟老頭子們的主業，可能也是他們最大的享受。或許，對於其中的一些人，這是唯一消費得起的社會性活動。勞生息死，此刻兩頭不搭邊，怎生安放，為難着呢！異性相吸，據說是一種生物定律。可惜他們無錢無力又無勢，早已無法以自身為據，來證明這一生物本性了，倒是為對方的吸引力試驗不自覺間當了回志願者。那一生安居異邦的偉大愛國者，年逾耄耋，衣錦還鄉頤養天年，依然據此定律受到上帝的眷顧，「糟老頭子」們的確不好攀比。——什麼上帝送了個最後的禮物啦，還挺注重修辭的！「糟老頭子們」不信上帝，有時略微信菩薩，也是跟菩薩直來直去，便無需運用這等修辭了。其實，就算運用，修辭也不怎麼理睬他們。這現代人世，科學家們一旦精於自家利益的最大化，將會無往而不勝。兩相情願，各取所需，一拍即合，聽說就叫愛國主義。時移勢易，今日人世間，叫做科學家的這群物種，還真的多是愛國主義者。當然，大家也心知肚明，冒冒然加上「德高望重」四個字的不多。

　　「糟老頭子」們不懂這些，懶得操心，只想領受太陽的照拂。

　　樓上吼聲嘹亮，曲目中居然有「二十年後再相會」。一晃，三十年前的老歌了，今日翻唱，倏然多了十年，別有滋味在心頭。至少，老頭子們對它的旋律好像並不陌生，聽着聽着動情了，跟着哼哼。哼哼復哼哼，哼哼何其

多；人家唱堂會，我自樂哼哼。只是，不知不覺，那歌詞變了。

兩天後，人家的堂會收場了，他們的新詞也編好了。

再過二十年，我們來相會⋯⋯天也美，地也美⋯⋯
再過二十年，我們來相會⋯⋯你是鬼，我是鬼，我們大家都是鬼。鬼來鬼去鬼打牆，閻王殿裏來開會，閻王殿裏來開會，來開會。

太陽西斜，老娘們的歌聲愈發高亢。老頭子們漸感不支，將胸前的衣衫裹緊，一個個鬼頭鬼腦地，悄不溜地，做鳥獸散。

天黑了，天又亮了。陽光從天上灑下來，天還將陽光收攏回去。它的下方，十億生靈的舞臺，出場還收場，作息有常。

2012年11月14日夜於廬江

鹽飯、噪音與小弟弟

席上無外人，不知怎麼就說起了刑訊逼供這個不祥話題。

研修歷史的，歷數周興、來俊臣，咬牙切齒，把「請君入甕」翻來覆去，弄得大家不自覺齊齊轉頭偷看牆角的大花壇子。轉頭窺視，表明知道提醒自己別走錯了路，一不小心掉進去了，或者，被塞進去了。關心時事的，傳播報章揭露的招式，轉述民間流傳的消息，感慨文明其實並無多少長進，為人心叵測而唏噓。更有一位，郁郁乎，抑抑哉。剛剛「放出來」，新理了髮，悶頭喝酒。雙眼閃忽，總不聚焦，不定時地咕咕噥噥，語焉不詳。像是在宣告什麼，又好像朝對方諾諾申辯，或者，向對方求饒。沒人理他，全忘了他可能最有發言權，也忘了往昔餐敘多半是他張羅買單端坐主席。

說來說去，感今歎往，由中徂西，把一直不吱聲的張三逗樂了。

老張的飯碗在紀委，平時話不多，面目慈善。有點神秘，好像比公安還公安。大家這才想到，他老兄最近辦案子，好久沒見了。他老兄既然辦案子，他老兄知道的總比別人多，他老兄就應當多說兩句。

「你笑什麼？這事好笑嗎？」

「太不好笑了！」老張平靜如常，眼睛盯着別人看不見的某個遠方，心不在焉。大家跟着看，可什麼也看不見，愈發感到神秘兮兮，抑或，有點恐懼了。

哎。嗨。呵。一連三個感歎詞，按不同兆赫吐出，同時兼有清喉潤嗓、提醒注意的效果，端紀委飯碗的才又開口，眼神自遠方某處收回來：「我是笑，笑你們道聽途說，一知半解；我是笑，笑你們連蒙帶猜。兩個字：瞎」。自打那一年共和國總理勇創先例，此種數字不對稱式修辭，遂流行國中，為廣大人民群眾所喜聞樂見。大江南北，長城內外，一時間洛陽紙貴。以至於一位統計局長面對記者有關官方數字造假的質疑時，舉起三個手指頭，笑吟吟地：「我回答你五個字：一派胡言！」。

老張解釋，「正規機構」其實沒有多少「手段」，大不了一個「打」字。當然，雖說都有打法，但各有巧妙不同。打容易，打好卻難。打在哪裏，用什麼傢伙打，打哪些傢伙，又由哪些傢伙來打，輕重緩急，說學逗唱，橫撇豎捺，不是那麼好拿捏的，要有點美學情操才行呢！而且，最怕的是各行其是，自家發明的招數最邪興。越到「底下」，越邪興。——打人，多累呀！再說，忒不文明了。

「他媽的」，老張歎口氣，「偏偏人就喜歡發明這些玩意兒，只要幹這行，再笨的傢伙也會七竅頓開弄出些新花樣來。」

可能因為說漏了嘴，一時激動，「開」字和「出」字發音沒太分得清。

咽口酒，老張補充一句，眼睛又散神了：「他媽媽的，人比人混賬」。大家不知道他這末句確切的含義是什麼，但彷彿醒悟，比剛才多一個「媽」字，必是最新流行的一種表達加重口氣的異型修辭法。

不知是不是酒過三巡自控不住，還是沒有外人因而不妨略敞胸懷，抑或壓抑得夠嗆真是不吐不快了，這老張傳授了「一些基層」用來對付貪官的三招。當然，既能對付貪官，也能對付阿貓阿狗，或者，修理修理李四和王二麻子，哪怕你王二麻子改名叫王三麻子。

一是鹽飯。不給飯吃，餓兩天後，遞上一碗摻進三兩鹽的飯，愛吃不吃。人是鐵，飯是鋼，雖說一口吞下鹹得直咧嘴，可那餓鬼頂不住餓，多半還是狼吞虎嚥。沒水喝，「兩三天不喝水死不了人」。三天後熬不住，終於「服軟」了，終於「吐水」了。好，供水，供飯，供菜。

二是噪音。室內同時放幾部錄放機，反復同時播放不同節目。一天24小時不間斷。要不了幾天，那傢伙準崩潰。「這招兒用來對付原來生活比較優裕的官員最靈。對付知識分子，也靈。用在痞子身上，基本沒用。」說完朝我看看，弄得我不知道自己究竟是「知識分子」呢還是「痞子」，抑或兼而有之。老張似乎看出了我的困惑，咧咧嘴：「進去了，都一樣。」我理解。不過，想補充一句：沒進去，好多也差不多。但是，老張沒有相向而行，不再作任何回應。結果，我的困惑更深了。

三是小弟弟。據老張透露，大凡男人都特別在乎，也尤其愛惜自己的命根子。終其一生，因它苦，為它哭，而終究哭笑不得，左右為難。凡是敵人擁護的，我們就反對；凡是敵人反對的，我們就擁護。這便給來俊臣們提供了靈感，圍繞着方寸之地，動了不少心思。橫平豎直，天方地圓，很費腦筋呢！

「具體呢？」李四是個娘們，膀闊腰圓，胸脯發達如同兩個豬崽，通常，人沒進門，豬崽倒蹦蹦達達先挺進了。據說訓夫有道，讓那爺乖得像個可人兒的波斯貓咪。性子本來就急，這會兒憋不住，迫不及待地問。她這一急，大家都笑了，想像着李四取經後如法炮製那貓咪受刑時的福態。

例如，用一根皮筋纏繞海綿體，末端再吊上個石頭，那玩意兒很快就會脹疼，水腫。它給海綿體所有者造成的心理恐懼，遠遠大於生理傷害，出奇制勝；它所即刻產生的羞辱效應，對於受刑者的什麼尊嚴的摧毀，攻無不克，戰無不勝。尊嚴既無，全線潰敗；一絲不掛，就會一泄千里。到那時辰，瞧你小樣兒還中國模式不中國模式的……

又如……，復如……，再如……，還如……，近如……，遠如……東方如……西洋如……

圍坐一桌的男人，不知為何，聽到這裏，個個面如土灰。內急，絡繹如廁。排尿不假，但借機檢視一下自己的身子，慶幸它的領土完整，於運用中重申其主權不可侵犯，至少，是擱置爭議共同開發，進而，撫慰幾近停跳，抑或，不止狂跳的心，才是下意識的真正用意。

那女人們呢？

離桌給各自的老公打電話去了。李四大步踉蹌，第二個衝出門。兩頭波濤洶湧的豬崽子們第一個衝出了門。

2012年11月11日夜於廬江

補記：奈保爾描寫1960年代的阿根廷，講到左翼游擊隊和

右翼軍政府的警察，彼此仇殺，有這樣一段：「游擊隊簡化了阿根廷的種種問題，和北方的校園與沙龍裏的革命者一樣，他們找到了自己的敵人：警察。於是在智識水平不那麼穩定的南方，北方的社會—智識遊戲變成了可怕的現實。數十名警察被殺害。警察則以恐怖來回應恐怖。他們和游擊隊一樣實施綁架和殺戮；他們實施酷刑，主要針對生殖器官。」詳見氏著「阿根廷與伊娃‧庇隆的幽靈」，收見他的散文集《我們的普世文明》，馬維達、翟鵬霄譯，南海出版公司2014年版，頁416。

「太醜啦！」

老弟本鄉人，相貌堂堂，開黑車，年頭不短了。我平日鄉居，卻不免應酬，偶或出差，有時便請他幫忙接送。尤其家姐和姐婿北上問疾，兩月之中，更勞他跑腿，利責兩清，各得其所。

老弟辦事規矩，但絕不「優禮有加」。應答乾脆，但絕不多話。跑路方向明確，絕不拖泥帶水，但也絕不心急火燎。因而，論道行，論做派，真正老司機。不過，一來二往，混熟了，驅車路上，閒着也閒着，就乘便聊了不少周邊的事。鎮上哪家飯館不用地溝油，儘管放心去吃；村頭的張老闆花甲拐彎了，前幾年做生意發了點兒小財，沒管住下半身，爬灰，結果父子反目，險些弄出人命；自從「專車」問世，黑車生意頗受衝擊，唉，「技術改變世界呀」；加蓋一間房，合共三百平，可惜不在長安街上，要不大發了。

有一搭沒一搭，無非居家過日子的家長里短，坐看閒雲起，過盡耳旁風。說着說着，有心沒肺，長程短途，彷彿一眨眼，就到了。

不過，這件事，雖說同為東家長西家短，陳芝麻爛穀子，卻有點兒意思，值得在此記下一筆。

話說，駐軍的長官，打來電話，要老弟送他們去辦點兒事。連長排長，四條漢子，着便服，登車借行。事情是「搓一把」。目標十來公里外六環邊的一個洗浴城。這組

建築，兩層，面對大路，懸置村外，孤零零，非古非今，亦城亦鄉。正是血氣方剛的年齡，好像腹中還灌了幾兩，這便興奮得很。春節在即，大地苦寒，有錢沒錢，回家過年，過年是硬道理，過年是信仰，因而，這夜晚的郊野路上沒幾輛車。說話間，已然抵達，霓虹燈閃閃爍爍，更加襯托得北國寒夜蕭瑟，天地空寂而幽冥。長官甩手下車，囑咐短則半小時，長則一個鐘頭，便會「辦完事」出來，要老弟在門口候着，按時計價。

結果，不到一刻鐘，四條漢子如喪家之犬，悽惶惶跳出大門，飛奔上車，急令趕緊開拔，開得越快越好，跑得越遠越妙。

老弟一聽，嚇壞了，明白趕上「掃黃打非」了，加大油門，跑吧！

約莫十來分鐘，又或五六分鐘，總之，隨着身後霓虹光芒漸渺，周遭重陷黑暗，安全感慢慢附體，四條漢子這才喘過氣來，緩過神來，開始捶胸頓足，罵罵咧咧，又彷彿大難不死，僥倖之至，而樂得插科打諢。

「太醜啦，他媽的太醜啦！」

「這都是哪兒找來的小姐呀，也敢接客，太醜啦！」

「半夜的，嚇死老子啦！」

原來，並沒趕上「掃黃打非」，亦非恰有軍警督察臥底。大冷天的，縮手縮腳，誰會來這荒郊野外。卻是「小姐太醜」，不是普通的醜，居然醜到嚇跑四條漢子的程度。他們不是一般的漢子呀，可是一旦戰爭爆發，就會浴血沙場的軍人喲。再說了，他們也不是沒見過世面，今夜

卻嚇得篩糠，敗走如落花流水，可見其醜無比，同樣一見傾城，再見傾國。

這是好幾年前的事了。那時節，達官貴人高視闊步於「天上人間」，一擲萬金，感念國家富強偉大，感慨為人民服務沒個好身體不行。小民百姓躑躅在街巷里弄，紅火了歌廳髮廊洗浴城，自編自導自演浮世蒼生折子戲。世事翻覆，如今搗毀的搗毀，歇業的歇業，轉入地下的積極開展地下工作。整頓社會，匡正風氣，挽救了黨，挽救了國家。

這六環邊的村野洗浴城，曾經帶給多少人溫存和迤邐，又叫多少人想入非非神思恍惚，早已在鏟車利刃之下化為灰燼，弊絕風清啦。

據說，不知真假，小姐們遣散回鄉，頓失維繫，倒是老闆拿到了一筆拆遷補償，意外之財，優哉遊哉。

今夜寫下這則文字，記敘大時代中的一朵花絮，純屬自娛自樂，同樣是沒心沒肺。可是，有時候想到這些身強體壯的兵哥哥與將近三萬萬長年離家在外打工的青壯農民工，以及他們那留守在鄉、千里之外的兒女骨肉，便假惺惺地鼻頭一陣酸楚，而四顧彷徨，這才知道心肺仍在腔子裏，而大家都是有心有肺的血肉之軀，無分城鄉，不辨貴賤，更不管你他媽的什麼鳥主義。

2018年5月10日夜於故河道旁

算沙搏空，點點皆爲妙道

　　鬧市熙攘，小門臉，日進斗金，悶聲發大財，偷着樂，京城有這麼兩處。

　　一是算命，一是點痦子。

　　算命的在亞運村。單元樓裏，理述來去，占卜吉凶，指點乾坤，將宇宙人生悉數攬胸入懷。仿照現代醫診，施行掛號制，中規中矩。每日限定百餘人，資源緊俏。並無明碼標價，你看着給。來者皆慕名，口口相傳，連環套，約定俗成，每單至少五百，人民的幣。裝在信封裏，走時往案幾一撂。那神家，六十有餘，着黑絲長襪，翹二郎腿，似笑非笑，心思浩茫，掛念天下蒼生，哪有心情理財，所以連這阿堵物瞧都不瞧一眼，碰都不碰一下。自有小廝手髒，代勞俗務，放到僻靜歸宿。據説，病家以官商和演藝三界爲主，半千就打發人家了，還不羞死人了，所以，多半至少三兩千起價。若果靈驗，一甩手動輒數萬。有人親見演小品的，專以揶揄草根落魄者取悦大衆，名揚華夏，富貴，此刻感念點撥，雙手奉獻了塊金磚。付起步價的，例爲考研失意學生娃，北漂無果傷心妹，外加好奇心驅使浪跡京華撒潑嘻哈的畸零寒士。或莊或諧，亦老亦道。——嗨，悄不溜的，你看，這裏流水嘩啦啦呢！

　　神家體諒衆生皆苦，遂將樓下單元包租，開成個茶座。待診病家有了花錢小憩之驛，苦悶之際，志忑之餘，

期盼之下，先消費一筆定定神也。有道是酒肉穿腸過，佛祖心中留。此時此刻，甜品腹中馥，鈔票店家据。神俗一家親，偉大時代，皆大歡喜嘛！誰讓這世界顛三倒四，怎奈何靈肉總是不得安生，芸芸眾生過得心驚膽戰，世道騰挪於有無間加減乘除。而那叫做科學的，雖說信誓旦旦，卻總也說不準，於是，沒轍，只好去找個靠得住的說道說道。——朋友，說到底，我們這些有死性的物種，天授地受，枵腹重趼，一天天都在慢慢死去的途中，一不小心陰陽兩隔，哪能不忐忑呢！

點痦子的在東單。胡同裏，醃臜一屋。父子合營，靠的同樣是口口相傳的江湖名聲。大美無言，大隱無形，這醫療的器具簡單至極。一瓶藥水，一管棉簽。棉簽揸上藥水，往那痦子上抹就是了。費用按痦子大小計量。小而淺色的，抹一次，15至30元。大而深色的，一百至三、五百不等。抹後皮膚灼疼，一週隔絕水漬。看那熙攘大街之上，明媚雍堂之內，若有眉眉五眉三道，蹙眉皺額，別以為人家邋遢，或者，憤世嫉俗，人家那是點了痦子正在防水期，旱着呢！

來點痦子的多為年輕女性，都市白領，愛美人士，自然不乏大星小星，自認為星之星，以及未來之星、可能之星、無望之星乃至於絕望之星也。花錢不多，而去漬有效，真所謂「不怕微霜點玉肌，恨無流水照冰姿」。據說，點的動作無甚玄妙，就像搽紫藥水，只要不是過往那位某國總理的智商，可說人人皆會。東抹西抹，左抹右

抹，上抹下抹，七抹八抹，總之，一個抹字了得，還了不得。關鍵是藥水祖傳，秘方烹製，則神通在此，脈門在此，財源也在此。而門庭若市，「放燈時節，閒了花和月」，點點復點點，點點何其多，點點皆為妙道也。

　　西窗一夜瀟瀟雨，休分說。這中華，我們的家，各掐其命，點其所點，好大一個江湖！

2013年10月2日夜，於故河道傍

「知名法官」長成了「網紅大V」

十多年前，那一波「司法改革」不全然假模假式，還真想做點兒事。勁頭上，火候上，思潮洶湧，心潮澎湃，某省某市儳言，「要用十年左右時間」，「創造一百所知名法院」、「培養一百名知名法官」，甚至於「辦一百個知名案件」，統稱「三個一百工程」。其中，在「一百名知名法官」項下，再細分為「世界知名法官一到五名」，「全國知名」、「全省知名」與「全市知名」各多少名。數量隨級別遞減而遞增，說明當事人對於並非越有地方性就越有世界性這一點，心知肚明，慨而慷矣。

今日回看，凡此規劃，彷彿認真，似乎天真，好像當真，反映了瀰漫於當日中國官場好大喜功的政績觀，好心亦難成全好事也。其之既悖司法專業性，復違科層官箴，而終究不明所以，恰與人才生聚作育之道扞格不鑿，則無疾而終，徒留笑柄，了無訝異者也。

不說別的，單就「知名案件」而言，哪是你想知名就知名的。「知名案件」之所以名震遐邇，聲聞古今，就在於多為「疑難案件」或者「重大案件」。或因名人附體而愛屋及烏，抑或殃及池魚，如「劉曉慶漏稅案」、「四人幫反革命案」；或因情節重大而聳人聽聞，如滬上殺警「楊佳案」，宋教仁車站遭刺案；或因參雜權錢交結而平添詭譎，以至不得不破千險、排萬難，幾經翻轉，抖露出大轉型時代的法政糾葛與權錢博弈，如「顧雛軍案」、

「張文中案」，或者，嘉慶欽辦之「和珅案」，以及後來的「楊乃武小白菜案」；或因法無明文，不得已訴諸法官自由心證，由此豐盈了法理，豁顯了法度，遂成重大先例，如「亓玉苓案」或者「埃爾默案」；或因案涉情理兩端，法牽古今倫理，公婆異説，何去何從，要求法官居正裁判，借立法而給出説法，一種確鑿不易、板上釘釘之説法，卻沒想在在辦成了一椿葫蘆案，導致社會倫理嚴重扭曲，舉世大嘩，如「張學英遺贈案」，或者南京扶起倒地老人徐老太卻反遭追責之「彭宇案」。

凡此種種，是謂名案，不惟家喻戶曉，亦且古今流傳。所謂平地起風雷，時勢造英雄，可遇而不可求。一般情形是，平常歲月，柴米油鹽，居家過日子，太陽底下無新事，有的不過是家長里短，小打小鬧。因而，法曹莊嚴，經年累月，孜孜矻矻，其實多半忙活的不過是尋常法務，護守的是基本底線，哪能盡是疑難案件，也不可能總發生「重大案件」。要真是不疑難就重大，一浪高過一浪，一山更有一山，那就説明，要麼社會出大麻煩了，要麼此地人情風俗邪性了。置此情境，不僅尋常百姓，就是法官大人的心智與心志，那顆整日砰砰不息紅彤彤的小心臟，怕也承受不住呀！

不過，斗轉星移，天下有事，沒事也要找事。據聞現今政法委員會秘書長講話，申言「着力培育扶持一大批政法系統自己的大V、『網紅』名人」，甚至製造「千萬級大V」。——千萬級者，粉絲人數也，在歐洲或者中南美洲，此為一邦人民之數，真所謂千軍萬馬呀。其實，早此

兩年，媒體已然正面報道：「中央政法委新媒體團隊，共45人，多位係微博微信『大V』」。難怪這些年網絡辦得像人日擴展版，留言多半胡言亂語卻又理直氣壯。這回新秘書長走馬上任，放豪言，伸壯志，抖擻精神，就在於此君看來，網宣如戰場，「在網絡戰場上，每一個正能量大V賬號就是一座哨所，每一名網紅就是一個尖兵。各級政法機關要把發現、培育、扶持政法網紅大V作為一項緊迫任務採取有力指施，切實抓出成效。」

哨所、尖兵與戰場，清一色軍事術語，而戰爭不僅讓女人走開，更如羅馬法諺所言：「槍炮齊鳴，法律沉寂」。──一個政法委秘書長，心思所至，言辭所向，既與法制無關，也與政治絕緣，倒喜歡打打殺殺，舞槍弄棒，更熱衷於網紅大V，這不是典型的不務正業又是什麼。

可你要這樣說，那就如同信誓旦旦培養「世界知名法官」一般天真了。朋友，所謂極權政治，特色所在，勢能所向，功能所至，就是無所不包，大包大攬嘛。上管天下管地，中間管空氣，財富、權力與榮譽，從身體到心靈，一切均在掌握之中，不然怎麼配稱極權呢。一個政黨，一個領袖，一個主義，既是他們的信條，也是他們分贓的資格。這不，「二女戶結紮，三女戶必殺」，曾幾何時，大街小巷的計生標語，血淋淋，村長就辦了，比秘書長操心的那點兒破事牛逼多了。

是啊，世間事自有軌轍，行雲行雨，要死要活，不待人謀。但凡權力操作，「重點培養」，可喧囂於一時，卻難長久，更何況大V這事涉及人心向背，審醜審美，暗

中自有市場規律做主，又豈是秘書長所能左右的。三歲娃娃都懂，但他們就是不懂。其實，不是不懂，而是權力在手，便一意膨脹，自認為無所不知，無所不能，翻覆之際，「用即為龍，不用即為鼠」，而無所顧忌也。

回頭一望，那「知名法官」身在何處？「知名法院」又在哪裏？

長風勁吹，雲卷雲舒。母牛下崽了，兩條狗在交配，街角的老爺子想喝酒，手在抖，心在吼。我呢，嘿，「到黑夜想你沒辦法」。

2018年9月16日，秋涼，於北京

「應急管理」，其急在何？

香山飯店，群情激昂。原來，「革命的邏輯：政道與治道」研討會正在舉行。十月香山，秋意沉靜，天地雍容，正是好風景。自遙遠南方澳洲大陸翩然飛來，何包鋼教授伸言，「應急管理」是中國政制的一大發明，也是對於人類政治智慧的一大貢獻。因為，中國政制防範「阿拉伯革命」的逸出效應，出招四策，其為一端，神乎其技。

這話也神奇，讓人吃驚不小。緩過神來，不禁要問：其急在何？為何應急？

原來，究其本意，此「急」專指特定事端、事態與事情，因其可能危及政權和「穩定」，故為政之急也，不出防寇禦民套路。習常所謂「敵情」，當然包括在內。其他種種，如突然陷入極度貧困、大範圍的失地失業、中年失獨，只要不曾引發「群體性事件」，則不屬當應之急，任其自然，無臭無味者也。還有，某位村姑難產無力送醫，奄奄待斃；或者，某家兒女在外打工，煌煌跨國企業卻事故頻仍，不幸罹難；又或，突降大雨，路人水淹齊胸，那邊廂依舊等因奉此忙於「換屆」，或者，「正在歐洲考察水務」。凡此現象，不一而足，雖屬緊急，人倫破損，性命關天，可在此「應急管理」思維中，卻似乎概非當應之急矣！

因此，若以「應急管理」作為中國式統治的訣竅所在，與其說是政治的高尚，不如說是政制的成功，而恰恰

道出了政治的失敗，或者，還有那麼點兒齟齬。而且，它表明並使得中國政治與社會依然處於非常狀態，而非常態政治。同時，它說明中國的政體轉型尚未最終完成，因而，雖然政權在手，卻時刻處於喪權擔憂和政治恐懼之中。平庸政治之下，以治安對付政治，付諸「維穩」糊弄了事，既為末世心態的不打自招，恰與「應急管理」互為因果。從長時段歷史來看，晚近以還，但凡轉型完成、政治定型的國族，只有政府危機或者社會危機，卻無政權危機。許多號稱政治危機的事件，其實是公共政策危機，或者，行政管控危機，竟至於某個政客個人官運仕途之危機也。凡此危機，雖未觸及根本，但表明西方主流的現代文明及其政體安排似乎功力將盡，其內涵的效能與德性資源可能用得差不多了。頹勢既現，意態倉惶，步履踉蹌。這邊廂，刻下的「應急管理」卻係應對政權危機的行政術和治安策，表象雷同，「本質」早已天翻地覆矣！

　　是耶？非耶？不信，走着瞧。

　　萬一果真如此，「歷史終結」之際即已表明歷史復活了，新的篇章似乎正在腦際成長，等待時代積蓄勢能，衝決而出。這是幾十年還是幾百年，抑或浩浩千年功業，非人力，乃天功，而並歸於天命與啟示。

　　同樣，還是走着瞧。

2012年10月21日於香山飯店

文明斷層

　　小區人口稠密，齒德四世同堂。自呱呱墜地的娃娃，到雞皮米壽老者，品種齊全，縱橫交錯，於彈丸之地，演繹着一個繁茂人間。

　　如同一葉知秋，軀體行為總是特定文明的信號。日夕其間，舉手投足，發現觀痰嗽而知世代矣！

　　老者策杖而行，迎風含笑，接面藹然。秋陽普照，默然佇立，風霜一身，而心境如水。是啊，其一生而歷三世，成長於國難連連之際，迭遭政治冥晦之世，「運動」與「被運動」，將個壯年封閉於風雨，予身心多少傷痛！此時此刻，歲月靜好，「免於恐懼」終於降臨，彷彿雨過天晴，專為仁壽備矣。——他們從來不曾隨地吐痰，縱便需要，也是手帕在側。「興廢兩悠悠，凜凜不能留；老子興不淺，聊復此淹留」。哈，硬是活給你看，怎麼着！

　　小娃娃們，十幾歲的少年，二三十歲的青年，蹦跳喧騰，為小區注入了無限快樂，栽培着日甚一日的希望。有時將皮球踢進草坪，必大呼小叫；「青青的草，怕你的腳，撿球輕點兒啊，不許傷害地球！」洒家居此十年，未曾見過一兒童、一少年隨地吐痰也。

　　吾輩中人，五十來歲，六十出頭，偶見大聲嗽喉、低頭一吐者。彷彿做賊心虛，如此現世寶後，佯裝無事，匆匆走過。不過，也有大搖大擺的，一面還用手機嚷嚷這「工程」怎樣、那「項目」如何。

每天早晨與傍晚，或者冬日裏風平浪靜、雲去光霽的正午時光，窗外道傍，臨近樹側，總有人高聲清囀，朗聲痰嗽，反反復復，來來回回，若干聲部合唱共鳴，在空中飄蕩迴旋。或欠身俯射地面，無論是草地抑或灰磚；或縱身平射遠方，無論是小徑抑或鄰人的窗下；或仰頭清囀而後低頭吐射，無論身旁有無行人抑或貓狗。——凡此時刻，他們陶然自若，着行人惶然趨避；如此收放，他們泰然處之，令鄰人怵然發麻。——這撥隨地吐痰愛好者，年齡多為六十多歲，七十上下。

曾幾何時，「卑賤者最高貴，高貴者最卑賤」，是天朝的價值觀念。讀書人的溫文爾雅，反成一種劣品。於是，人性回到蠻荒。其後果，幾十年後猶昭昭然矣，嗟乎！

好比那「十七年」裏，「聽話出活」蔚為天理，把個學府變成了奴隸的訓育場。所謂的理工科專才，有用而又聽話。當時喜不自禁，美滋滋。可這些產品，毫無歷史視野和價值理念，亦懵懂於責任倫理與信念倫理，其惡果，終於在三十年後凸顯，誰能料到？！

2012年9月20日清晨於清華無齋

教授、先生與同志

汪子嵩先生是賀門子弟。賀者，賀麟先生也。批判過適之先生，也批判過馮友蘭老師。荒唐歲月裏活得不安靜，不完全取決於自己，也不一定全賴時代。

話說歷史翻過了一頁。汪先生撰文懷念乃師，當然敬稱「賀麟先生」。女公子賀美英，時任清華大學黨委副書記，聽說將訃告寫成「賀麟教授」，抑或，「賀麟先生」，「大為惱火」，說：「是黨員，為什麼不稱同志？」汪先生私信喟歎，此女「實在左得可愛」。

此處有一關鍵，就是此先生非彼先生，而教授連先生都不如，人家當然不高興。「適之先生」、「龍蓀先生」或者「默存先生」，一如「陽明先生」、「元晦先生」，是對讀書人的尊稱。今日學界說到學高望重之士，亦呼先生，如「余英時先生」，或者，「汪榮祖先生」。

但是，同為「先生」，另有一義。適用於統戰對象或者其他格外需要區別對待的人士，恰因其為「外人」，如「傅作義先生」或者「史良先生」。有時候，其範圍甚至可以擴大到「蔣介石先生」、「李登輝先生」。至於基辛格總是「基辛格先生」，說明在他們心中，此公反倒不是外人，或者，才真是一家人呢。女公子不悅，在於「先生」兩字本有二義，多年浸淫職務，特取其一，不知或者忘了還有一義，也是這個莊敬修辭的本來含義。至於對「賀麟教授」一詞不滿，說明在她心目中，教授算個

屁。——我説此話，有根有據，不便在此寫出來，看官你要想知道，我們私下聊天。

酒店或者飯館的服務員，電話推銷產品的營銷人員，叫一聲先生，彷彿又是一義，例屬商業禮貌，別當真。好比進了澡堂子或者搓腳店，一律徑呼「各位領導」，你可別當自己真是領導。真是領導來了，他們站得筆直，屏聲靜氣，倒不敢亂叫了。

此類情形，也見諸「朋友」。本來，人活一世，夠格稱作「朋友」的很少，大多是熟人，熙來攘往。聽説某位公知做大眾演説，模仿歌星，雙手合攏做喇叭狀，頭顱轉動，引頸臺前，輪番呼號：「左邊的朋友聽見了嗎？」「右邊的朋友聽見了嗎？」可見，此朋友非彼朋友，場面上的。場面上的人説場面上的話，做場面上的事，結場面上的果，當不得真。

上述賀門情事，見某年4月2日汪子嵩先生致沈昌文先生函，收《師承集》。沈先生身役三聯，責編數載，交遊廣，見得多。拙選若干學人信札，輯為一集，吉光片羽。若是附上編者本人的相應往還函，以窺互動，讓吾儕後輩揣摩效仿，就更圓滿了。

其實，即便叫同志，也未必就不是外人，如著名的「周永康同志」「令計劃同志」，甚至，「薄熙來同志」，曾幾何時，叫得杠杠的，又怎樣。

2015年10月2日，北京飛紐約航班上

本錢與利息

「中廣」者，「中國廣播公司」之簡稱也。話說六十多年前，天翻地覆，城頭變幻大王旗。蔣氏父子敗退臺灣，僻居海疆，卻依然以正朔自居。就國際法的虛文來看，還真的就居正不退，直到1972年聯合國會議大廳裏的那個傷心時分。於是，「廣播公司」前綴「中國」，文藝協會也以「中國」打頭，修辭彰顯的是全境轄權，更表明心存不甘。如此這般，直要近年臺獨去中，喋突喧騰，了猶未了。當其時，痛定思痛，切情應變，更加着意營建意識形態，遂有「中廣」這一黨產黨務。

話說「中廣」概分兩部，一為「管理部門」，一為「業務部門」。製作節目是業務，而人事、會計、總務與工程，以及後來的「安全」，蔚為「管理」，簡稱「四大家族」。彼時情形，管理凌駕於業務，如當事人回憶，廣播公司為業務而設，應該業務掛帥，而事實是管理掛帥，電臺好像為管理而設。此如今日國朝大學，當為師生而設，應以師生為中心，實則黨政掛帥，一切圍繞着黨政打轉。其之坐鎮中樞，從生計批發到榮譽零售，上下左右，巨細壟斷，密不透風。計生委將國家的手伸向每個國民身體，大學黨政用國家的手摀住師生的嘴巴，伸向人的心靈。當此之際，可憐那叫做教授的兩足物種，打工仔，豐歉肥瘦，全看東家臉色，遂跡近爬蟲，多半活得安靜，少數齷齪而騰達。

話題收回來。「四大家族」統轄人財物，包括要命的住房分配大權。這邊廂，節目編撰睡在辦公桌上，「上界足官府，公是地行仙」；那邊廂，「四大家族」子弟考取軍校，早不在編制，卻依然保有宿舍，以備偶爾小住。縱便節目部第一紅人，為了奉養岳母，申請調劑住房，他的順位還得排在總務部一個專職謄寫的文書之後。就連單位廁所，一個開放公用，另一個加鎖，僅由幾個家庭專用。

　　「第一紅人」名叫王大空，生性耿介，口無遮攔，而且，難得的是秉性幽默，對此以「他們先烈」與「我們軍閥」比譬解頤：「他們」是革命先烈投胎，國民黨前生欠他們一筆債，他們今生來討債，來報復，他們要拖垮中廣；「我們」是軍閥轉世，當年迫害國民黨，現在活該給他們墊底兒，受欺壓剝削。

　　考其實，國共兩黨，一左一右，分處二十世紀中國政治光譜的兩端，表面勢不兩立，實則演繹的都是極權政制那一套統禦把戲，因而惺惺相惜，難兄難弟。只不過，國民黨再狠也狠不過奉行殘酷階級鬥爭哲學的共產主義，這便落花流水春去也。職是之故，花前月下，長天遠水，上述「他們」與「我們」的分別，順延三十年，移形換位，便在「他們」丟失的這塊大地上再度現身，而真切具形為紅二代紅三代、官二代官三代之紅色權貴與全體平民的對立。前者打江山、坐江山、吃江山，吃相愈來愈難看，「天下為公」早就變成了「天下為公子」。每遇抵抗，小舟將覆，輒謂「不惜一切代價」。後者當兵打工，種糧納稅，時時成為「代價」，處處可能就是「不惜」的對象。

若說分別，還如當年中廣老人所敘，在蔣氏父子，跳不出專政與民主的框框。於老蔣而言，專政是本錢，民主是利息，本錢充足之際，不妨拿出點兒利息來讓你們揮霍一下。在小蔣這邊，好像漸有新悟，民主自由是本錢，專政才是利息。「這一念之轉，善果纍纍」，恰如前輩言，「他在利息耗盡之後，保住了老本」。就他們的老對頭這邊來看，無限江山，打打殺殺，折騰不已，同樣跳不出專政民主的大框架。只不過，他們既無老蔣陽明心學訓育的舊時代雅量，又無小蔣迫於時勢的新時代的覺悟，總以為打江山是本錢，吃江山是利息，而且一本萬利，一勞永逸，世世代代儘管坐吃等死。小酌大啖，管他酒空人散，雨打風吹。至於民主自由，勞什子，都是專政本錢放出來的高利貸，讓「代價」們背着，背一天算一天。

　　夜讀王鼎鈞先生的《文學江湖》，始知當年「中廣」情事，且讀且記，極目送雲，浮想開來，而有上述文字。趕上風吹月圓，夜半見天，真難得。若借本利之說，則捧讀前輩著述是本錢，做此千字文乃利息；認識歷史是本錢，洞穿現實是利息。本息之間，起承轉合，畏因畏果，而開卷有益矣。

2018年9月26日於故河道旁

華人與狗，還是華人與狗

　　1899年，清祚光緒二十五年，內藤湖南33歲，正當豪壯。九月五日放舟神戶，逆浪西行，五天後，初秋薄暮，在山東芝罘即今之煙台登陸。由此往北，再自北南下，三個月裏，悠游杭滬，踏履京津。一路下來，眼疾手勤，積攢下厚厚一冊遊記，題名《禹域鴻爪記》。書成饗友，翌年由東京博文館刊行。

　　此時此際，大禹舊邦，也是霹靂而來的新世界中的一方危邦，迭遭洗劫，兩世厄運，早已滿目瘡痍矣。其情其形，恰如好友野口寧齋贈別詩詠：「束手君臣涕淚多，他年風雨哭銅駝」。雨淒淒，草淒淒，則一路風物，主客驚心，感喟可知。

　　拜李振聲先生，間隔一百又一十八載，此書中譯今春刊佈，讀者幸得借彼之眼，伸長脖頸，放飛想像，透過歷史迷霧，去看看那時節的祖邦模樣。

　　其中一則，載述津滬兩地公園，涉關「華人與狗」，文字簡扼，不驚不詫，轉述於下。

　　據內藤記述，天津紫竹林租界公園，綠樹蓊鬱，與周邊景物蕭索恰成反照。不過，兩物不得入內，一是「中國人」，二是「狗」。那邊廂，「神情裝束均威風凜凜之中國人尋查，」內藤寫道，「守護園門，不時將其同胞遮攔於公園之外。」

　　江南，滬上公園，營造法式或有差異，不過，「中

國人不得入內，則與天津相同。」僥倖獲准入園者，內藤
目睹，唯照看洋人孩童的中國婦人，蓋彼輩「借嬰兒之威
光」也。一旦威光不再，則僕顏頓黯，無門可入矣。

一晃又近廿載，中土已然換幟，咸與共和。一戰方
結，時移世易，東瀛躍步列強，更上層樓。時當1918，十月
秋濃，內藤再遊中土。12月22日，盤桓滬上，致函《大阪
朝日新聞》，感言此方華民無歸屬中國之國民觀念，「故
似可稱為居住於小獨立國之半個外國人。」而相反卻相成
者，在內藤觀察，「棲居此地之外國人，對於中國之騷
亂，興味似遠勝於其對中國和平之摯愛。」故爾，怪而不
怪的是，作為東方最大貿易港口之一，在內藤看來，上海
本當發揮和平搖籃作用，「而事實上卻往往成為騷亂之發
源地。」

這當口，關山明月，落花流水，一番拈起一思量，肯
付霜風。

上述情事，恍如雲煙，不外「華人」與「狗」也。記
得前些年中外史家對於「華人與狗不得入內」聚訟不已，
彷彿連英文的《中國季刊》亦且多所討論，不惜版面編發
了若干重頭文章。總的傾向性結論是否定存在此事。若果
此事為真，則其中一解是，之所以嚴禁華人入內，概因值
此現代浪潮，後發民族，國民蓬頭垢面，隨意噴吐排泄，
踐踏草坪花朵，不堪也甚。

翻案判案，指東打西，莫衷一是，而汲汲印證的，也
是始料未及者，不過是「一切(真)歷史都是當代史」這句
名人名言。

在下外行，村野獨居，春閒無事，夜闌臥覽，摘抄上述史料，不禁心事浩茫。若果史家有心，方家有意，而數萬萬同胞尚且茶餘飯後還肯讀書，長些記性，則敷衍舊事，推陳新知，證真證偽，可得為據乎?!

2018年4月24日夜，於故河道旁

水潭裏映照著一輪銀月

> 還有，區委第三書記一心想以校外學員的身份通過中學畢
> 業考試，可是任何一門數學他都一竅不通，於是夜裏他偷
> 偷地去向一個流放教師請教，送給他一張羊羔皮。

　　這是小說《癌症樓》中的一段文字，作者索爾仁尼琴
借主人公奧列格之口說出，描繪了那個酷烈世道的虛偽錯
亂與荒誕不經。

　　臥病在床，一葉浮香，讀到此處，不禁想起兩件事，
都發生在1980年代初中期的中國，其人物，其情節，與彼方
山水堪相映照。

　　一是滬上監獄，當時尚有神父在押，年逾古稀抑或已
屆耄耋。懂拉丁文，當然能講英法文。他們是那個古今中
西時代的產物，帶有不可磨滅的時代印記。當其時，年輕
幹警備考，中考、高考與職考，抑或自考，嗷嗷待哺。眼
面前就有行家，遂每晚延請集中授課。也可以說是給他換
了個工種。一念之間，這蘆席編織工變身為英文教師。老
人家無兒無女，似乎也無親無故，孑然一身。後半生三十
多年，都輾轉於五尺囹圄，看窗前柳枝一度新綠，幾度春
風，再落葉紛披，滿目蕭瑟，捱過一冬又一冬。多少回，
「高城望斷，燈火已黃昏」。每日默禱，不遑稍懈，沒想
此刻做起了教書匠，遂自嘲廢物利用，萬物皆有定數。

　　據告，三年後，老人家終了于斯，沒等到「平反昭

雪」。咽氣前用拉丁文大聲頌禱，黃泉道上，為自己壯行。

這座監獄是清末朝廷變法修律的產物，仿照邊沁式全景監控理念設計，鼎鼎大名，提籃橋也。江山易代，紅朝接管，沿用不廢，益上層樓，可見道器之間，生死兩頭，變幻無窮，晃得人眼瞎，而終究萬變不離其宗。

二是山東濰坊的一座監獄，從前年起陸續收押了一些教授。人到中年，科技成了生產力，可以轉換為硬通貨，他的腦袋於是派上了用場，卻不料「嚴打第一網」就給攄進來了。「同改」音樂家，罪在「流氓」；他呢，罪在「投機倒把」。自述起伏，雲淡風輕，戲言近半年沒吃苦，因為隊長的公子正在備戰高考，他每晚出獄隨伺府上輔導數理化，騎車往返，臨了夜宵油水足，還管叫「張老師」。

究竟是「張老師」還是「許老師」，一晃三十多年飛逝，竟然都記不住了。唯有他那張清瘦臉龐上時見光芒的雙眼，銘刻在記憶深處，恍如昨日剛剛見過面。而我此刻的年紀，也較他當時為長多矣。

本來，知道他是個老師就行了，姓什麼無妨。

說完兩件事，許老師章潤這廝定定神，控制一下情緒，不免故作高深感慨一番的是，人分男女，各秉其能，而皆父精母血的產物，不脫七情六欲。上述諸位，不分國別，天涯咫尺，趕上大時代，倖存七情六欲，而映證的是普遍人性。庭院閒，梨花醜，江南春色一枝梅。它們是那般混沌而又澄澈，渺如微塵卻又不可抗拒，浩瀚寥廓，無

所逃遁 —— 還用小説裏的話來説 ——「就像平靜的水潭裏映照着一輪銀月」。

在白俄作家阿麗克謝耶維綺的《二手時間》中（第200–201頁），記述了這樣一個故事：

> 他們先抓走了我的妻子。她去看歌劇，就再沒有回家……過了三天，他們又來找我了。他們的第一件事情是在爐灶上聞聞有沒有煙味，檢查我是不是燒過東西。他們一共三個人。一個人進來後到處搜刮：「這些你已經不需要了。」掛鐘也被他取下來了。這令我吃驚，真沒想到……但與此同時，這當中也反映出某種人性，帶來了希望：説明這些人都是人類渣滓，也可以説，他們身上是有人的情感的……

「國家的糟粕」

　　科學世界與人文世界兩分，竟至於尖銳對立，是晚近現代才出現的怪像。由此造成前者的霸主地位，甚至於漸成一統意識形態，不再謙卑寬容，恐非科學所曾料及。回溯既往，拼死抗擊專斷宗教權威，歷九死而後生，這才取而代之，是科學的發跡史。但既富貴，君臨至尊，立馬翻臉，開始排斥一切人類精神形態，即於始料非及之外，更添不合情理一層。實際上，其於尊享絕對正當性之後，同樣幹起了排斥異己的勾當。今日西方大學教授們抱怨商業資本主義體制輕忽「文科」，必將導致人類精神的萎縮，而為社會疾患預埋禍根，就是緣此而發，其來有自。

　　不過，要是他們曾經有過極權國家的生活經歷，還是否依舊抱怨，又當別論。本來，天生德於予，懷疑、反思與批判是知識分子的天職，抱怨云乎哉。反過來說，猶疑卻誠篤、柔弱而堅毅、天真爛漫的成熟，同樣構成其人格典範。因而，在此我想告訴彼岸同行的是，置身極權體制，就不是「輕忽」文科了，而是壓制，不，是輕侮、羞辱直至消滅文科，以及經由包括「洗澡」、「反右」和「勞改」「勞教」在內的一切手段，摧折一切人文學者的身心，從而，責令人間萬物俯首帖耳於權力，在那個黃金鑄就的權力基座下匍匐顫慄，惟命是從。

　　這不是色情，而是邪惡，絕對的邪惡。

　　「我黨很少招募人文科學家，從列寧時代起黨就不

完全相信他們。」在《二手時間》中，一位蘇聯時代的前州委書記如此夫子自道。據她所知，關於「知識階層」，梅毒患者列寧曾經這樣寫道：「他們不是大腦，而是國家的糟粕。」因而，前州委書記感慨，「像我這樣學習文科的幹部是很少的。幹部都是從工程師、畜牧師中培養出來 —— 從製造機器、生產肉類和穀物的專家中提拔起來的，而不是從人文學者中提拔。」從無抒情詩人和物理學家擔任黨的幹部。寧可徵召一位獸醫做黨務工作，一位全科醫師卻不行，絕對不行。

乃父也曾身陷囹圄，目睹了大牆之內的萬千人生。其中一景就是，「在勞改營時爸爸經常看到有教養的文化人，他在別處再也沒見過這麼有知識的人。有些人會寫詩，他們往往都能生存下來。他們還祈禱，就像聖徒一樣。」

之所以獸醫行而全科醫師不行，工程師行而物理學家不行，就在於科學昌達後的現代工科思維及其操作程式，不期然間，倒成了極權政制的天然盟友。兩相比對，之所以放逐殺戮「他們」，就在於「他們」不僅是大腦，而且還是心靈，是心靈的歌手。而極權政治懼怕大腦，拒斥心靈，閹割一切發自心靈的歌聲。

斗轉星移，狗卻改不了吃屎，蔚為普世真理。這不，此間一所工科大學常常矜誇「出了兩百五十多個正部級幹部」，卻不知這是梅毒患者治理模式的結果。更為吊詭的是，當此官場貪腐橫行之際，等於製造了多少「國家的糟粕。」

是的，他們才是糟粕，不折不扣的糟粕！

2018年6月6日於故河道旁

芙蓉國裏盡朝輝

　　這片地兒，俗世裏的神界。如我輩者，打孩童時知道它的存在起，就對其心生畏懼，欲往還去。朦朧的心田裏，一想到它，情不自禁聯想到的便是權威至高無上、法力無遠弗屆、威儀盛大酷烈，以及兩相對照下泥塗螻蟻的凋零卑微。因而，嚮往夾雜着惶惑，偶而，心底裏突然漾起一絲疑惑，迅即罪感浮升，將它自覺壓抑到心靈深處。年屆半百，終於彷彿不再恐懼，早無疑惑，趁機而來，欲一探究竟。十月天，晴轉雨，雨意纏綿，心意如雨。滿懷憧憬，絲許忐忑，希望着什麼又生怕失望。它們絞結一體，如絲絲雨線，彼此穿插，斷續不見頭尾。

　　盤桓兩日，得一日閒。於是，上山。

世界級學府的山形地勢

　　嶽麓山上是湖南大學，湖南大學在嶽麓山上。山巒將校園擁偎入懷，校園便在山的懷抱裏蜿蜒。座座館舍，如臂膀，若指掌，把另一半緊緊纏依。風立雲松，它們形影相映，粗礪的磚石反而成就了一派溫柔，溫柔得讓人想躲進它的衣襟。

　　登高自卑，校園從江邊向山腰伸展，從容不迫。縱目四顧，莽蒼蒼，博觀而不悍然，大氣卻無囂張。這份沉靜與平淡，甚至，還有一分慵懶，叫人如何也想不出曾經的

血脈僨張。這江便是湘江，因為一位有志青年曾經躑躅岸邊，因而名震天下。又因其肅殺，讓天下轂立。我們的畏懼，其來有自，不是山水無情。獨立寒秋，問蒼穹，抒壯志，原是多麼壯美！千年學府，明堂辟雍，窮理八極，本將洞明與散淡盡付於蒼煙落照。追因溯果，為的是在品評中撫慰當下，於照拂俗世人生裏了斷生死。生死一體，彼此呼應，俱見於灑掃應對。起高樓，宴賓客，樓塌人散，是一串唱本，它見得還少嗎？何曾驚詫？亂世蒼生，衰朝朽治，卻不料喚醒了兼濟道心。於是，天地翻覆，呼兒嗨，慨而慷，驚了天，詫了地。

這山形地勢，千年涵養，本當是座世界級學府啊！

技術在進步，文明在退化

世界級學府多半都是世家。蒙養千載，這書院曾經香火不絕如縷，如一燈獨明。試問華夏，可曾有哪一家大學，不管儀態雍容，意態傲然，還是心志墮頹，身心愴然，竟能坐擁文脈，足堪媲美！舉目國中，答案是沒有，確乎沒有。但看曲水流觴，一脈連貫，便知創業者懷想的是萬年基業。這不，進山門，拾級而上，過兩進，前方頭頂就是御書堂。堂堂正正，嵯峨山立，大哉。營建者的莊敬和匠心，寄託着自己纖柔纏綿而剛朗清曠的夢，托舉起的卻是一個文明家國強毅堅卓、浩瀚高遠的夢！

下方的禮堂，依然有夢。挑簷畫樑，恰與上方書院渾然一體；四方正正，無論從哪個角度觀察，都不失體面。禮之中正，配得上先祖的德性義理；堂之明敞，昭顯着蒼

然正大的文化命意。印象中，中西交匯之際，也是內外交困之局。先賢生當憂患，左衝右突，神馳千古，席天幕地，卻化神思於物形。於是，神州大地處處留下了這樣的優美館舍。廣州的中山大學故址和開封的河南大學，都有這樣的佳構，足以作證。它們數量有限，遺存不多，但足供後人緬想，勾引今人流連，在恍如隔世的時光交錯中，呈現着一個如夢的昨日，一個昨日的綺夢。

再往下方，山陰道旁，一幢三層中式建築，馬蹄形，與禮堂略相匹配。小巧，但不再精緻，也難說匠心，似乎像是即就章，早沒了那份優裕和雍容。這是1940年代末期修建的圖書館，湖大師生通稱老圖書館。劫後重生，似乎還有夢，卻已是淺睡咋醒，繾綣而朦朧，外加精疲力竭。對這個據說斯文的世界，它在拼力作最後的努力，卻已是力不從心。

往下移步，不過百米，十五層，直統統的鋼筋水泥，宣示了人間早已無夢。這是1980年代新修的圖書館，粗陋不文，了無章法。浩劫之後，百廢待興，心力俱疲，於是倉促間有了這個倉庫。它是那樣的突兀，硬生生地橫插在芝蘭之室，好像在故意嘲笑一切古典誠意，更是將無力也無心修為的時代窘迫，盡皆抖落，不打自招。

這層累地形成的歷史喲，共時性、赤裸裸地一脈橫陳於光天化日，怎不觸目而驚心！

文明在退化，文明可以在一夜之間退化，一路退，退，退卻到蠻荒。難怪，雖坐擁千年香火，卻終究香火不再。

斷了，斷了就是斷了；沒了，沒了就是沒了。

好一個嘉年華會

嶽麓書院山牆外，蜿蜒山道兩側，林木葳蕤。往上健步，不遠就是愛晚亭，背景如煙。樹下草叢，各色垃圾壅塞，五彩繽紛。如同一個個裸露的創口，它們仰面朝天，任由日曬雨淋，聽憑暑去寒來，無聲無淚。

院牆之內，形制依舊，卻早無弦歌。零星設置的幾處小賣場，除開大頭像，就是俗不可耐的旅遊品，將沒落不打自招。一處賣場，一干小姑娘，看樣子是售貨員，圍攏成堆，嘮家常，磕瓜子，隨手揚扔，對遊客的詢問帶睬不理。另一處，剛朝門口一探頭，大嫂大媽立馬蜂擁過來推銷礦泉水、檸檬茶、燙金封面的道家經典。火爆的景象上演於書院後門售票處，售票大嫂，一邊咀嚼盒飯，一邊用本地方言朝買票人大聲嚷嚷，大意是「講了幾遍了，你還聽不懂，是聾子呀！」隨即發生口角，相互對罵，彼此情緒都很激昂，伴隨着即興的肢體動作。

刑天舞干戚，流觴曲水時，我的同胞鄉黨！

山門裏側，院內專闢一廳，展示當朝各位達官顯貴「蒞臨指導」的照片。他們有文有武，胖瘦兼備，高矮相間，無一不是前呼後擁，無一不是福氣團團。不論文武，無分胖瘦，撇開高矮，都留下了墨寶，程度在幼稚園至小學生之間不等，略超文盲。堂煌懸列，好似專門用來與先賢遺墨比襯，不嫌醜，嫌不醜，醜不嫌。

這裏不是書院。其實，只是書院遺址。

一個化石般的存在，供子孫垂淚憑弔。

他們享受隨心而快樂的人生

下山，趕往機場。當晚京城打雷下雪，飛機被迫延誤。三小時後，終於放飛，群情振奮。可能是太過振奮，都想趕緊登機，居然一窩蜂，你推我桑，罵罵咧咧，其中幾位振奮過頭，差點揮拳相向，將心緒通達肢體。一陣騷動，緊傍吸煙室，大門洞開，煙民們蜂擁而出，一邊悠閑吞雲吐霧，一邊免費觀看罵戰。其間，一枚漢子，平頭，凸肚，T恤上加套西裝，居然隨口朝地板吐痰，並且，一而再，再而三。仰脖清嗽，低首吐垢，把玩悠悠，傍若無人。——雷公地母作證，此情此景，十來年前曾於東北某機場偶遇，此後遊歷祖國大地，再未之見。不想今日三生有幸，再度巧遇，既驚且詫，猛然間不知今夕何夕。總的印象是，中年男子們，尤不顧臉面，插隊橫行，倒是小年輕們悠游自在，不急不慌。——物資短缺年代過來的人，腰包再鼓，一不小心，終究難擋中心湧發的一腔汲汲惶惶。

走到航橋盡頭，臨止艙門，忍不住回頭問值班的小姑娘，為何祖籍吸煙室的大爺們如此大模大樣，不僅擅自移民外出，吞吐自如，而且隨地排泄，以鄰為壑，而身旁的制服們竟無一人置喙。莫非……，當然……，難道……，要不然……

小姑娘心直口快：「惹不起這些人喲，要不下你零件！」

砍手剁腳，卸肝去肺，當然惹不起。可是，要制服們幹嗎呢？

上機後，遲遲不起飛。終於，機長通報，京城「氣

象條件」不允飛行。無人驚訝，不過讓期待打折而已。後座的兩女一男，滿口嘎蹦脆兒京片子，「得兒，乾脆打牌吧！老誤點，跟外國沒法比。」於是拉開後背椅，山呼海嘯，儼然將打折的期待索性拋售了事的勁頭。不寧唯是，到了興頭上，男士起身站立過道，面朝座位，高揚手臂，水平劃弧，再狠狠摔下，一邊摔一邊伴唱：「我叫你矯情，你的感覺我不懂！我叫你矯情，我的感覺你也不懂！」全神貫注，揮汗如雨，歡其天，喜其地。前座女士，這會兒估計鍛煉自家的忍耐到了極限，不管懂不懂，真的居然矯情，轉過身來，商請「勞駕，能不能小聲點兒?！」也是一口京片子。倏然，眾口噤聲，幾秒鐘裏，空氣似乎凝結了。手握紙牌，另一支胳膊半懸的年輕女士，眼睛依然看着牌，打破了沉默，語速極快，清脆爽口：「嚷嚷什麼？我們也沒礙着誰。紐約、巴黎機場我們都打過牌，沒見誰這樣干涉別人私生活的？什麼素質！」可憐剛才忍不住矯情的京片子，面對不矯情的京片子，吃了低素質的虧，自知理虧，啞口無言，默然起身離座，另覓家園去也。

兩個小時後，終於接令起飛。京片子們停止劃弧，齊齊伸懶腰，打哈欠，歡呼「可離開這鬼地方啦！」

是夜到京，雨驟風狂。排隊等候一個半小時，坐上的士。出機場往南一公里，換作漫天飛雪。人跡稀罕，昏黃路燈下，忽有天地洪荒之感。

又一個嚴酷的早冬。京城果然氣象條件不好。

2012年11月11日於盧江家中

松江太守明日來

　　《古謠諺》卷十四摘引《明史・趙豫傳》，說是宣德五年五月，簡廷臣九人為知府。其中，趙豫赴松江任，剛抵，「患民俗多訟」。只要來打官司，知府大人頭大，不勝其煩，輒語「明兒再來吧！」打發了事。屢次如此，「眾皆笑之」。遂有本文標題所稱之民謠也。可奇妙之處在於，據明史載述，「及訟者逾宿，忿漸平，或被勸阻，多止不訟」。

　　這段「明日太守」的故事，至少透露了三則消息。

　　一是吾國民俗多訟，非如常言所謂厭訟懼訟者也。即使一般民眾對於公權力多半敬而遠之，但憤懣之下，衷心不平，還是腳踏衙門，毅然投訴也。可能，此非舉國情形，毋寧，是工商發達的江浙一帶民風，但觀異可以通約常態，其他各地概可想見。「聽訟吾猶人也，必也使無訟乎！」夫子言猶在耳，歷來指陳古典中國無訟政治理想，總要引述。1980年代中後期法學界的「中西法律文化比較研究」，亦多以此佐證吾國百姓歷來缺乏權利意識，以及司法文化落後，云云。不料，大明朝的凡夫俗子，以生計為天，賴官府撐天，人窮則呼天，該打官司還是要打的，哪裏是今日刻板法科論文所能想見的。

　　二是訟由忿起，則忿平訟消，不待人謀。的確，「氣頭上」想不開，什麼事情都不怕，也不在乎。憤懣至極，情溢乎辭，則「魚死網破」之念，概亦未嘗沒有。此於古

今人情，了無例外。理想人世，法律歸置人事而照拂人世，本乎人情，訴諸道理，不得違忤天理。可人事紛繁，人情萬變，決定了亦不能惟情是舉。時間是最好的裁判，可能，也是最好的消氣閥。一旦冷靜下來，「忿漸平」，咳，多大個事，拉倒吧！所以，現代司法以立案制度舒緩訟累，或者，先行調解，未嘗不是一件良法美意呢！

三是官老爺聽訟接訪，似乎並無定制，端賴心情。可不期然間，卻有息訟止爭效應，可謂意料之外，而情理之中。無定制，就要看官德人品了。若是德行端正，雖說「頭大」，但不致徇私，明日就明日吧。若果品性窳劣，上下其手，甚至以拖尋租，天啊，那還不如將怎樣投訴、何案當立、幾時幾刻、填幾張表、劃幾個押，凡此種種，一一寫明道盡為佳。大家立約在先，依章辦事，行禮如儀好了。否則，如同現今制下，你大老遠跑去投訴，它就是就是不立案，你也沒轍，卻當如何是好?!

說是「似乎並無定制」，這是外行話。吾國典章，自秦漢以降，諸法合體，民刑不分而有分，可於獄訟，總有規制。趙太守明日復明日，莫非運用了「自由裁量權」。在下不知，要明史專家解答了。可能，法制史專家也行。

讀史夜深，偶遇趣聞，信筆記下，盡興而止，睡大覺去也。鍋裏在煮稀飯，小米夾雜大米，必定一夜飄香，反正也不用操心打官司，正好一枕黃粱矣！

2012年10月8日深夜於舊河道傍

衰落與崛起

晚近幾年，坊間流傳着一種説法，大意是世界性的經濟危機表明，國家資本主義窮途末路，惟一超級大國美利堅亦且步入衰落。作為當今世界兩極政體的標誌性制度支柱，其之雙雙衰頹，説明支配世界的整體性文明走向出現了問題，而它們都牽扯到「中國崛起」。作為一個建構性因素，「中國崛起」，或者，更準確地説，中國文明的復興，表明濫觴於地中海文明、承接以大西洋文明、而演化至刻下可能正在上演的太平洋文明的這一波「現代文明」，已現頹勢，即將抵達終點。

此話怎講？是耶，非耶？

卻原來，人類歷史上，一波波的文明曾經承先啟後，養育着億萬眾生。它們是人世生活的創造，一旦行世，便有了自己的生命週期，不待人謀。舊文明之為後起文明取而代之，是文明本身的新陳代謝，一種生命現象，自然得很。因而，許多文明，甚至是輝煌的文明，在達到自家的輝煌頂點後，倏然消失了，或者，慢慢老化、蛻化、病亡了。眼下這一波現代文明，其興也勃焉，其力也強勁，發功發飆，駸駸然已達三餘百年矣。歷經生聚，飽受憂患，於晚近似乎達臻頂點。而驕陽當午，意味着日滿而虧，便已慢慢偏西矣，這強勁的文明遂有廉頗老矣之象。

是啊，盛極而衰，其基本義理、價值和規範，彷彿功力均已用盡。而在人類有限的想像力中，一種足能取而

代之的新型文明尚無可能出現，則否極泰來例屬修辭，也僅為修辭。因而，中國的崛起以承接源自地中海文明的這一波現代文明為機理，於中國這一方水土更作試煉，至多是將其「頂點」再作時空延續而已！如果不曾增添多少新意，無法為其補充相當勁道，則一旦功力發盡，就將「抵達終點」矣！那時節，該是何種光景，同樣囿於人類的有限想像力，還不好說呢！

指指點點，掐掐算算，未來學長預短測，都是鬼畫符，不可不信，不可全信也。

不過，「美國衰落論」早已數度風靡，迄今至少五次。當年日本泱泱，似乎能將美利堅買下來，鬧得揚基大驚失色，驚呼「衰落」，結果憑藉持久金融戰，將東洋打回原形。小日本沒轍了，至今怏怏，只好找東土撒氣。換言之，美國為代表的西方文明的自我修復能力不可小覷。事實上，在美國是否衰落問題上，也有兩極觀點。其中，羅伯特·卡根就力挺美國不僅未曾衰落，相反，卻依然在引領世界，而且，主要是基本價值的導航，而這才是真正的文明挺立的根基所在。恰恰在此，中國無分享共同價值的文明同道和政治盟友，簡直就是孤家寡人也。另一位戰略思想家約瑟夫奈為祖國招魂，曲盡其說，什麼要區分「絕對衰落」與「相對衰落」啦，講清「循環的趨勢」與「長遠的趨勢」啦，要旨不外在為美利堅打氣，要西洋文明雄起。

但是，中國的整體性崛起，是一個異質文明的復興，不全是老美的路子，也不全是地中海文明以還的這一波現

代文明理路所能完全解釋清楚。這才是對於以美國為代表的整個西方文明的真正挑戰，相信無論是卡根還是約瑟夫奈，都心知肚明。

然而，中國的「崛起」真的已經到了需要自根本處反思這一波現代文明的程度了嗎？其持續性究竟如何？能否安抵「頂點」並更作伸展呢？有關於此，令人擔憂而忐忑，更沒法打保票。身處歷史進程之中，日日觀測，夜夜冥思，做千歲憂，為萬年計，原來也是個家國天下的情思和神思也！為誰招魂？為誰憔悴？

不過，至少，在可見的未來，世界是多極的，而中國是其中重要的一極。也許，是最為重要的一極。不是什麼「之一」。

「夢回雲散，山遙水遠空斷魂」，徒勞方寸，且管它之一還是惟一！

2013年1月12日於華師大春秋書院年會

北京的學風

時在1949年，知堂作「北京的事情」一文，談及南北學風，以及北京是否堪當中國學術中心的聲譽，而寫下了這樣一段話：

> 中國是在革命時期，所謂學術文化的中心也脫離不了這個色彩，所以北平學界的聲名總是多少帶着革命性或政治性的，不是尋常純學術的立場，雖然我這說法或者是非正宗，不免與好些學者的意見很有距離。

就是說，拋開前清不論，這政學合抱的傳統起自著名的「五四」。學因政湧，政為學牽，政學碰撞，倒也合轍押韻。而在知堂看來，「三一八」更為重要，這起慘案，至少，「它的重要性是決不在五四之下的」。至於什麼「一二九」，今日堂哉皇哉，鬧得響亮，知堂倒沒提及。困頓人生，老人家居然會挑日子及時壽終正寢，後面真正的大戲還沒開場，否則，他的筆下當不止於「三一八」。本來，水流雲在，疏樹寒沙，優遊歲月，「掩閒門，得似晉人清」，是念書人的癖好。更有那灑脫的，樓上一天春思，弄琵琶，看煙霞，浩無涯，不思家，芳菲年華。可晚近中國，大轉型，既然天塌地陷，勢必翻江倒海，缺的就是這「清閒」二字，也無芳菲留駐，更兼風和雨。

於是，政學合抱，攪翻一天雲月也。

這不，歷經百年積攢，尤其是伴隨着政治中心的挺立，今日京城蔚為華夏學術中心。承認得承認，不承認也得承認。高興是一回事，不高興它還是這麼回事。木已成舟，沒辦法，好壞利弊皆在其中。但既是兩個中心，可能，流風所及，京城裏的學人，便不免沾染上問政的毛病來，至少，好談政治。而官場上呢，便以子曰詩云為尚，直至弄出個新物種「學者型官員」，印兩冊集子，精美裝潢，裏面啥玩意兒都有，堂皇擺着，大方送人。有的還挺當回事，又是首發式，又是研討會，體面着呢。如此這般，毛病借助宇宙引力波擴散，使得京城裏的出租車司機修煉得地命海心，集兩路人馬之大成。可能，他們對於地名路名一文不名，但於政道治道卻頭頭是道。這不是我替他們浮誇，畢竟我沒開出租汽車公司，那不是市場經濟的地界兒，毋寧，但凡來京坐車聊上兩句，便有體會，也很驚豔。因而，不妨說，如同火車不是推的，國家不是用來孝順的 —— 要孝順，就孝順你娘老子祖宗八輩兒 —— 這的哥談學論政的名聲，也不是隨便吹的。

既然對此上心的京城學人比「外地學人」的比例高，則鬧得兒的，專有外號「公知」，以區別於純粹學院中人。其實，這也不是什麼新鮮事，不信，你想想那合縱連橫的先秦諸子，看看乖戾悍烈的東林黨人，再默念一會兒慷慨悲歌的公車上書。

學問做得好，甚至做到時代准允的極致，而又心懷天下，保有公共情懷，從學院大牆探出頭來，就政弊民瘼發聲，號一嗓子，這樣的人難得，因而，少見。蓋因學問

好，以前者滋養後者，用後者稀釋擴散前者，源於同一心性和心智，但卻需要兩套本領。所以，真有兩套本領，而掌握兩種敘事能力的，不多。多半的公知，學問都不怎麼的，還自以為是。更有坐不了冷板凳的，熬不住寂寞的，喜歡湊熱鬧的，弄不出高頭講章的，索性嚷嚷，空口白牙，驢叫牛吼馬嘶，倒還博得名聲，或者，「爆得大名」。

這種人，你看他寫的玩意兒，好，就贊一聲，差，也不要太吃驚。但最好別玩「慕名拜見」之類的遊戲。否則，你看他坐無坐相，站無站相，滿嘴髒話，唾沫橫飛，便會失望，竟至於絕望。其實，他們如你我一樣，就是個人，地球上的物種之一，而是人就有毛病，甚至大毛病。你讀的是他或者她的文字，又不是非要娶她或者嫁他，幹嘛這般癡迷，非要圖個超驗純粹體驗不可。想一想我們每個人自身，雖說不甘沉淪，還不是毛病一身。不是早就有「可愛的不可信，可信的不可愛」一說嘛，還不明白。

混跡學界，駸駸乎，三十七年，對於觀堂所說的「可愛的不可信，可信的不可愛」，略有心得。即就知堂觀堂兩位而言，誰更可愛，誰更可信，抑或，都很可愛，也都很可信，竟或，都不可愛，也都不可信，──嗨，雲淡風輕意，翻江倒海情，盡遊蕩，也不好拿捏呢！

北京的學風，浩瀚淵厚，卻又浮誇虛驕，一如那大街堂皇，車水馬龍，卻了無人氣。

2016年2月18日於清華

當年的腳注

　　三上讀閒書。這一週讀的是《二十年目睹之怪現狀》。二十年前曾讀，此刻再讀，晚清浮世，林林總總，依然彷彿眼前。腳注有趣，舊日未曾留意，今則扎眼，爰錄數則，以見當年。

　　其一：「法蘭西在安南開戰的時候」——指清光緒十年（一八八四）中法戰爭之役。安南就是越南。當時法軍侵犯安南，因為安南是中國的屬國，於是中法兩軍在安南開仗。最初互有勝負；後來由馮子材、蘇元春等打出鎮南關外，收復了很多失地。但清政府並沒有抗戰到底的決心，當權的大臣李鴻章，更媚外懼外，一力主和，竟在軍事形勢好轉的時候，發出停戰撤兵的命令，由李鴻章一手出賣中國的主權，和法方在天津簽訂了可恥的中法條約，正是承認法國侵佔安南為殖民地。（頁68）

　　其二：「曾文正公」——指漢奸曾國藩。文正是清朝給予他的諡號。（頁179）

　　其三：「李中堂」——指漢奸李鴻章。李鴻章曾做過內閣大學士，所以稱為李中堂。（頁203）

　　其四：「中興名將」——某一代封建王朝，由衰落而又

興盛起來，習慣稱為中興。當時由於太平天國革命運動，清朝已面臨垮臺的危險，只因漢奸曾國藩、李鴻章等率領淮軍、湘軍，拼命和太平軍為敵，最後把革命運動鎮壓下去，清朝才得苟延殘喘。因此，清政府把這種局面也稱為中興；那一班漢奸將領，就被稱為中興名將。（頁428）

其五：「淮軍」——以漢奸李鴻章為首的、進攻太平天國革命軍和撚軍的一支屬清政府的軍隊。這些軍隊是從江、淮一帶招募組成的，所以稱為淮軍。（頁527）

其六：「中日一役」——指中日甲午戰爭。由於日本帝國主義想奪取朝鮮宗主權，清光緒二十年（一八九四），中日兩軍在朝鮮開戰，因李鴻章調度不善和統軍將領的怯懦無能，中國打敗了。後來北洋海軍又在黃海戰敗，日本連續攻佔旅順、大連、威海衛等地。結果由李鴻章到日本簽訂了賣國的馬關條約，承認朝鮮完全自主（實際由日本保護），並割讓了臺灣、澎湖和遼東半島。（頁780）

書成於清末，所讀版本，人民文學出版社首版1959年，1993年三印。

對了，又想起一則腳注。那一年，雄文四卷之後，再添新卷。其中一篇，關涉梁漱溟，篇首腳注：「梁漱溟，男，反動文人」。

2015年9月20日於清華

漢語學界新風景

最近幾年，漢語學界迭出三事，蔚為新風景。這裏說的漢語學界，泛指大中華地區，所謂海峽兩岸四地的學術思想界。高校是其中最為重要的部分。海外華裔學人中以母語寫作，而時不時加入中文討論的，也算「漢語學界」。

所說非他，不過家常，條陳如下，且供列位看官茶餘一哂。

一是臺港澳知識界的高端地位不再。往昔三地領先一步，既有傳統依恃，復有西學養育，更有優渥薪酬撐持，閉關經年的大陸學人睹物思情，歆而羨之。港臺教授蒞講，不論學品，只看名頭，常常院長主任主持，學子蜂擁，人山人海。隨後校長宴請，一干教授陪同，與有榮焉。他們高視闊步，而風流蘊藉，郁郁乎文哉！單是那一口英文，加上遊歷廣大，宙斯、門修斯、格勞修斯、畢達哥拉斯，琅琅上口，就讓土老帽大陸學人倒吸一口涼氣。其着西裝革履，輒謂現代化；身披華服錦繡，就歎「瞧瞧，傳統保留得多好！」當其時，迭遭摧殘，學術斷層，情形彷彿元終明始，而青黃不接，這便閉目塞聰，心勞力絀，望洋興嘆，自卑復自訟矣。而屢弱萎靡，惟經臥薪嘗膽，修生養息，虛心向學，方得復原。如此四十年飛逝，日就月將，兩代人下來，大陸學府終於初現規模，則相形之下，寶島與特區真相漸明，「不過如此」，彼此這才和氣一團，一團和氣。

不過，列位看官，別高興得太早。話說回頭，雖然大致情形若此，但層次與學力，尤其是斯文雅致與路向周正，卻依然有待提澌。你看這個園那個園裏叫做教授的漢子，滿嘴髒話，行止無度，狀若流氓，再看那邊廂溫良書生，文質彬彬，便知斯文這玩意兒，還真不是一朝一夕之事，仍需奮鬥幾代人，庶幾乎齊平也。

二是華裔學人熱衷回國撈金。近幾年實施的各種「工程」，以及有司考核指標的傾向性，既鼓勵「引智」海外，也吊起了部分任教歐美大學華裔教授的胃口。以「X人計劃」為例，考核簡單，蔚為慷慨，沒人反感白花花的銀子。眼見平日牛皮哄哄的，竟也折腰曲膝，緣由在此。至於各校各省自立教席，專為他們短期回國任教而設，更是出手闊綽，雙方皆大歡喜。

但是，此間轉折，不寧惟是，更有隱由，否則，便「膚淺」了。記得那年春深往南，花前月下，碰巧獲邀飲咖。夜幕低迷，而微風不興，空氣裏蕩漾着絲絲曖昧，好個溫柔富貴之鄉。眼見座中師大女生簇擁外籍華裔教授，聆其教誨，仿其身段，引偉人語錄，作深沉思考，偶或聳肩撇嘴，令我明白我親愛同胞華裔教授並非只是看中錢財，實在是因為同時兼收海外課堂難以收穫之職業尊崇與學子膜拜。這一份情愫，游走於心，但凡操此行當，均不能豁免，纖細如絲而堅韌不拔，所由然哉，所以然哉。因而，每年回國度假，便中上課，閒來訪友，微言大義，而金錢召之即來，何樂不為。至於退休後回國再聘，梅開二度，彷彿報效祖國，同時生計不輟，更是樂開了花，沒點

兒墨水與人脈，都不行，也不簡單。

　　若說問題，則唯一問題在於，雖說這些教授水平都還不錯，但僅就筆者熟悉學科而言，也並沒高出刻下大陸學人。真真假假，虛虛實實，幾招下來，猶有敗北者也。放在二十年前還行，但現在漢語學術水漲船高，則視之平平爾。當然，就國朝情形來看，其較流品窳劣大學教授水準，還是要高出不少，至少眼界格局，要高大許多。尤其難能可貴者，經年訓育堅守，混口正經飯吃，至少治學路數還算周正。但學壞容易，若果環境適宜，則無師自通，甚至速成，而猶有過之。畢竟，這些學人，多半均為第一代放洋歸來，血脈相連，倘若時勢日蹇，於此道本不陌生也。

　　三是青年學人漸次成長，局面既開，必有所成。三十來歲，四十郎當，幾乎均有博士學位，逐漸佔據潮頭，各展其長。或專注本土，或引論西洋，而似乎皆有所本。歷經四十年生聚，此前兩代學人辛苦積攢的材料與學養，沿承接續，終於有望開花結果。世事無常，諸般法相，端恃持之以恆，全賴願心與願力。僅就法學社群來看，與吾輩開會做事，總要恭奉前輩、拉扯後輩不同，第六代法學家善自獨立，雅不欲再敷衍師輩。此間信息是，師輩學識有限，不足以恭而敬之，而搭橋用途已盡，請走開也。同時，它表明新銳既出，勢不可擋，慨而慷矣。故而，各種「青年」打頭的座談會、工作坊與研討班，均將長輩剔除乾淨，好一個痛快淋漓。眼看其中一些亦已靠近半百，或兩鬢飛霜，或光天化日，照此趨勢，不用幾年，就將青

年不再，同樣面臨為青年踢除的命運，危乎殆哉。弒父情結，原是西洋民族心理，此刻已然移植華夏，沒準推導出個善果來，亦未可知。面對此情此景，吾輩中人，不乏想不開的，這便小氣了。畢竟，病樹沉舟，換得的是千帆競發，迎來的是萬木逢春，適為大化自然，改天換地，席天幕地，有何懊惱，又何必頹唐。

綜此三事，末了想說的是，本以為「文革」結束多年，文瘠不再，不料想，謬種流傳，代代不絕，一到時令，便紛紛出籠。今日神州，毛左妖孽蠢蠢，而老少搭配，幹活不累，令人唏噓。這不，廢都金陵，溫柔富貴，首席學府，所謂哲學系一位姜姓衰閣，好像也還算是青年，為該校意識形態主管部門副頭頭，便為一丑。你儂我儂，互為聲氣，這幫小丑，鬧得挺歡，嘿。

有什麼奇怪的嗎？朋友，飼養他們的莊園還在嘛！小丑獻唱，惡犬狂吠，是這家莊園的日常操練，標準流程。他們托庇於此，按腳本登臺，領一份口糧，不過爾爾。

至於那一批天天義憤填膺於文化殖民，時時大張撻伐黑白不等，單單就是對於當下惡政、身邊窳敗，視而不見，雅不願或者不敢置一喙者流，亦為奇葩。其之有所然而然，所以然而然，淆亂於情與志，夾雜於自願與裏挾，門道挺大，委曲挺多。情形既眾，斑駁淋漓，一言難盡，按下不表，且待他日間來，再作分解，且飲茶除霾去也。

啊哦，忘說一件事了。八月間在東瀛，說到近年各種大學排名，以及中國大學排名普遍上升。幾位扶桑學友調

侃，原本擔心長此以往，華升日降，伊於胡底。可既然貴國日漸鉗口，重又熱衷「文革」，趙正科巴彷彿再度聯袂登臺，則不妨高枕無憂也。

轉借此意，可得告謂各位海外華裔學人同胞者，學問做得好的還將是你們，而高端地位必將永固。其情其形，恰如余英時先生、何炳棣先生之於同輩中國大陸學人者也。

2018年11月14日於無齋，時霾鎖京城，天昏地暗

鍛煉腸胃

老教授，八十有三。身康體健，儀表安祥。退休無事，喜歡到處遛彎。尤喜默對園林，聽鳥鳴蟬唱，觀草長葉飛。中午時分，走累了，來此簡陋教工食堂就餐。老伴先走一步，食堂便代替了自家的廚房，每日必光顧。雖號教工食堂，其實飯菜產自隔河的學生食堂，小師傅騎個三輪，每餐臨時拉來，裝在金屬器皿裏，就那麼多，賣完拉倒。主食副食，有葷有素，翻來覆去幾樣，天天如此。住在小區的教授們，物業管理人員，加上保安小伙子們，以及周邊一群進城務工的年輕人，不三不四，不衫不履，是這裏的常客。

老人有時候信步漫遊，徜徉於校外，到了用餐時間，「隨便找個地方糊弄一下肚子」。兒女同城分居，自己打理一切，落個清靜。

老人家喜歡逗樂，號稱接受「革命樂觀主義」教育有年，養成了此等素養。有時說起「院士」如何，他便擺手，喃喃「可別當回事兒，那兒也是官爺爺說了算！」——原來，他是一個什麼院的院士，永不用退休，自家個兒「內退了」。

我說，「糊弄一下肚子」不好，雖然我們都是糊弄族。

他說，這樣挺好。不時吃點地溝油，有利於鍛煉腸胃。要不然，太弱，在中國可活不下去。

老人家不一般，特例也。

2012年6月6日於清華園家中

不幸的時候，全賴單純的同情心

前幾天網上流傳一則消息，同時配發幾幀照片。圖文輝映，說的是一位年輕女士，自稱鄉村幼師，身懷六甲，千里尋夫。男人在此打工，不料狗日的翻臉比翻書還快，早跟小妖精跑了。現在彈盡糧絕，盤纏也無，只好長街跪乞，求好心人施捨。從照片上看，膝下訴狀，中英雙語，所求者區區460元返鄉路費。紙幣零落，圍觀者眾。新聞報道以「幼師孕婦用中英雙語跪地乞討」為題，頗能攫人眼目。

匆匆一瞥，不遑細究，為天下常有人遭遇不幸而心酸，又為這個人世上總有好心人而欣慰。「悲歡離合，晦明朝暝，日月湖邊來往艇，樓臺水底參差影」，是這個大千人世天天上演的劇目，不論中外，無分古今。它們每一齣都不同，又都無新意，重複講述着這個叫做人的物種的美好與醜惡，高尚復齷齪。

不知為什麼，最近幾年，發現自己愈益脆弱，總不忍

細看這類報道。有時候掃一眼標題，旋即略過，彷彿借由迴避、躲避與逃避，在自己和世間修砌一堵牆。牆修起來了，便也就心安理得，而滿眼風月，渾天儀態。學理上叫鴕鳥心態，實則生命日衰，陽亢不再，那人性弱如遊絲，敏感而又柔弱，只好退守肉身，密實包裹，以免受傷，抖露的其實是經由自衛而愈發地自愛。有人說這叫「愛不動了」，也許。月到天心，身在塵世，心卻隱匿起來了。

怕就怕有一天，無處可躲，藏也沒處藏。但是，身在當下，油鹽柴米，哪裏想那麼多。

話題回到上述照片，當時便覺得此情此景似曾相識，卻又一派茫然，記憶庫中搜索，什麼也想不起來，略一遲徊，任隨念想稍縱即逝，如一縷劃過夏夜天空的流星，終究渺不可尋。

今天鬼使神差，突然想起來了。差不多十二年前，2004年11月，正是南國好天氣，深圳鬧市，曾有同樣的「鄉村幼師」來此尋夫，而且，也是身懷六甲。面對薄情郎，萬念俱絕，小女子乃決意離去，行行重行行。借用宋人詞句，「惆悵雙鴛不到，幽階一夜苔生」，彼時彼刻，當是一夜悲來，身仍在，心已死。雖說心灰意冷，但也彷彿不至於心如枯槁，乃以決然去意抵擋這人世寒意。長街跪乞，對於一個鄉村年輕女子來說，需要何等勇氣。何況，幼師也好，教授也罷，都是教書匠，而教書匠彷彿都是更要面子的，一如我們大家既然為人，總需起碼的尊嚴。如此這般，跪求好心人解囊相救，淒然回鄉，身邊地下便飄落下不少大頭像的票子。

猶記當時與友人一起路過，也曾拿出一張票子。女士穿戴齊整，眉眼姣好，面色紅潤，身體偏豐滿，而且，好像還略施粉黛。看得出來，像是讀過書的人。就在彎腰放下那張紙之際，發現對方圓杏斜睨，倒使我心中忽然一聲，直感不像是個遭遇不幸的心碎女人。但年輕女子天街跪求，縱便有詐，何必細究。又或，就在不遠處，有個男人或者女人，年輕抑或年老，正死死盯着她呢，亦未可知。彼情彼景，恍惚而生動，細膩復模糊，此刻想起，生怕記憶有誤，遂電話深圳的朋友。朋友齒德稍長，記憶力反而超強，複述前事，若合符契，彷彿如在目前。

　　根據今年這則網上消息，這位自稱懷孕幼師者，如此求乞之際，居然遭遇路人譏諷，甚至有人直呼騙人，此為十二年前的那個和煦傍晚未之見也。但是，伊人既在，心理素質好，不慌不忙，坦然回應：別笑了，誰也有不幸的時候。——是啊，難道這還不夠不幸嗎?! 記者喟言，此情此景，令萬千網友感歎：「百分之八十的人居然被乞丐給秒殺了，單單拿一個中英文就搞死一批人啊！」

　　她說得沒錯。誰都有不幸的時候，不論騙與被騙，也不論用英文還是中文，更不論是在都市抑或村野。明知可能作假，依然掏出那張紙，不是人傻錢多，只不過拗不過自家心中的不忍，而貫聯其間的，實在是人類單純的同情心，柔弱卻又剛強！

　　本來，世事如雲，舒卷無定。這不，「西窗載雨，東城隔霧，還開晴景」，而這就是大千人世，人人各就各位，卻又沉浮無蹤，搞不清前路坦蕩還是崎嶇，只能小心謹慎，自求多福。因而，同情別人，其實就是在可憐自

己，而為我們不幸同屬這一物種發抒一絲慶幸與感傷，掬一行熱淚和惶恐。

是啊，這個物種，伶牙俐齒，精靈古怪，是那般的自愛而惹人憐愛，卻又反覆無常，背信棄義，無恥、貪婪而兇殘。背信棄義是他們的天性，如同堅執守諾。它們糅合一體，難解難分，構成了我們，一群肉身，大自然新陳代謝的無數中介，浩瀚宇宙這個渺小星球上螻蟻般的過客。我們對此如若懵懂，便也好了。可惜，細若遊絲的靈性指向超越，決定了對此必有自覺，而且，多所自覺，由此而獲得啟明。也就因此，我們是德性的存在，也是靈性的掌有者。從此，人類永無寧日，萬劫不復，為自身無辜的惡所煎熬，更受人為的惡所慫恿、所脅迫、所推搡。

怎麼辦？朋友，無解，實在無解，終究無解。可能有所依恃的，而且，是不由自主的，從而，有望解救我們的，還是這單純的同情心。

更何況，此時此刻，她跪下來了，而跪就是跪，不管是誰在跪。這一跪，一切便都放棄了。

對了，本文一開頭說「前幾天」。究竟是哪一天，經查看，那天是2016年5月23日。地點是華中通衢武漢鬧市某街某號也。

2016年5月29日星期日，記述於清華寓所

裝神弄鬼

　　《源氏物語》第二回，三位登徒子出場，談書品，論畫品，品藻人品。他們嘈嘈切切，各抒襟懷，展示了千年之前的東瀛趣味，昳麗而世俗，旖旎卻不猥瑣，讀來恍如眼前。作者知人論世，借人物之口表達一己臧否，自有標立。概言之，麒麟藏於巷陌，卓異見諸尋常，樸質簡易立基於渾厚華滋，而談笑收兵，為外人不足道也。比如世間常見的山容水態，一般的籬落花草，落諸大師筆下，疏簡蘊藉，頓時滿紙風流。相反，若是目力不及的蓬萊山巒，怒海爭鋒的怪魚奇蝦，抑或人間所無的鬼神猛獸，但求驚心駭目，多半無所憑依，其實了無根基，所謂畫鬼容易畫人難矣。

　　至於「寫字」，品位高下，也可作如是觀：

> 並無精深修養，只是揮毫潑墨，裝點得鋒芒畢露，神氣活現，約略看來，這真是才氣橫溢、風韻瀟灑的墨寶。反之，真正實學之書家，着墨不多，外表並不觸目。

其以含蓄幽微為美，至有「物哀」之極，暫存一說，並不排除彪悍浩蕩之為壯美，汪洋肆虐之銷魂蕩魄，而一步三搖、輾轉迂迴同樣扣人心弦。但不論風致若何，老到蘊藉孱弱逶迤，抑或鐵馬冰河豪氣干雲，總以功力為憑，仗才

情而揮灑。是啊，夫源遠者流長，其根深者葉茂，哪裏是裝神弄鬼就糊弄得了的。

由此突然想到國朝某老的字，不禁啞然失笑。其之誇張做作，跟蹌趔趄，了無骨氣，一身腐肉，卻又虛張聲勢，不正是「並無精深修養，只是揮毫潑墨，裝點得鋒芒畢露，神氣活現」的典型嗎？劉勰在《文心雕龍》中以「瘠義肥辭，繁雜失統」為「無骨之徵」，也正是此意。想當年，「多智懷仁尋護法，半求王字半求官」，是為忍辱負重。現如今，「皇圖八萬初沐陽，聳嶽奔川隱佛香」，歌功頌德不嫌肉麻，逢迎拍馬唯恐落後，而實則「內靠官僚，外結黑幫」，只剩下赤裸裸賣身求榮。

夜讀東瀛古書，聯想至此，援筆成文。哦，對了，你說這裝神弄鬼、欺世盜名之徒是誰？一些讀者可能已然猜出，不是別人，他叫范曾。

可他並不是最差勁的。

2018年10月1日於故河道旁

指東打西

　　首都機場領取行李後，出門前還得排隊再作一次行李安檢，為世界各國機場所無。在下嘗往「福地」以色列，親身體驗彼國航空安檢之嚴，恐非他國所能比擬，但也沒見領取行李後出門還要安檢。本來，長途短程，好不容易出關，拿到行李，早已人困馬乏。更何況，要麼回鄉情怯，歸心似箭，要麼公務在身，日不暇給，都想急急趕路。遊山玩水的，更欲圖個輕鬆，哪堪疊床架屋。結果還要再次排隊，將剛剛放上行李推車的大包小包再取下來放上安檢傳送帶，費時費力，勞心勞力。眼見老者踉蹌，負重送檢，母親懷抱幼孩，顛躓前行，大家感同身受，而怨聲載道。每天客流滾滾，出口安檢機器就那麼兩臺，有時更且只開一臺，眾人不得已排大隊，雖夜半而不免，彷彿印證的不只是古人「行行重行行」的情境與心境。

　　本來，無論是國內還是國際旅行，機場安檢早已一而再，再而三，這才安全起飛，順利抵達。事涉公共安全，攸關男女性命，誰敢當兒戲。值此耶回兩教火拼日甚，鬼斧神工的超限戰流行之際，不是這兒爆炸，就是那兒槍擊，復經媒體渲染，大家膽顫心驚，對於繁瑣卻必要的安檢手續，除開積極配合，還是積極配合，無怨無悔。

　　問題在於，已然抵達目的地，還要再折騰一遍，則似乎既無必要，亦無體恤之心。若說防堵毒品，則警犬在

側，何能逃脫。要是旨在緝私，查堵違禁物品，則對方早已安檢再再，何須再勞。對方安檢可能會有漏洞，但應以強化彼時彼地安檢，而非以此時此刻，彷彿一意不把乘客當回事為代價。至於借此發現圍捕恐怖分子，吾雖無知，卻也覺得可能性微乎其微也。

在下多事，就此質詢過出口安檢當值人員多次，都以「這是規定」、「這是制度」或者「領導佈置的任務」之類回應。一幫小年輕，多半態度不冷不熱，少數嘴臉惡劣而蠻橫，不分男女，而女孩尤惡。今天排隊心煩，而行李拎上拎下，氣喘吁吁，一身大汗，這才感覺年齡不饒人，非復當年，遂忍不住再次以此疑問探詢。不料遇到一位小伙兒，身材五短，圓臉肥白，笑口常開，健談滔滔。「除開黃賭毒，比如電動塑料XXX」，老弟喟言，「主要在於查繳非法出版物。以前老有人從港臺購買反動書籍，可對方愣是不管，隨便上飛機，結果被我們發現沒收，避免流傳社會。所以出口安檢非常重要，我們不是故意刁難乘客的。」

「指東打西」，原來如此，長見識了。

其實，也沒啥大不了，不就是俗稱的所謂「維穩」嘛！經此措置，營造緊張，公示敵我，在造成一種準戒嚴狀態之際，徹底摧毀公共自由。可惜，查得了紙片片，查不了腦細胞。那裏千萬年進化，天地養育，承載着人類這一物種特有的稟賦，叫做情感與思想，奈何。

清人《兒女英雄傳》第六回寫道：「了英把薩天刺一擲，搶了禪杖，掄得呼呼風響，指東打西，指南打北，把屏風桌椅，打得稀爛。」

昭陽春晚，楚水秋深，而燕趙落葉紛披，金陵歌歇，好一個「打得稀爛」。

2018年9月14日夜初稿，11月11日夜修訂

博士論文答辯委員會主席

　　某年某月某日，應邀擔任某校博士論文答辯委員。下午時分，天色將晚，在給答辯者提問後，思忖有頃，決定將其中一問收回，告謂無需回答。——普天之下，不論專制政體還是民主政制，答辯委員提問設問，均為常態，也是權利所在，無庸置疑。此亦為答辯程序中慣常習見，無可非議。其情其形，如同在場一位老輩憲法學家所言，就算已經向法院起訴，不是還可以撤訴嗎！

　　可天下事，例外之中還有例外。這位答辯委員會主席，著名公知，竟然說「不准你撤回這個提問，你無權撤回，她必須回答，我是主席，我說了算。」

　　嗨嗨，這我就不明所以了，提問的是我，而問答互動，同樣取決於我，何由「不准撤回」？這是憲政的第幾條原則？美國憲法第85條修正案？還是中華人民共和國《憲法》第107條修正案？好像都沒有。

　　原來，它是第28條軍規。

　　自由主義還是專政理念，旨在標舉，而言談舉止是否知行合一，另當別論。號曰自由主義，卻行事專橫，哪怕只不過擔任個在位只有兩小時的「答辯委員會主席」，亦且如此霸道，這樣的心智要是用來建制主政，我的天呀，還不知膨脹成什麼樣子呢！

　　這樣的人和事，發生在今日，恰好解釋了為何立憲民主尚未落地中華。而不學無術，何談建構公共理性?！

　　2015年某月某日，想起十年前的瑣事，補記一笑爾

「進行」

　　「進行」一詞，在當下國人口語與書面中，使用頻率均高。而搭配不當，導致語義不通，甚為常見。非止媒介行當，學術著述情形亦然。不信，只要打開電視，看上半小時，或者翻開任意一種大學社科學報，便可立馬應驗在下所言不虛。隨手列舉幾例，看官欣賞：

　　其一：「雲南的百姓擔心蒙古人來了之後會進行屠城……」——鳳凰衛視視頻（2018年1月23日）「中國鄰國被劃去一半領土，高興才喊我們為此而驕傲。」

　　其二：「特朗普與金正恩進行了握手……」——央視2018年6月12日報道解說詞。

　　其三：「綠化部將於今天對園區綠植進行打藥……」——某小區物業管理部通知。

　　其四：「經學生會委員會常務委員會研究、各機構研究並報常委會批准，決定對以下同學進行任命……」——《中山大學學生會2018–2019學年度幹部任命公告》。

全民母語水準下降，尤其是受過高等教育者亦且如此，抖摟的是受教育者的低陋，而反映的卻是包括基礎教育和高

等教育在內，幾十年來語文教育政策的失敗，特別是透過語文教育與語言心態所反映的文明觀與價值觀之扭曲偏斜。此非惟一般民眾，就是大學教授亦且所在不免，至於「學生幹部隊伍」，更不論矣。語言是存在的家園，存在的真實性與語言表達能力蔚為正比。故而，失去了語言便失去了自我，沒有語言就沒有一切，存在等於不存在。看看那些踟躕於唐人街的華裔老者，不諳移住國語言，失語之後便是「失身」，只能在亞文化社群討得一隅自我，一切不言自明矣。就此而言，母語教育不僅涉關國族的心智成熟，而且，秉具生存論意義，於己於群，豈能掉以輕心。

整體而言，晚近半個多世紀裏全民識字率大幅上升，而雅致溫文卻驚人下滑，折射的是社會生態巨變烙於國民身心的創痛，正需要仔細收拾也。

回首一看，魯迅先生的文字不走溫文雅馴的路子，多數時候也談不上特別優美。但下引段落，不僅竭盡沉痛抑鬱之美，而且洋溢着誠摯溫煦的人文光芒。是的，先生的文思優美而光輝地進行着：

> 街燈的光穿窗而過，屋子裏顯出微明，我大略一看，熟識的牆壁，壁端的楞線，熟識的書堆，堆邊的未訂的畫集，外邊的進行着的夜，無窮的遠方，無數的人們，都和我有關。（魯迅《且介亭雜文附集·這也是生活》）

語文作育，茲事體大，連通千門萬戶，攸關「無數的人們。」非他，就在於「萬言千句，一壑一丘，江河流日夜」。

至於説「受貿易戰影響，美股道瓊斯暴跌0.41%；受外圍股市影響，滬市小幅收跌2%」，就既非語言問題，亦非智商堪比李鵬總理，而是良知給狗吃了。

2018年6月13日於故河道旁，7月20日增訂於東京旅次

這詞能翻譯成英語嗎？

　　筆者以「主權、族權與民權」相提並論，指涉現代國族與人民的複雜關聯，其間的權力和權利的交錯結構。周勇教授說沒聽說過什麼「族權」。究所何指？能翻成英語嗎？

　　在此，「能翻成英語嗎？」成為判定一種表述是否具有知識合法性，進而，拷問其文化正當性的標尺。所謂「一種表述」，在此語境下，不言而喻，特指非英文的漢語或者中文的語詞、陳述或敘事。換言之，據此思路，但凡能夠找到對應英文表述的漢語語詞、陳述或者敘事，方始可信有據、正當合法，也才有意義。否則，便屬非法，也就是無意義。

　　根據某種說法，文明是普世的，而文化是個別的。蓋因不同時空的人民聚居成群，各有活法與說法，將個普遍人性和普世人生，演繹成千差萬別、豐富多彩的大千人世。因而，雖說普天之下，自器物、制度和人文，無一不是圍繞着人生與人心打轉，但卻形態有別，方式各異，各美其美。也就因此，彼此無法通約，自古至今，屢見不鮮。及至心領神會，才又豁然開朗，不由不讚歎人同此心，心同此理，而四海攸同，天下一家也。

　　這裏，既有時代古今之故，也有東西差別使然，讓這個世界林林總總，紛紛擾擾，和而不同，美侖美奐。

　　讚歎吧，造物！

説到底，若非不同文化各有差異，包括表諸精粹語詞的理念的多樣性，從而，相互啟明，在差異的燭照下你追我趕，哪有今天這番人世絢爛。

　　就拿着族權來説吧，自打中山先生倡説三民主義，它和它們便已在吾國文明中紮下根來。族者，種族、民族與族群也。其由特定人民構成，並訴諸特定族性與語言文化，蔚具主體意義，而以自我為主題。自成一格，也就意味着獲秉自我申説的權利，怎能否認呢？若非如此，哪有現代民族國家，更無所謂主權獨立、民族平等與族群集體尊嚴以及民族自決這些説辭、理念與實踐了。就此而言，雖説漢語「族權」不過寥寥二字，卻容涵廣博，而理念來源，至少是其中的一部分，正是現代西方文化所發育滋長的民族思想。因而，縱便英語無全然對應語詞，不害其成立，更無傷其內裏的文化合法性與正當性。正像他們以前沒吃過豆腐，不妨現在吃，一邊吃還一邊説「豆腐好吃」。

　　朋友，朱生豪移譯莎士比亞，從此有了「麥克白」這一漢語形象。對於希臘文明的成套引進，讓「俄狄浦斯情結」、「達摩克利斯之劍」或者「阿喀琉斯之踵」成為習常漢語表述，早已納入華夏文明的敘事體系，用之無礙，乃至於習焉不察。如同「民主」、「自由」與「法治」的引入，使得華夏文明在官僚政治之外更添境界。那邊廂，打從理雅各以英文轉譯儒學經典，英語世界文明敘事中平添了一個Confucius。楊憲益、戴乃迭兩位先生，一生勞作，將《紅樓夢》《西廂記》轉譯英語，蔚為冰人。譯事

難為，他們是溝通的橋樑，越過巴別塔，而功莫大焉。

　　我們不會譯，暫時譯不了，沒事，總有通約之際。今天不行，明天總行。朋友，這是多麼激動人心的事業，而我們從役於此，真幸運，恐慌什麼！

2015年10月7日於波士頓

法語、德語、捷克語和英語，哦，對了，還有漢語

　　1814年，為了應否即刻制定一部《民法典》，兩位普魯士法學教授槓上了。一時間，唇槍舌劍，口誅筆伐，吐沫星子橫飛。他們都是民法學家，在法學院教書，也都具有淵厚的人文素養。其中一方，蒂博教授，同時還是個音樂家。

　　這邊廂，法蘭西挾《拿破崙民法典》東征西討，文韜武略，氣焰萬丈，對普魯士彷彿形成了一邊倒式的巨大法律文化優勢。面對強敵，蒂博主張時不我待，當以舉國之力，不僅制定出一部經天緯地的《民法典》，於席天幕地中鋪展市民生活，而且，服務於德意志的建國統一大業。那邊廂，薩維尼反唇相譏，指認時機未到，條件不足，蓋因較諸法語，「一般而言，德語不是一種適合表述法律的語言，尤其不適合用來進行立法。」雖說情愫如一，而著眼與立論，卻參差若此，以至筆仗連連，端的是英雄所見不同。他們吐沫星子橫飛不打緊，倒是為後人留下了許多如今讀來浮想聯翩之佳構，嘖嘖。

　　倏忽間，斗轉星移，百年飛逝。1900年，又一個世紀之交，歷經四代人的臥薪嘗膽，慘淡修持，德意志向世界奉出《德國民法典》。其以凝煉宏闊的抽象－概括式表達、「一般性條款」與「概念的金字塔」（Begriffspyramide），構築起堪稱完美的私法體系，允為世界史上的立法典範。實

際上，時至今日，雖說舉世法典多如牛毛，法典化浪潮曾經一浪高過一浪，卻再也無出其右者也。

追根究源，當年普魯士學人的語言自虐，源自文化自卑，是那個年代德法文化差距和「東西文明衝突」的必然結果。直要窮則思變，迎頭趕上，抑或，後來居上，才能信心復歸，怡怡然也，施施然也。否則，進入同化軌道，變了身份，改了心性，也行。可歷史早已表明，德法列強，都不是這號貨色。如此這般，才有這各美其美，大千人世，平添多少斑斕。

此間差距，其來有自。早在1750年，伏爾泰到普魯士謁見菲特烈大帝，如其所述，「感到就像在法國一樣，這裏的人只講我們的話，德語只是用來對士兵和對馬匹說的！」傳言菲特烈大帝本人就曾說過：「我和我的朋輩講法語，和我的下屬講英語，和我的馬匹講德語」。事實上，這位君主1780年發表「論德意志文學」，指責德語「在可理解地表示最精確、最有力、最燦爛的思想上是不完美的」，以致約翰・卡爾・默森，當時最為著名的啟蒙倡導者，不禁喟言，「我們的語言也許應該成為我們努力的一個對象」。更早一些，神聖羅馬帝國皇帝查理五世(1500－1558)也曾說過：「我和我的馬匹說德語，和上帝說西班牙語，和我的朋友說法語，和我的情人說意大利語」。

德國人一使上蠻勁，事情就變了。這不，後來居上，統一的德意志制定出這部冠蓋全球的《民法典》，而同以德語作為官方語言的奧匈帝國，橫跨歐洲，亦且氣焰洶洶。於是，水漲船高，德語變成了優等文明的象徵。話

説，1910年底，歐洲最為古老的大學，捷克的布拉格大學校長，便不遺餘力推行德意志文化，孜孜於廢止捷克的文明，為此一波的日耳曼文明洗禮張本。據説，他買了明信片後又氣急敗壞地退掉，就因為上面同時印着捷克文和德文，而他只要印着德文的明信片，如果遭到拒絕，就會大聲呵斥。首席學府的校長如此，則自貽伊戚，那叫做捷克語的方言及其承載的文化之復興，伊於胡底矣！茫茫人海，何處歸帆，身處帝國體系中的弱勢，其心緒，其情境，固不難想見。

是啊，不但德語和捷克語，當年法語統治歐洲，英語是傭人和僕役的語言呢，哪裏如今天這般，滿世界都講大西洋島民的方言，英語紅利在帝國坍塌後繼續一股飄紅，給了多少人飯碗，又為多少秕糠的尊嚴加冕。朋友，不奇怪，大英帝國及其美洲新帝國遞次崛起，風水輪流轉，這才上演了一齣法語衰落，英語遞補，搖身一變成為世界語的大戲嘛。當今法蘭西，別看以母語為傲，連巴黎的出租車司機也每每以英文憤怒回答，Me don't speak English，但實際情形卻是，若果年輕人講一口流利英文，不僅時髦，更是有文化有面子的象徵，你説，有什麼轍。

整整百年之前，新文化運動之際，類如錢玄同先生，面對山河破碎，斯文零落，疾呼廢止漢字，改用拼音，而引出了趙元任先生那篇著名的「石室施氏食獅史」。在《中國今後之文字問題》中，錢先生提出了其「根本解決之根本解決」之道：「欲使中國不亡，欲使中國民族為二十世紀文明之民族，必以廢孔學、滅道教為根本之解

決，而廢記載孔門學說及道教妖言之漢文，尤為根本解決之根本解決。」晚年因倭寇侵凌，滿腔孤憤，抑鬱難語，「魂忽忽若有之，出不知其所往」。至於瞿秋白、魯迅二位，猶有過之。據說，一個指「漢字真正是世界上最齷齪最惡劣最混蛋的中世紀的茅坑」。另一個嚙言，「漢字不滅，中國必亡」。逮至1980年代，信息革命發生，電腦開始縱橫世界，又有人痛心疾首，指認漢字誤國，不僅不適合電子時代，而且，直是華夏文明衰敗之罪魁也。其實，連篇累牘，重複的還是「五四」先賢的舊話，扮扮遺老遺少，說明確實「兔癠，兔娜姨巫」。及至五筆輸入法誕生，漢字輸入不成問題，速度上甚至尤較拼音文字為快，輿論遂轉為中國文明優越論，簡直一個後現代快閃。

當今中國，大中小學，莘莘學子花在學習外文，其中主要是英文上的時間精力，遠遠超邁母語。幾十年下來，現今大學畢業生無法用母語撰寫一封通順無訛信件，居然成了普遍現象，你說怪嗎？也不怪；你說不怪嗎？朋友，怪，太怪了！

英國傳教士John Fryer（1839–1920），清末曾在江南機器製造局翻譯處任職，就曾指認，甲午戰爭中清軍落敗，說明這個國家遲早要完，「看看中國語言和文學的衰落就知道，覆滅是不可抗拒的。適者生存，英語遲早會成為這個帝國的語言。」

日前接到通知，某君華北某城組織研討會，邀請中外學人共商大計，規定英語為唯一大會語言，並且聲言，「中文表達能力有限，講不清楚」。——的確，他

老兄的中文不成句子，且口音甚重，既講不清楚，也讓人聽不清楚。

夜裏，一點剛過，助理護士羅素小姐發現，愛因斯坦睡夢中呼吸困難。她想請醫生來，便向房門走去，但聽到愛因斯坦用德語說了幾句話。護士沒聽懂，便走近床前。就在這一瞬間——一點二十五分——愛因斯坦與世長辭了。

這段描述，出自一部俄羅斯學者撰著的愛因斯坦傳記，抄錄於此，誌念母語之為偉大的自我申說，也是自我存在的本身這一生命奇跡，並向山河大地、日月星辰致意，更向五彩繽紛、意態萬千的生命致意。

2015年8月26日於故河道旁

教士當然也有情慾

　　四年前，暮春，在蘇州大學法學院的一次講座中，有位同學提問：身為凡人，我們怎能知道何種立法出自真正的立法者，而非冒名頂替的僭篡者的愚行妄語？例如，歐洲中世遭遇的一個問題就是，世人依循的究竟是「上帝的意志」還是「上帝的理性」？畢竟，意志不是理性，理性也替代不了意志。還有，在貧困問題的討論中，有關教士是否應該保持貧困、教廷應否擁有財產權諸題，不僅讓教會為難，亦且令世人苦惱。其於《聖經》尋繹答案，各秉其據，恰恰說明上帝本身意味着開放性與多種可能性。再者，在基督教傳統中，對於女性的歧視由來已久，一種解釋是夏娃係用亞當肋骨所造，並且夏娃易受蛇誘，所以女人智力、情商及各方均較男人為低。凡此種種，均為立法，來源於立法者，而演繹為俗世生活的定規，卻令人世生出種種不幸。雖說今日看來荒腔走板，而在當日卻是不易之論。如此這般，作為普羅大眾，吾人何德何能，明知並確知某些規範確為立法者之法，從而奉守無違，而非僭妄者基於一己之私或者一時的衝動，踐踏了法律理性，歪曲了法的本義。

　　上述提問深邃，表明讀書既多，思考隨之展開，翩然不能自已。但凡讀書入此境界，頓有理性之欣悅，思想開始回報人生了。

　　此非今日之惑，而是與人俱來的大哉問。其間所涉

唯名論與唯實論，以及意志與理性諸端，均已超出我的知識範圍，難能給予準確而翔實解答。撇開這些，下落於形下，論及立法和立法者，則教士情慾、教會之佔有田疇，以及《聖經》尤其是《舊約》所宣揚的女性觀，確乎可為立法善惡與立法者真偽之佳例，而為神學正義一歎，再為自然正義一辯。說到《聖經》，它不僅是新舊教共同分享的教規大全，更主要的在於載述了古典猶太人希伯來文明對於這個世界的整體看法，通篇述神，實則對於人之所以為人、如何信以做人的通盤考量。以「信以做人」措辭，就在於若說華夏倫理體系的人間之道概以「學以成人」提綱挈領，則此教義一統下的修習次第彷彿是「信以做人」。都有一個立法者高高在上，吸風飲露，晃兮恍兮，人還是不得隨便，卻又由此而得超脫，怎一聲歎息了得。

那麼，如何「成人」或者「做人」呢？此在如我俗者眼中，一個基本的事實是，人世由男女兩性構成，所以人類的永恆緊張生發於男女之間，人類永遠的內戰是男女關係，人類最親密而不可須臾分離的自我原來是男女合為同體。置此情形下，一種解釋是，農業文明時代，更不用說遊牧狀態下，其之「民情風俗」——借用托克維爾的名人名言——源於生存必需，而有男女差等，則緣此立法不算歧視。此間緣由，恰如一位美國歷史學家所言，蓋因農作與遊牧，全靠體力，男人天然是強者，不得不承認，不得不服膺。而且，農耕既成事實，男人從此馴化，當牛做馬，終其一生，圍繞着家庭打轉，說到底是女人略施小計後締造人類工程之最為輝煌的成就，也是所謂文明史上最

為偉大的篇章。就此而言,一個男人,不論「成功」還是「失敗」,背後站立的是全部的女人,女人是男人的終生家教。不過,吊詭的是,雖說女人借此徹底馴化了男人,但人類是衣冠禽獸,依舊掄拳頭憑肌肉來講理,則此時此刻,強者統治世界,理所當然,又何有歧視不歧視一說。

但是,晚近兩三百年,情形陡變,機器代替人力,不再全然依恃體力靠天收。照此趨勢,可以猜想,未來的世界,隨着全球工業化進境於後工業化時代,人類對於自然的利用更加無所不用其極,則「管理」,一種有關人事與對心靈調節的藝術,將會成為頭等大事,第一生產力。那時節,一種全球後工業社會信息時代,黑白黃紅,衣食無憂,最大的問題是抑鬱,是精神病,是失眠,是婚外戀,是LGBT,是卜晝卜夜,如同此刻少數發達國家之發達都會之忘乎所以已然昭示者也。面對此情此景,女人特具稟賦,必能多所控馭,而重佔鼇頭。歷史由此翻轉,春蘭秋菊,牝雞司晨,太陽升,西方紅也。此亦非他,諸君,但凡生過三娃,管得住老公,扛得住公婆,擺得平妯娌,而將三孩之家打理得井井有條,則此主婦移位宮闕,做一國之總理,主持一國之國務,可謂駕輕就熟,綽綽有餘。所以德國最偉大的總理是默克爾,而非施密特,亦非勃蘭特,更非希特勒,有何驚詫者也。況且,壓抑既久,爆發必勁,數萬年積蓄拿出來,屆時女主清一色秀外慧中,把持白宮黑宮,男人只能跟班跑顛顛,慘兮兮,樂呵呵。當然,這樣說,大家都理解,其隱喻與調侃多於嚴肅分析,不過是想說明,此刻、往後與將來,女性發揮作用的可

能性愈大，有可能統治者都是女人而非大老爺們。置此嚴峻，吾儕生為男身，絕不能説這是歧視。毋寧，勢所必至，理之必然，而法出規隨，何奇怪之有？何抱怨之有？朋友，生活造就了人類關係，純粹而無情，覺察其無情而並非視以為當然，便是同情的起始，從而為糾錯與平等奠基，也就是自救也。

那麼，置此情形下，誰是偉大的立法者？非他，天地大化也。大化流行，席天幕地，人如螻蟻，算個啥子嘛。因而，不妨再想，走到了這一步，也許走到五千年後、五萬年後，第三性崛起，那傢伙更厲害，怎麼辦？只能聽他/她/它的，不要慌，不用急，不需怒，不必恨。

至於什麼AI與大數據，商家的賣點，盲眾的盲點，媒介沒話説、有話卻不敢説、也説不出之際的G點也。國朝法學中人汲汲於此，若過江之鯽，要麼不明所以傻樂，要麼圖個錢財偷着樂，扯得蛋疼，別當真，別上當。

回到教士、教會這一話題。教士因信稱義，禁慾捨慾，以及捨棄私產奉獻教會，適為一種共同體規範。其為教義所在，而構成基督教組織形態，恰為教規儀箴。後來幾經翻騰，更上層樓，倒成了近代歐西法律和世俗國家的源頭，只能説是歪打正着，牆裏開花牆外香。它不僅建立了一整套身心規範，而且想像出了一個寥廓世界體系，空靈而密實，屬靈又屬人，在地卻通天。特別是它率先觸碰了一個問題，即當以入世的方式經營這一此世中的彼世之際，我們所面臨的不僅是男女間的永恆內戰，而且是在個體與群體的糾葛中大致滿足了群居這一人類天性，竟又彷

佛違迕而壓抑了天性。一切的一切，便緣此而來。所以，個體的幸福、群體的團結與社會的和諧，等等，等等，乃至於作為國中之國的教會體系的創設與維續，其所涉及的實為全部人類生活，雖掛一漏萬，卻牽一髮而動全身矣。在此情形下，教會法之轉化為世俗法律，從而成就了1217年格里高里七世改革之後的近代西方法律體系，同樣是理之所向，勢所必然。好比說儒家倫理經過董子之手而演變為兩千年間禮法倫理，也就是法律價值，也就是人間的法律規範，同樣是理之所向，情之當然，而勢所必至，有什麼奇怪的呢？！

一句話，教士當然也有情慾，只是立法不允按常規表達，根子則在他那個立法者高高在上，大吹法螺，太過偏狹，也彷彿太過專橫，則一切無理可講。拗不過，只好違法，普遍違法，普遍而持久地違法，普遍、持久而公然地違法。要不然，修改立法，另立新法，而為人間開闢新境界，再為人類另覓新活法也。

揆諸歷史，孤臣孽子，陰差陽錯，補天浴日，好像就是這麼過來的。

2014年9月初稿，2018年11月修訂於無齋

貨幣化與人命案件

　　或曰，晚近發達國家，「人命案」發案率全面下降，是因為市場化和貨幣化的結果。換言之，往昔需要「殺人越貨」者，今日憑藉手上的票子即購即買，還何必舞刀弄棒、大開殺戒呢！票子面前人人平等，孔方兄通天絕地。有力氣殺人，不如花力氣去掙錢，或者，去騙錢。不寧唯是，貨幣化帶來自由和平等，真正是締造新世界的頭等功臣呢！

　　因為尚無資料可供查對，姑且認可殺人案件愈趨下降。但是，將一種特定案件發案率的下降，歸功於貨幣或者貨幣化，這便叫人不敢苟同了。再說，這邊廂，貨幣化有助於降低殺人案件，那邊廂，「富貴本危機，雲鄉不可期」，貨幣們反而助長了金融詐騙、繁盛了洗錢勾當、造就了圈錢圈地的黑社會。再說，導致殺人取命的原不止一個錢字，所謂「激情殺人」、「因情取義」，道盡了情比錢大的世態人情。如此這般，將自由和平等奠立於「貨幣化」，能不危乎殆哉。

　　在下曾有十來年研習犯罪學，也曾和著名的馬文・沃爾夫岡教授一起共同研討過中美兩國「人命案」，即行內所說的各類殺人案件的調查統計資料。具體就一個週期來看，通常而言，經濟危機時各類案件，包括殺人越貨在內，均會有所上升，甚至於大幅度上升。而大規模合法殺害敵方的戰爭期間，「人命案」反而減少，因為戰爭期間實施軍事管制，行動自由多打折扣。再說，戰事爆發，全

民身心凝聚於前方，短時間內各種矛盾反而淡化，或者，暫時掩壓了。放眼長時段，資本主義初期，以英格蘭為例，各類犯罪的起伏消長，尤具典型意義。基本情形似乎是，「人命案」跟貨幣化進程似乎並無關聯，倒是跟上述經濟週期相關。若說關聯，則資本登場初期，無論是殺人越貨，還是雞鳴狗盜，均呈直線上升之勢。殺人是「自然犯罪」，另有理路，而諸如流浪、乞討入罪，典型的「法定犯罪」，則為不折不扣的資本登場造成的惡果。就此而言，倒不妨說，資本的貨幣化進程一開場反而拉高了犯罪率呢！若說貨幣化降低了犯罪率，其實，眼面前就有一個現成的例子。筆者在「縣城裏的消息和街景」一文中曾經講過，吾鄉的士司機感歎，最近十來年，淫業繁盛，「強姦罪確實絕少了，生活更人性化了！」以殺人罪為貨幣和貨幣化說項，不若用強姦案來張本。

想當年，對此「貨幣化」進程及其對於傳統社會關係的衝擊效應，托馬斯・卡萊爾即已洞若觀火。在「過去與現在」一文中，卡萊爾點明「金錢關係」僭篡了一切社會關係，其之功效猖獗，以致於人們忘記了或者佯裝忘記了「現金支付」並非人間的惟一互動方式。毋寧，月冷霜寒，愁滿江山，神聖如人類生命本身的法律和義務，才是真正深蘊人生的基本人類關係，而它們遠非「供給與需求」所能框含。

不過，我也要替為貨幣化鼓吹的陳志武老兄打個抱不平。為什麼呢？因為恰巧前段時間央視播放電視專題片《貨幣》，我斷續看過幾集，也看到志武兄在上面的講

話。剛才他說從「功能主義」來看，貨幣的自由主義理念提供了資本主義的自由平等。換言之，僅僅在結構－功能主義的意義上，將一切貨幣化，紛紜諸端一總歸結為金錢面前人人平等，未嘗不是一種進步，至少，它終結了權力的單一宰制。但是，既然要說「自由平等」這麼高尚的事情，則此處悖論不免。事實上，且不說貨幣化的結果就是金錢面前人人平等，而遮蔽了生命的其他向度，造成了社會評價的單向化。而且，它的最大惡果是造成了「資本的宰制」。一旦將人性導約至合法逐利的軌道，則正反效應齊出，禍福皆須擔當，哪有一面倒式的好與壞。其情其景，有點像是前門拒狼，力避權力的宰制，卻後門納虎，迎來了資本的一統天下。

人世本就糾結，源於人性善惡兼備，它們不過再添注腳而已！

不過，如果像中國今天這樣，狼還沒走，虎卻進門了，形成了權力和金錢的狼狽為奸、雙重宰制，這日子就真的沒法過了。反面而言，於此兩面均佔山為王、獲利豐碩者，當然拍手稱慶了。君不見，晚近十年，所謂的「改革開放」實已終結，新興權貴資本全面接管中國，「分田分地真忙」。是啊，呼雲得雲，喚雨有雨，一天風露，拂袖何求！難怪轉型時段，新舊體制拉鋸期間，我們難熬，卻有人掩面竊笑矣！

今天的中國，亦如世界的許多地方，到底是權錢通吃的貴人們的天堂。

2012年12月16日上午於北大

丙　别人家

約伯之問，無解

　　深重的存亡遭際、傳奇性的宗教糾結和彷彿獨特而詭秘的謀生技藝，在造就了猶太民族令人浩歎、不可抹煞的文明位格的同時，也帶給這一民族萬千苦難。梳理人類文明史，千頭萬緒，但是，猶太民族及其文明智慧，卻是不可或缺的部分，也是永遠繞不開的話題。撇開這些不談，但就近世科學和文化來看，一、兩百年間，猶太人的貢獻尤為卓著。科學天才、哲思巨人和文學大家，如繁星浩瀚，在令人頓生貢獻與人口不成比例之際，不免油然而生莫非真有「選民」之慨。當今世界，猶太人口只佔0.2%，在美國約佔2%，但卻摘取了22%的諾貝爾獎，20%的菲爾茲獎，以及67%針對40歲以下經濟學家的約翰·貝茨·克拉克獎。據說，38%的奧斯卡最佳導演獎、20%的普利策新聞獎與13%的格萊美終身成就獎，亦為猶太裔斬獲。

　　他們是一群什麼樣的人呢？難道是上帝的直系親戚？抑或，上帝原本就是他們的造物，上帝降臨來到人間，雖說允為萬民的父，卻也免不了一點點偏心眼兒的兒女私情？

　　今人目瞪口呆之際，可能未曾回視，其實，猶太人的輝煌是法國大革命「解放人類」以後方始出現的新型世界性現象。此前他們被迫局限於少數幾種職業，生機黯淡，彷彿是一個遭受了「詛咒」的民族！不用說科學和文化的創造，就連生存，兩千年裏，還不瀕臨絕境，幾陷滅亡。「秋夜永，月華寒，無寐聽殘漏，人間先老」，猶太

人差不多就是棄民的代名詞嘛！但是，正如早期在美華人只能開設洗衣房和中餐館，當然也不能與白人婦女通婚，可斷不能由此就說華人的智識和本性只配從役苦力，而不能出幾個楊振寧、李振道，鬧鬧場子。同理，「解放」後的猶太民族，窮則思變，積數代人之功，匯五千年記憶，呼兒嗨喲，一下子群星燦爛，又有何大驚小怪的呢！從低位階的社會分工向受人尊敬、需要更高智慧的行業攀升，是一切民族的生存動力，更何況深蘊宗教感和歷史感的猶太人！

其間曲折，身為猶太人的茨威格解析細緻，洞若觀火。1941年，幾經輾轉，流亡拉美，茨威格動手寫作《昨日的世界》，以此玫瑰色的回憶向這個黯淡骯髒的人世告別。在他的憶述中，猶太人內心深處都不願被人視為只講買賣、無知無識、將一切視為交易之族。毋寧，希望兒女讀書用功，躋身「更加純潔、不計金錢的知識階層」，才是最終理想。一個身扛背包、日曬雨淋沿街叫賣的小販，胼手胝足，也要做出最大犧牲，想方設法至少供養一個兒子接受高等教育。以前天限地囿，攀登無門，無緣此境；一旦解禁，人身獲得了鬆綁，則創造力和想像的智慧，背負着雪恥和好奇的雙重囑託，便如白雲遨遊於天穹。因着特別珍惜這來之不易的機會，所以用力尤勤，則功力日積，功效遂顯，兩百年下來，蔚為大觀矣！實際上，直到今天，在政治上直接下場博弈，有形無形，依然多所忌憚，則科學和文化領域之縱橫捭闔，正為其蹈厲之所也！——朋友，看看恢復高考後神州大地無數中下階層家庭父母含辛茹苦供養子弟讀書的情景，想想古典中國教子

讀書、博取功名的中國式奮鬥，這一切的一切，不就一目了然了嗎！

此處尚有一個伏筆，即通常大家豔羨的猶太人斂財之術——姑且承認確有此術——不是天生的，相反，卻是被迫局限於少數幾個行當，無奈何，後天逐漸習得的。千年磨礪，千年生聚，自然如有神助，這才鬧大了。但是，也正因為鬧大了，所以，整個猶太民族便彷彿受到了金錢的詛咒，一如其秉受金錢的祝福。因此，還如茨威格所說，將自己和整個猶太民族從金錢的不幸中拯救出來，成為「解放」以後，猶太人家督導兒女發憤讀書上進的基本背景。所以，猶太家族中追求財富的勁頭往往經過兩、三代人之後，便告衰竭，家族生意鼎盛之際，子孫們恰恰移情別戀，不思接班。此時此刻，耶誕一千八、九百年前後，他們秉此家世財富和發憤勁頭，奮勇進入浩淼動人的科學和文化迷宮。於是，銀行世家羅思柴爾德出了個傑出鳥類學家，猶太律師的兒子以其犀利吶喊敲動了整個地球，愛因斯坦不小心窺破了上帝的心思。對此，茨威格寫道：

> 這些都不是偶然現象，他們都被一個無意識的相同慾望所驅使：要使自己擺脫那種只知冷酷地賺錢的猶太人小天地。也許，這也正表現了他們那種隱藏的渴望：通過進入知識階層，從而使自己擺脫那種純粹猶太人的氣質而獲得普遍的人性。*

---

* 　斯蒂芬・茨威格：《昨日的世界——一個歐洲人的回憶》，舒昌善譯，北京：三聯書店2010年版，頁12。

這「普遍的人性」一語，道出了多少心酸和無奈，它們的背後該是如同長河一般的眼淚和鮮血。什麼叫「普遍的人性」？難道民族特性不是一般而普遍的人性？紛紜各異的民族個性不是否定，恰恰相反，倒是證明了人性的豐富性嗎？沒有各美其美的民族個性，一如缺失了頭角崢嶸的個體的稟性，所謂的普遍人性存放於何處？如何顯現？再說，假如普遍的人性是一個單數，那麼，誰能代表？又如何代表呢？這裏，與其說茨威格是在表明猶太人向敵視的世界講和，不如說是在不動聲色地控訴。

控訴什麼呢？

朋友，控訴這橫加於猶太人的千年無妄之災，兄弟鬩牆，讓一個民族四散流浪，永遠寄人籬下；控訴種族和民族之間的藩籬、隔閡、猜忌和仇恨是如此之深重，它們不曾隨着「解放」而消逝，卻變本加厲，「揚之水，不流束楚」；控訴儘管一意歸化，歸化於那「普遍的人性」，可無論怎樣努力，終還被視為異類，其心必異的猜疑之下是無形的隔離大牆，以及動輒得咎的替罪厄運；控訴這個號稱文明的世界，為何竟然蒙昧於「在討飯袋和監獄面前，無人安全」這一自明之理；控訴每個民族都認為自己站在正義一邊，可危險恰恰在此，明眼人立於懸崖，卻明哲保身，裝聾作啞；控訴人心惟微，人性惟危，這「普遍的人性」真的就是人之本能、本心與本性嗎?!

可能，這傾瀉而來的控訴就是「約伯之問」，而它是無解的。「失敗者在心靈上是優越的」，也許。還有，如茨威格所言，「一旦主人將魔鬼關在門外，十之

八九，魔鬼會被迫從煙囪或者後門進來。」[*]

因此，話題收回來，面對今日猶太人的科學和文化成就，大家應當獻上敬意，卻無需驚詫。因為，那背後掩藏着兩千年流浪的歷史記憶所鑄就的深刻苦難、永遠無法撫平的深重的危機感，還有，關於生存的希伯萊智慧。

半個多世紀以來，巴勒斯坦人也在流浪，四處流浪。以猶太民族的智慧，不難想見此種境況之於一個民族的深刻悲涼，以及，當然會引發的山崩海嘯般的憤怒。

料想今宵，不知天待雪，神光穿透諸天下，那耶路撒冷的神聖地界兒，那加沙和拉姆安拉的坦蕩砂礫之上，風西來，颸，颸，颸。

2012年12月23日於舊河道傍

---

[*] 　同上，頁79。

蘇丹的簽名

　　諸君，上揭圖案，不是別的，乃奧斯曼蘇丹穆拉德一世的簽名。其人1360年即位，改稱號「蘇丹」，自此相沿承續，直到1923年奧斯曼帝國伴隨着一戰塵埃落定而成歷史名詞。享壽六十有三，在位29年，東征西討，開疆拓土，為奧斯曼帝國崛起稱霸歐亞奠定基本格局。

　　說來有意思，據說，直到這位老兄，早期奧斯曼的領袖們都不識字。可貴為領袖，整軍備武，發號施令，總需簽署文件。怎麼辦呢？畫圈還是摁手印？心思繞着心事轉，主意都是逼出來的，怎會難倒蘇丹。穆拉德一世的辦法，堪稱闊達宏偉：把拇指和其他三指浸進墨水，然後按壓紙上。一說滿手潑墨，一巴掌拍下去，「欽此」。

　　總之，不管怎樣，正是據此簡易方法，奧斯曼統治者們發展出了如上所示的優美簽字徽章：左側一個闊達飄逸的橢圓形，象徵大拇指，右上方三條短線回環勾連，波浪起伏，表示其他三指，簡明得很，嫵媚得很。1916年，在杜布羅夫尼克博物館展出的奧斯曼帝國與拉古薩(杜布羅夫尼克)簽署的協定原件，就有穆拉德蘇丹的簽名手印。不知今

日土耳其七十萬平方公里燦爛大地上，尚有老人家的簽名遺蹤否？

其子拜亞齊史稱「雷霆」，叫人想起俄羅斯歷史上的「伊凡雷帝」。原因無考，可能指其進軍神速，抑或得自其脾氣狂暴。有一種說法是源自他奪取帝位之果決。話說1389年，在科索沃平原的蘇丹帳篷裏，一名塞爾維亞刺客揮刀要了他爹穆拉德一世的命。周遭衛兵一擁而上，勇士居然能在拼殺之中三度翻身上馬，始被砍翻。事後，兩位王子回到營地，拜亞齊睹物思情，當機立斷，揮刀砍掉兄長的腦袋，宣佈自己就是蘇丹。說是「當機立斷」，也可能是蓄謀已久，機會當前，忍付浮雲？

豎子有志，時年三十，身手小試，嘖嘖。

轉眼七年飛逝，1396年，在一場與法國的惡戰之後，拜亞齊目睹己方將士屍首，心中雷霆，遂下令大屠殺，直殺到晚禱時分，一萬名俘虜身首異地，血流成河，連土耳其士兵都忍不住請求蘇丹饒過敵人性命。不過，較諸1258年蒙古大軍攻陷巴格達後屠城七日，四百年後滿清鐵騎之「嘉定三屠」「揚州十日」，雷霆還算仁慈。

閒話少說，轉瞬又兩年後，在與帖木兒的一場戰爭中，雷霆修書一封討伐，用金粉書寫自己的姓名，卻用暗色的小字體把這位蒙古大汗的名字寫在下方。結果楞的怕橫的，橫的怕不要命的，大戰結果雷霆居然為遠道而來的帖木兒生擒活捉。據說為其傲慢所激，帖木兒命令屬下將其囚禁於一個狹小逼仄、低矮以至無法直立的牢籠，由隨從拖行。猶有甚者，逼迫雷霆最為寵愛的王妃德絲皮娜裸

身在勝利者的桌邊服侍。那情景，好一似，「湘妃起舞一笑，撫瑟奏清商。」可是，可是，列位看官，這王妃乃是雷霆釋放的閃電呀，怎能如此蒙羞。不堪其辱，「雷霆」大發，乃撞擊牢籠圍欄自盡。那金粉簽字，早已不知飄零何方，興廢兩悠悠，吩咐水東流。

　　一晃到了1520年10月1日，距拜占庭灰飛煙滅於奧斯曼之手已然將近七十年，偉大的蘇萊曼大帝即位，早已不再按掌簽名了。不過，由於他有37個頭銜，或者說他是37個王國的統治者，因而，簽名之前必須一一陳列，則公文結尾部分篇幅之浩瀚，古今罕有，匪夷所思，印證了大有大的難處這一宇宙通用之理。

　　茲此實錄，以饗耳目：

羅馬人、波斯人和阿拉伯人的君主，

地中海和黑海之王，榮耀的卡巴和光輝的麥地那，高貴的耶路撒冷和稀世之寶埃及的寶座之君王。

也門、阿丹和薩那省，公正之所巴格達，巴士拉、艾爾海薩和努斯瑞凡諸城之君王。

阿爾及爾和阿塞拜疆的陸地，欽察大草原和韃靼人的土地之君王。

庫爾德斯坦和洛雷斯坦，魯米利亞、安納托尼亞、卡拉曼、瓦拉幾亞、摩爾達維亞和匈牙利諸國，以及其他許多重要王國和國家之

蘇丹和帕迪沙

「帕迪沙」是波斯古語「國王」或「大王」之意。一口氣念到這裏後才和盤托出，想那宣讀之人，必得中氣爆滿、筋腱強悍之壯漢也。如我等教書匠，手無縛雞之力，斷斷做不了這活兒。

讀書摘抄，而有上述文字，取材多源於《奧斯曼帝國閒史》。

對了，臨了看看吾土大皇帝們簽名前的各種稱號。「合天弘運文武睿哲恭儉寬裕孝敬誠信功德大成仁皇帝」，這是康熙大帝的謚號，窮竭漢語中的一切讚譽，佔盡為人君者之一切美好。不過，這是老人家死後子孫硬給的，而非大帝本人在世自封的。

在世時即已頭銜滿貫的，慈禧老佛爺算一個。日俄戰爭期間，清廷致美國大統領「博理璽天德」國書云：「朕欽奉慈禧端佑康頤昭豫莊誠壽恭欽獻崇熙皇太后懿旨……」

都知道人生來去赤條條，最後均不免黃土一捧，可卻給自己加上那麼多頭銜，疊床架屋，節外生枝，實非一句「好生滑稽」就能打發者也。

吃瓜吃得嘴乏，寫段文字玩玩，品鑒這簽名的勾當，不負一天風月好時光。

2018年5月27日於故河道旁

蜚短流長好時光

奧斯曼佔取君士坦丁堡，搗毀拜占庭，五百多年裏帝國一統，晃兮恍兮。論統馭之周納、轄制之苛嚴、延綿之久長，比諸古往今來任一世界帝國，不遑稍讓，時或尤甚。但縱便如斯，卻也不得不容忍市民娛樂，向人性低頭，跟小老百姓講和。如同舊日川湘軍閥厲害，酷吏囂張，可也不能禁止人民喝茶、搓麻、擺龍門陣呀！那還叫啥子天府芙蓉國呢？毋寧，製造並利用市民歡愉，迎合與應和百姓趣味，於皆大歡喜中各得其所，因彼情此願而相視一笑，正為其運祚久長的治術所在，也是自家過得舒坦的前提也。

其實，也沒啥子，不過就是你活得好，也要讓我活得下去而已。

話說在帝國城鄉，尤其是在京城伊斯坦布爾，如史家所述，經常舉行各種慶典。「盛宴和慶典對於保持城市秩序至關重要，是人們理應享有的權利」，塞利姆二世對此心知肚明。實際上，在他看來，讓城中百姓「保持娛樂狀態」，是有效統治的關鍵因素。此非塞利姆二世的一己心思，也是土耳其蘇丹列祖列宗的制馭之術。除非膨脹得昏了頭，否則多半謹守分寸，為世道留點兒出氣孔。此亦非他，不過如塞利姆二世的秘書大臣費里敦先生向當日的中堂大人大維齊爾所言：「人們在本性上不能容忍長期壓抑。他們有時需要放鬆。」

是的，我們有時需要放鬆，老兄說的是人話。本來，生命是倏然拋到世上的。人生一場，走一遭，你我都做不了主。世界如流沙，在場卻又缺席，承受而已，而終究四大皆空。置此長程短途，不僅「他們」有時需要放鬆，「你們」他娘的不也需要放鬆嗎？列位看官，誰不需要放鬆，誰又能夠永不放鬆？！繃得太緊，撐不住的，早晚要崩，人性就是這麼個賤坯子。此為世道世相，而為人之為人的本性本真也。說到底，娛樂才是人身的使命，遊戲方為人生的本質，一如掙扎是生活的宿命，而死亡構成了生命唯一的真實。你狠，算你狠，不也狠不過這終點的耐心等待與無時不在、冷漠陰鷙的默默召喚嗎！故而，秘書大人的話只不過有意無意間透露了一個消息：「我們」當然需要放鬆，想放鬆就放鬆；「他們」嘛，咳咳，也要放出去遛遛，至於原因，「你懂的」。

其實，在《美狄婭》中，古希臘最偉大的悲劇家歐里庇得斯就已喟歎：

在世上一切有血肉的生靈中，
受害最深的是女人。
她們必須用自己的積蓄來收買男人的愛，
看，錢買來的卻是我們肉體的主人。
危險即將來臨。
無論這主人是好是壞，
家中的人沒有教過她，
怎樣才能和自己的枕邊人，保持最好的和平。

她終日辛勞，不斷掙扎，
設法用軛套住他同挽重荷。
但不要將軛拉的太緊，
幸運的女人還能喘息，
否則，她只能求死。

於是，時不時舉行豪華慶典與盛大遊行，將日復一日、永恆循環的呆板日曆打破，彷彿向那叫做時間的永恆主宰叫一回板，遂成奧斯曼帝國的政治唱本，也是以有限的市民戲謔將此在肉身合法化，而於麻痹心智中贏得心志的臣服。置此節慶典儀，遙想當日，峨冠博帶意味着等於裸身相向，配戴面具實則表明老子這回不要臉啦，而暢飲開懷則為以滿足食慾的方式將肉身徹底放逐了事。在此，既然百姓喜歡「各種場面和豪華遊行」，則公子王孫的出生與誕辰固然普天同慶，皇室婚喪嫁娶自然與民同樂，皇帝出巡與戰爭凱旋，那才更是鋪陳有加。

這不，艾哈邁德三世為慶祝三個兒子割禮，十五天裏慶事連連，包括人熊較力、皮影木偶、雜技魔術和吉普賽熱舞，更不用說跑馬射箭、摔跤角鬥這些看家行當。1530年，為蘇萊曼一世的三個兒子穆罕默德、穆斯塔法和塞利姆舉行割禮，城鄉同慶，長達二十天。舉凡賽馬射箭、魔術雜技、摔跤登高，讓市井小民吃不了兜着走，樂陶陶，瘋癲癲，身與心，俱歡愉。帝都施放焰火，滿城如同白晝。光芒照窗而進，小倆口翻雲覆雨，滾床單連燈錢都免了，好不快活。

這還不算最長的慶節，1582年為慶祝穆拉德三世的長子穆罕默德——也就是後來的穆罕默德三世——而舉行的割禮慶典，那才叫個長，竟然持續六十天。每晚火炬遊行，成千上萬盞彩燈將城市點綴成花花世界。尤其是舉行割禮之前，穆罕默德打馬長安，擊鼓吹號，盛裝懿德，招搖過市，嘿，那傢伙！

彼情彼景，有詩為贊：

> 帶着如此的樂聲與鼓聲，這世界之王
> 他像太陽一樣巡行於伊斯坦布爾
> 他讓伊斯坦布爾所有人得見他的榮光
> 他接受他們的祝福，也賜福給他們。

王子行割禮，掉塊小包皮，忍小痛而享大樂。百姓收穫禮包，吃點兒肉，忍大痛而獲小樂。於是，歡到一起了，樂成一堆了。這不，上述慶典中，施粥、撒錢與流水席，輪番上陣，讓市民盡情饕餮。單就1582年的這場慶典，設在賽馬場的巨型廚房，每天由五百名廚師為窮人提供食物。每隔兩到三天，就將成盤的金幣、銀幣灑向人群。爭搶之中，不少身無分文的窮漢命喪九泉，尚未親手見證這金屬帶來的俗世魔力，欲速不達，樂極生悲。據說，其時還於軍營置鋪千張，專職為民割禮。史載，宿舍裝潢「規格很高」，五千名窮人孩子在此免費享受「溫柔一刀」。

此情此景，真可謂「肉為民而煮，肉為民所吃，肉為民而割」。

上述種種，皇家破費不菲，而物有所值，物超所值。「書裏說啦」，皇家遊行聲勢浩大，威勢所加，廣場效應發作，觀眾敬畏有加，禱告聲震天宇，不少猶太人和基督徒受啟改宗穆家。1615年艾哈邁德一世公主的豪華婚禮，場面盛大，感動萬民，致令希臘人和亞美尼亞人當場欷歔不已，徑行改宗。而諸種慶典的祈禱儀式及其公共禱告，不僅將居民聯為一體，於分享認同感中增強凝聚力，而且，「把奧斯曼帝國的勝利變成人們的間接勝利，」在分享光榮中為自己的卑微找尋着點兒榮光。——都說民族主義是無賴的庇護所，其實，這帝國榮光才是螻蟻小民的護身符。

猶有甚者，每次大典，經由鋪排設計，包括命令成千上萬婦女嚎哭震天，都在在彰顯了蘇丹的靈性通天，他的統治之承運奉天，其之神聖不可侵犯卻又有形無跡之受秉於天，從而，更加神秘兮兮、法力無邊而不可藐視之皓然若天。也就因此，直到帝國衰微，奄奄一息，民眾早已厭倦，都祛了魅了，最後一位蘇丹卻還依舊舉行這種豪華展演，奉禮如儀。無奈天意邈邈，就是不開腔，而道盡不言之言矣。

終究而言，還如一位作者所言，在蘇丹一方，時不時的，「他需要犧牲自己的權力與人討價還價，在紛繁複雜的奧斯曼政治世界中維持生存」；就百姓而言，「它是這個城市壓力鍋的解壓閥，可令民眾無害釋放蒸汽」，在娛樂與放鬆中積攢繼續承受的耐心和耐力。

但是，這些畢竟是你家的事，開齋節、白拉特夜以及

「為慶祝而慶祝所搞的慶典」，才是大家的事，真正是全民歡慶。值此時節，百姓參與感最強的莫過於盛大遊行。一位作者如是我聞：「奧斯曼人對大型遊行——所有那些即興湊成、迅速消散的事物——都很有天賦。」瞧啊，齋月結束的時候，全城充滿快樂，生氣益然。街道上到處搭起節日的拱門，「帳篷下支起船型秋千」，裝飾着樹葉、鮮花和金箔，鈴兒叮噹，鼓樂鏗鏘。更不用說，還有自歐洲跑來趕場子的雜技表演。1638年，穆拉德四世舉辦君士坦丁堡行業公會大遊行，一位作者如此描述：

> 行業公會的人分乘四輪馬車或者步行，手擎各自行業的工具，誇張地表演幹活的模樣，口中發出種種聲響。木匠建房，瓦工砌牆，伐木工抬着大樹走過，鋸木匠則一邊行走一邊鋸木，泥瓦匠在粉刷店鋪，製造白堊的工匠壓碎堊土塗在臉上，而麵包師一邊行走一邊忙於烘焙，更將小麵包條扔向圍觀人群。還有人將蜜餞、香料、小魚和羅望子拋向觀眾。麵包師們甚至為此場合專門製作了像公共浴室拱頂一般巨大的麵包，撒上芝麻和茴香，置放車上，七八十對公牛拉着。再後面是樂隊，演奏着八拍子的土耳其樂曲。其間，甚至有掘墓者，手拿鐵鍬和鋤頭，問觀眾想在哪兒給自己挖個墳，雙方打趣。小偷、乞丐和瘋子，亦且加入遊行，後面跟着地位最低、開小酒館的人⋯⋯

如果上述慶典蔚為公共活動，耗費非靡，不可能天天舉行，而日常做人做工，養家餬口，為生計不得不蠅營

狗苟，總是單調乏味，則允許民眾自娛自樂，就釋放壓力鍋蒸汽以防爆裂而言，才是眾妙之門。因此，著名的土耳其浴應運而生，不僅為日常時光男女社交尤其是女人交際提供了方便，更是傳播流言蜚語、西短東長的互聯網，而終成大傢伙兒的「放鬆聖殿」。整日大門不出二門不邁的女人，嚴實包裹着「賈茜布」和「察爾德」，只能用雙眼撫摸世界，借此也可以每週幾次堂而皇之甩手出門，四仰八叉享受水世界。這等迤邐，幾多風華，催生了基督教世界著名的「土耳其浴室」這幅美輪美奐的大師畫作，令億萬人屏息。因而，攻城掠地之後，大興土木，首先修建的除開清真寺和大巴扎，就是這叫做「哈馬姆」的公共浴室，原因不止於此，而功用在此。置身清冽咧、霧靄靄的溟濛世界，溫濕滑潤，真幻莫辯，多民族多種族的大小帕夏、加吉和拜伊們相逢一笑，「到此皆潔身之士」。老少爺們兒將生計暫拋腦後，以罵罵咧咧衝抵那如山似海的委屈不滿，「相逢即忘形之友」。更有那娘們兒一邊兒玉山傾頹，蜚短流長，一邊兒近身觀察，品鑒衡估，為兒子和兄弟挑選中意新娘。如此這般，所有的世道不公與人間苦難，一時間裏有限度地改編換型為插科打諢，大毛巾一甩橫批出來了：「全民洗澡，天下無賊」。

在下前作「太醜啦」一文，發佈後博好友新宇教授一璨，乃奉告以「陽日讀經，作論文，傷身；陰日讀史，作散文，養身。」新宇更作發揮，「春夏萬物生長，心緒飄揚，宜作散文；秋冬芳華變遷，靜思內省，宜為論文」，以此相贈，境界乃現矣。

近讀兩種有關奧斯曼歷史的通俗譯作，算是自娛，旨在放鬆。一是英土兩國作者合作《面紗之下的七丘之城：伊斯坦布爾》，二是英人吉森·古德溫獨著《奧斯曼帝國閒史》。兩書平易，着眼民間細事，掃描社會，婆娑生計。讀來有趣，遂作此文，以應和這萬物生長的北國初夏盛陽，將興衰之念消隱在葉尖光影，令存亡之思放逐於齒間茶香。前引史料，均來自上述兩書，讀者有心，自可參看，有圖有真相喲。

如此，泡澡去，圖個乾淨人身，才是人道，也就是天道。要是再能抽上兩口水煙雲裏霧裏，眼前肚皮舞似有若無，那叫做凝聚力和向心力的東東，保不準打心頭油然升騰，平坦復舒坦，恬然而安然，遂於盛世輝煌的嘖嘖感慨中鼾聲如雷矣！

畢竟，還如古人所言，天下之安危，不在一姓之得失，而在萬民之憂樂。修己安人，推己及人，「民之所好好之，民之所惡惡之」，則上下之間，官民兩頭，從違之際，大家都睡得安穩也！

最後，畫蛇添足，提醒一句：現如今，公民投票選舉國家領導人，忙忙叨叨，吵吵嚷嚷，你方唱罷我登場，蘿蔔青菜各有所愛，就是最大的遊戲，舉國大派對，萬民嘉年華，才是真正放鬆呢，懂嗎?!

2018年5月18日晌午，於故河道旁，
肚子餓得咕咕叫，趕緊關電腦去炒西紅柿雞蛋也

青年的專政

1933年，國家社會主義經由民主程序，在萬眾歡呼聲中正式劫收了德國。當其時，一份統計表明，納粹黨領導層和中層幹部的平均年齡是34歲，而德國的平均年齡是44歲。這不，約瑟夫‧戈培爾年僅35歲，海因里希‧希姆萊和漢斯‧弗蘭克32歲，賴因哈德‧海德里希28歲，阿爾貝特‧施佩爾27歲，阿道夫‧艾希曼26歲，約瑟夫‧門格勒年僅21歲。最為年長的一位，赫爾曼‧戈林，也就是剛剛慶祝了自己的40歲生日。至於那位教主，希特勒，時年45歲。青年衝在前面，蔚為時代先鋒。天邊一縷雲霞，那是遠方拍岸驚濤的信史。

一位當代德國歷史學家在回視這段往事時喟言，這些青年躍居潮頭，找到了他們想要的，也是人們在他們這個年齡都會喜歡的東西：破除成規陋習的生活，哪怕是昨天的新規，而且，是不斷地破除，一破再破；以獨立負責的精神親手創造自己的愜意人生；身處變動不居的社會關係，因此而有自我檢驗的機會、快樂、不可預見的興奮和現代戰爭裏的極端刺激；因為遠離現實但卻展望未來，轉瞬即逝的庸常生活的巨大壓力遂消逝於無形；從而，把壓力轉化為永不鬆懈的創造力以及對於精神和體能的不斷考驗的衝動。一句話，他們出於對表面上的絕對實力的自信，進行了後青春期的自我本體的追尋，而使得國家社會主義成為不折不扣的「青年的專政」。

青春叛逆、衝決羅網和從頭創造的慾望，似乎是一個現代現象。但是，以如此狂飆突進的方式展現，還真是德意志的標誌。多說德國人理智、凝重甚至刻板，可骨子裏卻充盈浪漫主義。極端的理性主義其實是將浪漫演繹到極致。庸常的生活難以容納浪漫的心性，於是演繹成全民政治嘉年華會，以此突破，藉此解脫。這個偉大的民族，孕育了多少橫空出世的哲學天才、科學巨匠和詩歌之王啊！曾經綿延兩、三個世紀的浪漫主義思潮，繽紛絢爛，又是如何輾轉進入千家萬戶，而終於釀就了千萬青年碧血海疆的悲劇的呢？

　　青春如火。它該如何燃燒？似乎，並沒有標準答案。自詡新青年，意欲創造新文明，結果反倒是文明的掘墓人，也不只是一時一地曾經發生過就永遠不會再上演的歷史插曲。

　　還有，長輩和老人在哪裏？為何束手無策，或者，聽之任之？又或，欲擒故縱，將萬千青年當作歷史的車輪？那冥然在後的歷史理性和世界精神，竟然一言不發?!

　　它們有待一代又一代的後來者探微索隱，逼使着他們給出自己的解答。解答者們曾經是也必然是青年，而在接續解答中，自己漸次就進入了中年，就進入了老年，然後⋯⋯

　　人間庸常，卻總是充滿驚喜。

2012年10月6日於舊河道傍

最為強大的國家

1747年，大衛·休謨擱筆從軍，曾有一段隨遊歐陸的經歷。是年4月26日，自維也納前往都靈，鞍馬勞頓，風塵僕僕，途徑奧地利南部的施第里爾（Styria）。此地與意大利交界，森林茂密，間有葡萄園星羅棋佈。可是下車伊始，來自愛丁堡的蘇格蘭哲人不禁深感震驚的是，「此地居民容貌之粗蠻醜陋」，一如當地海拔高處居民之澄澈俊美。置此山河，借由休謨之眼，「每個村莊都充斥着白癡、聾子」，其長相實乃「最醜陋、最駭人」，甚至不妨說「與人類相去甚遠」。

這是怎麼回事呢？在日誌中，哲人推想，所經乃通衢大道，而自古至今，幾乎所有蠻族入侵羅馬帝國，均絡繹假途。「在突入敵國之前」，休謨寫道，「他們總是在這裏將軍隊中的老弱病殘留下，因此，此地的居民可能就是這些被遺棄的老弱病殘的後裔。」

若果如此，那時節，松風掃月，蒼山疏雨，王孫恨別，「比日長安知多少，馬嘶人去近黃昏」，斷腸人在天涯。

不過，今日吾儕展卷讀來，驚駭失色而浮想聯翩的，可能不是上段文字。畢竟，當其時，超逾兩個半世紀之前，囿於醫衛條件，舉世滔滔，大同小異，能好到哪裏去。縱便斯文鼎盛如維也納，按照茨威格的敘述，迄至現代之前，男人年方四十，就已彎腰凸肚，老態龍鍾，如韓荊州對鏡自況之「齒搖髮落」。而直到二十世紀初年，海

明威筆下的巴黎，永遠的花都，如同休謨時代的愛丁堡，晨朝夜半，還不是滿街糞垢，一城屎臭，叫那萬千才子佳人花容失色。沙龍庭室或許衣香鬢影，暗香浮動，酒滿霞觴。而酒吧裏氤氳四溢的，卻是多日未曾沐浴男女體內陣陣揮發、不時襲來的生殖器騷躁。而吾騷儂騷，騷其騷也，遂久騷不聞其騷矣。筆者兒時記憶，殘障沿街乞討，癲癲餐風宿露，不成人形，佝僂如蟻，實為家常便飯，而此時距離「好人大衛」隨遊沙場古道那會兒，早已倏忽又過兩百春秋矣。

可能，最為撥動讀者心弦，而饒有趣味、發人深省的，是休謨對於當年德國的描述：

> 德意志無疑是一個非常美麗的國家，其民眾都顯得勤勉而誠實，假如獲得統一，它必將成為這個世界上所曾見過的最為強大的國家。與法國相比，這裏的平民百姓——幾乎到處都是如此——受到了更好的對待，而且生活更顯安閒。實際上，這裏的老百姓並不比英國的老百姓差，儘管在這方面英國人總是樂於自我矜誇。

如其所願，百二十年之後，普魯士德國人相繼打敗了丹麥、奧地利和法國，整合德語邦國，終於1871年1月，實現江山一統，是為所謂「德意志第二帝國」。此後四十年，臥薪嘗膽，勵精圖治，終於後來居上，至少，與英法兩邦平分秋色，更且蔚為世界列強。就連老美留學，也要去柏林洪堡泡泡，這才衣錦還鄉，身價倍增。可惜，不旋踵，

一戰而敗。往下二十年消停復折騰，再戰而敗。直到1990年底，蘇德媾和為媒，才又重歸一統。其間家國塗炭，百姓血流成河，互古未之有也。

興，百姓苦；亡，百姓苦。最強之國，咳，苦中苦，云乎哉？！

話題收回來。十九世紀德國終於一統後，雲蒸霞蔚，果然了得，印證了哲人遠見。而三十年間兩戰皆敗，一敗如灰，這才是扣人心弦所在，卻非哲人當日所曾想見。今日德國再度崛起，雖說礙於戰後秩序多所收斂，彷彿亦無政治野心，但事實上早成歐洲老大，於再次印證哲人判斷之際，再度令人想入非非。想那萊茵上下，黑森周邊，「歌殘舞罷花困軟，鳥啼酒醒，最怕黃昏，」可能早有鄰居如鯁在喉、坐立不安矣。

歐洲近代史上，所謂「德國問題」，所謂「俄國問題」，拖泥帶水，山重水復，走着瞧。

問題在於，倘若歷經磨劫，積勞積慧，終成善果，卻令四鄰不安，則說明立國方向有誤，身段僵硬，總需調整。如果此為國族宿命，則如何破解詛咒，尚需好自為之，在溝通融合中令自家心安，也讓鄰人心安。否則，山萬疊，水千重，一有風吹草動，花果飄零，胡所來哉！

再者，善待自家人民，着令安居樂業，分享和平共處，才是國族振興之道，也是人民福旺所在，本為政制之份，而為政治之本。生民有命，而命在天道，孰能違忤？！此在消極一面，至少是不擾民、不欺民、不虐民。而就正面積極言之，則需服務民生，切實提供公共產品，首在公

正。否則，萬民嗷嗷，要這個叫做國家與政府的勞什子幹嗎？正是在此，過往兩百年的生聚教訓在於，古典自由貴族政體反較現代極權政制更合人道，說明歷史並非直線進步，根本就不是直線前行，而時不時的，「最高的已然落下」，並非虛言。此情此景，令人不禁想起大革命時期巴黎沙龍貴婦斯達爾夫人那句名人名言，「民主是古典的，極權才是現代的」，則東海西海，古人今人，陰陽兩界，朋友，我們情何以堪！

畢竟，你再狠，你再橫，你也得讓人過日子。而過日子、過好日子，就是永恆民心，也就是昭昭天道。此間情形，還如茨威格告別人世前所言，維也納人並不「能幹」，也沒有雷厲風行的勁頭，卻情願樂享生活，在節日和劇院裏尋找生趣。是的，「維也納人確實不喜歡德國人那種最終會使其他一切民族的生活變得無比痛苦和惶惶不可終日的『能幹』，不喜歡他們要凌駕於其他一切人類之上的野心和拼命追趕的心態。」

毋寧，「過自己的日子也讓別人過自己的日子」，怡然自得地聊天，習慣於相安無事，在與人為善也許是漫不經心的和睦氣氛中各得其所，才是愜意生聚之福。而生民無辜，只能自求多福，就怕遇上自認為能幹，也逼迫大家能幹，而事實上置大家於險境的愣頭青。

你想想，小區的「公民守則」列舉多條，除開「愛黨愛國，擁護社會主義」之外，尚且要求「多才多藝」，可這哪是人人都能做到的。

更何況，這所謂的「能幹」不過是淺薄的虛驕與孟浪

的蠻幹，而且，用力過猛，可用錯了方向，卻如何是好？

花開處，醉後醒還驚，誰古誰今，奈何天。

2018年4月18日於故河道旁

打工仔哥倫布給逼急了

1492年是世界的轉折點，撬動者是在西班牙打工的熱那亞水手哥倫布，而哥倫布是給逼急了沒轍，東央西浼，南航北騎，這才無意間撬動了地球。

這是怎麼一回事呢？

原來，打從十五世紀起，土耳其奧斯曼逐鹿歐亞，逐漸打造了一支強大海軍，不惟足以抗衡海上霸主威尼斯，而且漸佔上風，不旋踵，遂將地中海變成伊斯蘭世界。此間受損最大的是依仗地中海貿易為生的熱那亞共和國。好漢不吃眼前虧，該低頭就得低頭，1423年熱那亞人懇請蘇丹在建於佩蠟的高塔上打上蘇丹徽章，並在蘇丹攻打拜占庭時保持中立，積極示忠，謙卑巴結。此情此景，可謂忠實踐履「忠誠不絕對，就是絕對不忠誠」。沒料想，人家不鳥他們，該幹嗎幹嗎。1453年，君士坦丁堡城破政息，一個偉大的帝國就此香消玉殞，黑海航道遂完全壟斷於奧斯曼之手，等於徹底斷絕了熱那亞的財路。不得已，後者只好將設在物產豐腴之地的克里米亞和拉特布宗的貿易殖民地出售給聖約翰公司，一家「合資企業」，豈知血本無歸。如此二十年飛逝，熱那亞漸趨衰敗，被徹底趕出黑海地區，奧斯曼全盤接收其船隻式樣與海軍建制，一統海天，咳，那叫威風。

公司破產，殖民地要麼丟失要麼荒廢，熱那亞人退守佩蠟，在博魯布魯斯海峽來回穿梭，夾縫偷生，販運點兒

小營生撐着。「他們已因失去黑海殖民地而遭蔑視，」史家載述，「又因為1456至1462年間喪失愛琴海諸島再遭鄙薄」。不得已，效仿當年威尼斯之轉而效命土耳其宮廷，一掉頭投奔了西班牙。沒有永恆之友，只有永恆的利害，東方不亮西方亮，看來搬演的是這個路數。

其中，就有輾轉來此打工的哥倫布。那時節，西班牙不僅鬥牛，本身更是牛氣衝天，冉冉上升，野心勃勃，彷彿是歐洲的機會之城，基督教世界的允諾之地，如同1990年代初期國人眼中處處機會冒泡的南疆深圳呢！

本來，在土耳其人心中，「真主創造了陸地，是為了讓我們統治和享用」，海洋則留給了基督徒。可既然佔領了海岸，又佔領了君士坦丁堡而切斷了入海口，則並非刻意，卻不經意間便同時佔有了海洋。結果，倒霉的是像威尼斯、熱那亞這樣仰賴海洋為生的商業共和國。真所謂，「流水回環間，東風偏作夜來寒，可憐各自淡生涯」。

長話短說，基督徒們斷了生路，只好另謀生路。其間，向「黑暗的」大西洋深處進發，尋找那傳說中的財富寶地，是積蓄已久的夢。冒險犯難的結果是歪打正着，「發現」了所謂新大陸，自此將福音帶向那方天地，把苦難強加於一眾蒼生。大洋蒼茫，雲水無垠，多少好漢有去無回。本地戶口的哪吃得了這個苦，接下了這活兒的是外來打工仔哥倫布，一個出門找錢江湖闖蕩渾不吝的混家子。

人世弔詭在於，大西洋航道既已打通，特別是葡萄牙人發現了繞經好望角直通印度的航道，便不再仰仗奧斯曼扼守的海峽，則地中海的東部漸成一潭死水。流水不腐，

滯則臭矣。曾幾何時，財富如潮水般湧向君士坦丁堡，此刻又慢慢地退潮，悄無聲息地撤離了千年帝都。此刻的蘇丹們可非早年不識字的先祖，對此心知肚明，乃有修建蘇伊士運河的構想。不料計劃趕不上變化，尚未付諸行動就為戰爭所阻。作為替代選項的裏海運河開鑿行動，再為俄羅斯大軍所破。當然，後者為此付出莫斯科陷落、生靈塗炭的沉重代價。更要命的是，1571年的勒班陀海峽之戰，地中海地區有史以來最大規模的一場戰爭，總計400餘艘參戰艦船，奧斯曼艦隊就佔了245艘，不料一戰下來，居然200艘折戟沉沙。兩百年來，奧斯曼帝國一路拼殺，所向披靡，至此遭遇最大潰敗，宣告帝國戰無不勝的神話終結，嗚呼哀哉。在奧斯曼大軍面前戰戰兢兢的歐洲終於看到，原來土耳其人也會打敗仗。《堂吉訶德》的作者，身役戰事，左手因傷致殘，曾經筆錄進程，多所鋪陳，不勝唏噓。

綜理前後，事情經過再簡單不過：奧斯曼一家獨霸，掐斷了歐洲基督徒的生路，逼迫後者突圍求生，翻轉過來扼住了前者的喉嚨。時者勢也，此間輾轉，恐非雙方始料所及。後人復哀後人，徒然惶惑於三十年河東又河西，月斜風勁，誰主沉浮？

「1492」和「1571」，可謂「哥倫布時刻」與「勒班陀時刻」，意味着君士坦丁堡陷落百年之後，耶回兩教的勢力翻轉，再經維也納突圍的「1683」，財富和時運終於慢慢倒向了基督教歐洲及其新疆，從而開啟了這個叫做「現代」的世界體系。

今日我們依舊生活在這一時刻開啟的時代，但時移世

易之象已現，同樣非人力所能預斷，亦非人力所能干預。而仰觀星漢，在為一己身心捏把汗的同時，章潤這娃不禁想說的是：生死既非肉身做得了主，興亡更非你一家說了算，則世道翻覆，人命危淺，日月依舊，風起於青萍之末，嗨嗨，好個顛倒人世，蒼茫宇宙，生趣無限呢！

如此刻大洋彼岸伯理璽天德特沒譜所言，We'll see，哈！

2018年5月27日於故河道旁

「那個為侮辱人類而生的人」

斯塔爾夫人筆下的拿破崙

《十年流亡記》是斯塔爾夫人的回憶錄。殘篇未竟，美人歸天。其子回瞰，稍加整飭，刊佈人間。執筆之際，拿破崙早已稱帝，橫掃歐洲，揚威天外。而夫人熱切擁抱大革命理想，面對現狀，自多抵牾，情何以堪。酒正酣，人未醒，新帝新政，氣勢如焰，豈能容忍。橫遭放逐，輾轉歐洲，拖兒帶女，只能於筆墨間稍作伸張。筆下的這位第一執政，後來的法蘭西皇帝，遂有了另一幅面孔。可能，也是一副更為貼近本尊的真實面孔。

那麼，這是怎樣的一副尊容呢？

首先，在斯塔爾夫人眼中，拿破崙對於人性之惡頗有洞察，故而善從每人缺陷下手，恩威並施，着令俯首稱臣。其間無他，要亦不外乎「以權力相逼，以財富為誘，再施以乏味生活要挾。」——逐出巴黎，逐出法國，便已足令大部分從小習慣於巴黎聲色犬馬與法國式交談的流亡者意志動搖了。是啊，「兩鬢可憐青，一夜相思老」。故而，吊詭之處在於，在斯塔爾夫人觀察，雖說法國人總能覺察到別人的荒謬，但如果荒謬能換種方式讓他們的虛榮心獲得滿足，他們就會讓自己也變得荒謬起來。

第一執政具有作惡的本領，而無崇高的善念，為達目的不擇手段是他的天性，尤其擅長恫嚇懦弱之輩、利用卑鄙之徒。只想着以武力或詭詐屈人，而視其他一切為愚蠢

與瘋狂，視所有美好的情感均為幼稚之物，卻忘了道德也是有血性的，而且比肆意的罪惡更有血性。

在他眼中，人只有兩種類型：給他賣命的和居然膽敢自我生活——而不是居然膽敢妨礙他的另一類。威勢所向，法蘭西全境，人們恐懼着一切，期盼着一切，而這取決於他們是否效忠一個人——一個把自己視為整個人類存在的唯一目標的人。

這一切，三教九流，多元疊加，造就了他的優秀，為他的偉大鋪磚墊瓦。真所謂，秋風剪水，深院落花，沒個奈何。

為此，他所做出的一切，如果不是出於算計，便是出於仇恨。他與同樣懷持仇恨者結成同盟，利用仇恨來強化威勢，穩固統治，因為他相信仇恨遠比愛來得可靠。掌握了仇恨之柄，他會審時度勢，僅只展現當時應當展現的。而仇恨通常便以發怒來表達。於是，該怒則怒，不怒佯怒。例如，為了讓人對自己搖尾乞憐，波拿巴通常會頤指氣使地大發雷霆，叫人戰戰兢兢，頓生危如纍卵之感，不得不服服帖帖。一次他對一名未盡職責的軍事專員勃然動怒，彷彿失去了理智。可一等這個可憐蟲顫抖着走出房門，他便立馬轉頭跟自己的副官笑言：「希望我很好地震懾住了他」

此間詭計，有如市井，就是市井。斯塔爾夫人轉述俄皇亞歷山大的話說，拿破崙曾深以為然地向他推薦馬基雅維利的告誡：「您看，我就小心翼翼地在我的臣子和武將之間挑起不和，讓他們在我面前相互揭發。我有辦法讓

手下的人相互嫉妒：今天這個人以為自己得寵了，明天又是另一個，每個人都不能確定他在我面前是受寵的。」由此，人人爭寵，提防着對方，也就人人自危，唯剩他一人高高在上，俯瞰萬眾。也就因此，但凡有助於人民養成思考習慣，則為波拿巴所慍，所不能容忍。而權力，恰恰是權力，可以輕輕鬆鬆地將一場苦難變成笑話。

是的，暴政之路的鋪墊，必以一切人等成為馴服溫順的羔羊為條件，溫順者初嘗俯首帖耳甜果後，必將難逃徹底淪落為奴役工具的終極命運。

所以，不難理解為何斯塔爾夫人説他絕無愛惜人才的意思。不管是哪方面的人才，他心中只想着：要麼把這些人踐踏於腳底，要麼讓他們為自己所驅使，從而把他們全變作自己雕像下的墊腳石。他總是中傷那些自己懼怕之士，同時又總是在精神上貶低那些為他效力之輩，好讓他們徹底臣服。為此，必須製造必要的恐慌，而他正是這樣做的。他算計着如何恐嚇世人，讓他們回憶一下當初恐怖統治時期的日子，如果必要的話，讓人們再體會一下騷亂和不安，從而覺得自己必須投向他的懷中尋求庇護。——「他的一切措施本身不就傾向於加劇人們的這種不安嗎？」斯塔爾夫人如此感慨。借此他向法國人民傳遞的一個準確無誤的消息就是，沒有什麼事情是他不敢做的，別人靠做好事獲得威望，他也可以用惡作為手段，輕鬆獲得世人的敬仰。

於是，在當初廢除王位的人們的簇擁下，他走上了王位；在一群追隨平等的人們的擁戴下，他重建了貴族制度。

與此同時，這位撒丁島小個子極度蔑視人類精神，舉凡道德、尊嚴與宗教和熱血，這一切的一切，在他眼中「都是大陸永恆的敵人」。同時，他也會以善為手段，而達致惡念。改善法國的財政狀況，提升法國的國家實力，都是為了將這個國家玩弄於股掌，最終實現自己的個人野心。而人民歡呼雀躍，意味着一個民族正把自己的脖子伸到枷鎖之下。所以，這便解釋了為何經過了大革命的人民對於他的專政意圖竟然了無察覺。那邊廂，在他看來，「每三個月必須要有一些新的東西來吸引法國人民的注意，因為有他們在，一切裹足不前的東西都會被摧毀。」因為任何風暴都有利於自己日後的奪位，故而，他一會兒簽署一份誰也沒想到的和約，一會兒又發起一場可以展現自己何其重要的戰爭，以此沖昏國人的頭腦。誰若非議，便被貼上「雅各賓分子」的標籤。

　　的確，皇帝拿破崙深諳這一套把戲：借和平之名，把一個國家拖入悲慘境地，當不幸已到無以復加之際，任何變動對他們來說都是好的，而任由拉扯，山呼萬歲。

　　不過，一切均有端倪，難能瞞天過海，彷彿斯塔爾夫人對此早有察覺。一日，宴饗闌珊，夜宵時分，「第一執政官站在波拿巴夫人的椅子後面，一隻腳輕踩在另一隻腳上，動作跟波旁王朝國王一模一樣。我把他這個動作指給邊上的人看，好讓別人看到他的帝王之心在那時已是顯露無疑了。」

　　和平不對波拿巴的胃口。只有在戰爭的腥風血雨中，他才體會到樂趣。為了成就個人偉業，波拿巴讓千千萬萬

的人民走上黃泉不歸路。流亡途中，斯塔爾夫人在參觀一座工廠時觸景生情，不免聯想到他手下的大部分機構如同鍛造廠裏擊打着烙鐵的輪子一般冰冷無情。「這些人類機器下的洶湧暗流，源自一個暴虐而機械、能把一個恪守道德的生命變作一個卑怯奴性的工具的意志。」

置此情形下，第一執政官對於國家的體制形式根本不屑一顧，將其完全視作實現自己意志的工具。其實，在一次講話中，老兄自己就坦誠，洒家厭惡建立一套體制，因為這費力還不討好——他可不想受這種罪。可能，這不僅是拿破崙，也是一切大轉型時段自負擔綱天命的驕驕君王共有的特點吧！

本來，聽天命，是因為天命不可違；盡人事，是因為人有着一顆驕傲的靈魂。但是，令人震驚卻又尋常，也是人類最為悲哀之處在於，多數時候，大家總是隨波逐流，難能透視將來。當壓迫者得勝、受害者慘遭毀滅之際，他們總是迫不及待地去辯解，不是為暴君辯解，而是為暴君頭上的天命辯解。這時，無論法國還是俄國，抑或其他任何國家，「這個國度就像是一片無極之土，能穿越它的只有永恆。」

如同一切君王，波拿巴也喜歡頌聖之辭。不去讚美，就是罪過。沉默也不行。故而，流亡途中，一位負責監視行程的警察局長乃這樣耳提面命：

> 您在上一本書中對皇帝陛下保持緘默，實乃犯下大錯：在書中，皇帝陛下找不到一處稱讚他的地方，而您被判流亡也是幾年以來您對他大不敬的一個自然而然的結果。

還如不少君王，這位也是一介能言善辯之士。就對於個人和民族之含沙射影、造謠中傷而言，這位爺天賦過人。謠言不會蒙蔽一個民族，高尚的靈魂不會被同一人欺騙兩次，可拿破崙是經歷過大革命的人啊，他在革命時期學會了如何用粗魯的語言去有分寸地造謠。他能找出最合適的詞語，利用那些只會重複政府允許說的話的人，讓謠言廣為流傳。——百年後馬克斯‧韋伯說過「那個頭戴皇冠的玩票者」這句話，卻好像是為他或者他們量身定做的呢！

對於這位小個子新進登基者的容顏裝束，斯塔爾夫人亦且不堪忍受，多所嘲諷。如其所言，「那難以描述的難看而又傲慢、鄙薄而又局促的樣子，簡直把一個暴發戶能有的不雅和一個暴君能有的放肆，都展現得淋漓盡致。」

經由比較德法的體制，斯塔爾夫人不禁感喟，君王的恩澤有如陣雨般不定，無法有效地刺激人們的進取精神。在一個純粹以宮廷為重心的社會環境中，有才之士請纓無路、報國無門，平庸鼠輩反倒春風得意、尸位素餐。在一個王權完全不受約束的國家，縱便賢君主動自我約束，也懂得知人善任，亦難敵山呼海嘯的成規陋習，更難擋勃勃野心。故爾，斯塔爾夫人不禁暢想，要是一國既有憲法體制，經由人民的合作，又將賢君的聖明與體制的保障，合二為一，達臻權力與道德的和諧，那該多好。

是啊，那該多好。或者更為準確地說，那該多麼幸運。可漫漫歷史早已告訴我們，幸運是偶然，不幸才是人間常態。

更何況，通常情形下，還如斯塔爾夫人在書中所言，王位於他們而言，只是一個謀取年金的職位；國家在他們眼中，不過是一筆可以穩賺利息的本金。

2018年3月26日夜，於京北故河道旁

那些不嫌髒的人

魯薩洛夫是個虛構的人物，出現在索爾仁尼琴的《癌症樓》裏。小說，講故事，鋪陳舊賬。人事惶惑，人世淒迷，都發生在半個多世紀前的那方西亞內地，一個龐大帝國的邊緣省份。可一卷讀畢，周遭一切陡然凝重，彷彿凝固，叫人喘不過氣來。無他，就在於他的所作所為，似曾相識，好像在哪裏打過交道。連他的眼珠一轉，眉宇微蹙，也近在咫尺，活靈活現。只不過那不是一張西洋人的臉，卻變成了我華夏中年男人的詭異表情。

這是個什麼樣的人物呢？彼何德何能耶？且慢，還是讓小說作者來告訴你吧。

話說在將近二十年的漫長歲月裏，魯薩諾夫的工作是「管理人事檔案」。換成吾國表述，這個行當就叫「組織人事幹部」。這活兒在不同的單位可能名稱有所不同，但內容和性質同一，是一份「精細的工作」。用小說作者的話來說，「對此只有無知粗魯之人或者不明真相的外人，才會不明白。」是啊，置身此世，漫漫人生黃泉道上，每個人都填過不少表格，而每一份表格都提出相當數量的問題。對一個問題的回答就是一條線，這條線從你身上一直通到當地檔案中心。從每個人身上都要如此拉出數百條線，合在一起就是千百萬條。假如讓這些線都為世人所知，那麼整個天空就會為蛛網遮蔽，報紙的殘片或者秋天的落葉也無法隨風飄舞。它們是看不見摸不着的，但每

個人都時刻感受到它們的存在。而且，「問題在於，所謂水晶般純潔的檔案，如同絕對真理，如同十全十美的理想」，是不存在的，也是達不到的。因而，只要仔細分析，「對每一個活人，檔案裏總能寫點兒什麼反面的或者懷疑的意見，因為每個人都會做過什麼錯事或者隱瞞過什麼。」這是人神之別，早已命定而無法逾越，而這便為鬼斧神工的人事預留了空間。

這不，因為時時感覺到這些線的存在，人們對牽動這些線的人，對管理極其複雜的檔案的人，自然心懷敬畏，而他或者她便獲得了權威。

魯薩諾夫就是這樣一個獲得了敬意和權威的人。

身處這一半陰半陽、神秘莫測的位置，魯爺遊刃有餘，懂得如何曲盡其妙地利用操控這些無形之線，令對方膽戰心驚或者感恩戴德。比如，正是借助於這些表格，他成功地逼迫好幾個女人跟她們那些「根據第58條」而遭到監禁的丈夫離婚，避免了罪犯們那骯髒的雙手將尚可挽救的婦女從全體公民的康莊大道上拖走。天長日久，魯官人對於何時應當和顏悅色、侃侃而談，何時必須沉默不語、疾言厲色，何時又要慢條斯理、吞吐推拿，早已成竹在胸，拿捏得體，全視具體情形而定。為此，他還在家中對鏡練習，反復推敲，直到收放自如。單位工作人員向他致禮，要麼遲緩默然頷首，要麼即刻微笑作答，也是一門技術，同樣視情形而定。必需威懾或者收服某人，則對其問候眉頭微皺，遲緩作答，彷彿在考量是否值得跟他打招呼。置此情形，那人便會心生疑竇，忐忑不安，「腦子裏

就會開始認真檢查自己可能犯了什麼錯誤」，而對其心懷敬畏，乃至於言聽計從。

作為組織人事幹部，魯薩諾夫的本領當然不止於此。他還善於根據報章分析時勢。論吃透報紙上的文章精神，其所在病房，其周遭人等，還無出其右者。他把黨報理解為公開傳達的、實際上是用密碼寫成的指令，其中不便把一切都直截了當地說出來，但有頭腦的行家可以根據種種蛛絲馬跡，依循文章的編排形式，揣摩迴避或者略去的內容，對最新動向構成正確概念。

必要之時，例如需要擴大住所面積而必得佔有鄰人房舍，也可以利用掌握檔案之便，找出致命之處，匿名舉報，發出致命一擊，將對方送上永久流放之路。魯薩諾夫深諳此道，屢試不爽，成功地送走了幾位朋友，順利地將住所擴大，令全家生活愈益美滿幸福。

他，他們，春風得意，衣香鬢影。大地蒙羞，人民流血。其情其形，恰如詩人所詠：

在平原的上空——
是天鵝的啼叫。
媽媽，難道你沒認出自己的兒子？
那是他在遙遠的白雲上面，
向你最後一次道別。

在平原的上空——
是不詳的暴風雪。

姑娘，難道你沒有認出情郎？

衣衫襤褸，血染雙翼⋯⋯

那是他最後的叮囑──活下去！

（茨維塔耶娃：「獻給勃洛克的詩」第12節）

因此，魯薩諾夫夫婦熱愛人民，熱愛自己國家偉大的人民，並為這偉大的人民服務，甚至準備為人民而貢獻自己的生命。但是，隨着時間的推移，他們愈來愈無法忍受那些⋯⋯居民。無法忍受那些執拗而任性、老是陽奉陰違、還經常提出什麼要求的居民。

因而，如其夫子自道，所有這些年頭裏，重要的事情是要「整頓社會」！「從思想上整頓！」這就「非把社會淨化」不可。而要「淨化社會」就少不了那些不嫌髒的人。

他呢，為了這項偉大的事業，就不嫌髒。

可縱便如他，也拗不過脖子上的腫瘤，那個冥冥中俯察一切、洞悉一切、掌控一切的至上存在，大鳴大放，大慈大悲。

2018年4月6日於故河道旁

茶酸，尿酸，心理酸

看完《大衛·休謨傳》，始知哲人曾經兩度謀求教職，居然名落孫山，而平庸之輩榜上有名，春風得意。一是1744年夏，母校愛丁堡大學的倫理與聖靈教席空缺，休謨投石問路，乃至托友緩煩，結果當責遴選名望，「一致認為我並非這一職位的確當人選。」——三十二年後，休謨去世前四月所撰《自傳》中如此夫子自道，舊夢遲回，波瀾不驚。當其時，不惟教會中人，就連愛丁堡學術圈也看不上這位九泉鄉民。二者合力，成功將休謨排除在外。二是1751年，同在蘇格蘭的格拉斯哥大學邏輯學教職空缺，休謨不諳世故，再度競聘未果。兩戰皆敗，可謂屢戰屢敗。老兄就此罷休，不得已改做家庭教師，長歌當哭，遠望當歸，從此死了這份以教授為業的心。

「蕩漾生涯身已老，短蓑箬笠扁舟小。深入雲水人不到，吟復笑，一輪明月長相照。」山谷先生的吟詠，風流萬般，搔頭白。

導致敗北的原因，可能也是最為重要的原因，就是如今入列不朽的《人性論》，當時卻為英倫所鄙，一版刊行後，終休謨離世，迄未重印。舉世滔滔，眾口鑠金，不僅出版時作者栗栗匿名，而且，終其一生，休謨本人也一直羞於提及，而頗多悔意。英雄自古出少年，休謨的這部少作，恰恰就是那顆少年爛漫老成的偉大頭顱奔騰噴湧的偉大篇章，可惜，超前了一個世紀，則一傅眾咻，泯於塵

煙矣。今日愛丁堡校園喬治廣場上有座「休謨堂」（David Hume Tower），休謨銅像亦且堂皇矗立，紀念這位偉大校友，可知峨冠博帶多為庸眾，堂皇學府從來勢利，唯獨時間一騎獨行，經天緯地，不容不公。

今日早起，再讀韋伯的《以學術為業》，錢永祥先生的譯本，看到這些段落，忍不住摘抄如次：

> 如果把眾多才智平庸之士在大學裏扮演重大角色這個事實，歸罪於學校教授或教育主管個人程度低劣，卻是不公平的。造成凡才當道的原因，要到人類協作的法則中去找，尤其是好幾組人協作的法則。

> 我們不應對經常出現的錯誤感到吃驚，而應對所擇得人的次數詫異。儘管在種種困難之下，這種情形仍然佔了相當的比例。惟有當國會（如在某些國家）或君主（德國到目前為止）——二者結果相同——或取得權力的革命者（如德國當前），因政治原因而干預學術界的用人權時，我們才能確定有人和的平庸之輩及一心上爬的人會壟斷賢路。

> 你真的相信，你能夠年復一年看着平庸之輩一個接一個爬到你的前面，而既不怨懟亦無創痛嗎？自然，我們得到的回答總是：「當然，我活着只是為了我的『志業』。」然而，我發現只有少數人能夠忍受這種情形，而不覺得這對他們的內在生命是一種傷害。

沙塵過後，天空如洗，元氣淋漓，以高徹無垠眷顧下界蒼生。套用一句習語，真是「藍藍的天上飄着朵朵白

雲」。此等情形，天造地設，人間常有，而帝都不常有，故而格外觸目驚心。小院寂謐，綠蔭婆娑，一樹花開，招蜂引蝶，彷彿雨夾雪，而呢喃有聲。晴窗捧讀，不思量，卻也勾引得差不多「玉山半倒」、「一簾春夢」。不料一旦春心蕩漾，思路便開小差，想起了前不久清華公佈的「文科資深教授」，以及其中的三教九流、弄臣小丑，遂擲卷起身，一笑莞爾，再笑去尿尿也。

喝茶有助排尿，金駿眉加兩片檸檬效果尤佳，而尿路暢達，尿色澄澈，尿味芬芳，不枉尿在新時代沙塵肆虐後光燦燦的帝都豔陽天。

他日閱讀此文，必謂老許酸葡萄心理。朋友，你說對了，老子喝的檸檬茶是酸的，尿出來的水是酸的，坐久了腰是酸的，心理當然也是酸的。

2018年5月2日，晌午，於故河道旁，肚子餓的咕咕叫

喬治‧奧威爾先生不上館子了

那幾年，奧威爾自我流放，在倫敦巴黎飄蕩，當乞丐，打零工，睡橋洞，收容所裏混。遍交三教九流，飽嘗饑寒交迫，識得這晃兮煌兮的花都金都，紙醉金迷的瑰麗表象背後，原來藏污納垢，明白了生命一場的真實與虛幻，而不外掙扎二字。如其所言，這場為時一年多的青春飄蕩，不僅在於「餓其肌膚，勞其筋骨」之敲骨吸髓，更主要的是，切身體驗了一把伴隨着饑腸轆轆與蓬頭垢面而來的，是人格減等。——那時節，一個流浪漢，一名洗碗工，生存尚且無着，連數目字都不是，哪裏還有什麼尊嚴。從此，這位後來的《1984》作者，惻瘝在抱，而頭角崢嶸。

單說奧威爾在餐館做工。洗碗，沒完沒了地洗碗。親歷身受，為我們留下了那個繁華歲月裏歐洲繁華都會餐飲業的陰暗記錄。他在《巴黎倫敦落魄記》裏寫下的情節，浮世蒼生，平鋪直敘，如今讀來，直要晃瞎了我們的眼，卻也怪而不怪，順理成章。

話說，巴黎餐館的廚房，多半設在地下室，陰暗局促，潮濕悶熱。廚師和工人，從早到晚，一天勞作十七小時，沒有週末輪休。長期的極度疲乏，不僅慢慢摧毀健康，而且，叫人靈魂出竅。

居爾斯，侍者，本來學醫，奈何交不起學費，輟學打工，從此便以擺放刀叉代替人體解剖。「他有一種叫人吃驚的邪惡氣質」，奧威爾說，有時會把抹布裏的髒水擰到

顧客馬上要喝的湯裏，「以此報復資產階級」。

廚師也不是好貨。一個法國廚師會往湯裏吐口水，不為什麼，就是愛吐，吐而後快，吐而後已。一位廚師長，檢驗牛排燒得怎樣的方法是用手指拈起牛排，「輕輕地晃晃，然後用手指夾着肉，舔嘗肉汁的味道，然後再晃晃，再舔一會」。

接着往後走幾步，咕噥着這塊肉的味道，就像一個藝術家在品評一幅畫，最後才用他那粉紅色的胖手指夾着肉把它優雅地扔回原處，而他在那天上午已經吮吸過他的手指一百多次了。如果他覺得滿意，就會拿塊布把菜上面的手指印擦掉，再交給侍者。而侍者端菜時，也會很自然地把他骯髒油膩的手指浸在肉汁裏，碰巧他總是用他的手指在頭上抹油。

有一回，侍者送菜到三樓，一不小心，烤雞從托盤裏掉下來了，滾出電梯，一直滾到一堆碎紙雜物裏，結果用布擦擦，送上餐桌。沒準，饕客刀叉俱下，齒間起合，口中喃喃，然後聳肩伸脖，做出驚喜狀，彼此頻頻點頭，嗚嗚呀呀，甚至還撩撥得那玉山半倒，星月幽冥呢。更何況，這只是一幫財大氣粗的美國遊客，噫嘻！

只要你在巴黎點了一份超過十法郎的肉菜，奧威爾接着寫道，可以肯定，都會受到這樣的「手指洗禮」。大致説來，你點的菜越貴，就意味着你越可能吃到更多的汗水和口水。如此比對，天朝餐館服務員小妹，那個昨天還

在田埂上茫茫然的農村丫頭，一手抹鼻涕，另一隻手的大拇指無所畏懼地浸泡在湯裏，實實在在，也還算是自律甚嚴，高風亮節至於廚房，放在地上的肉塊與垃圾為鄰。老鼠饕餮，心滿意足地啃噬着正在用作三明治的火腿。水槽因為油脂太多，經常堵塞。出得廳堂，不小心將端着的雞塊掉地下了，沒事，道歉，鞠躬，回去，五分鐘後從另一扇門進來，假裝換了菜，嗨，齊活兒。

那各種原料呢？據奧威爾的實地觀察，餐館老闆總是想方設法欺騙顧客，食物原料低劣，但廚師懂得如何把它做得像模像樣。肉嘛，馬馬虎虎。蔬菜呢，沒有誰會在菜市場精挑細選。奶油向來是摻牛奶的，果醬則用連商標都沒有的罐頭裏的什麼玩意兒混合而成。——幸好那時節還沒發明地溝油，也沒有三鹿奶粉。還有，樓上房間裏的床單用過後很少洗，不過浸濕一下，熨乾後再鋪到床上。

兄弟在海外混日子的時候，也聽說過這類事。餐館的床單毛巾，包括飛機頭等艙用的餐巾，不是用水浸濕，而是灑上滑石粉，再熨帖平整，折疊好，交活。開洗衣店的意大利人希臘人示範，在此落單打工的華人兄弟耳染目睹，親身歷練，回頭自己開店，如法炮製，遂瀰漫開來，蔚為行業風範也。——在下動筆寫作本文之際，網上透露，偌大北京，每天洗滌量高達六千噸，包括五星酒店在內的床單桌布，不過在京郊小作坊污水池裏打個滾就回來了。

話題收回來，在奧威爾打工的這家旅館，唯一乾淨的食物是給旅館管理層和老闆吃的。讀書至此，在下不免聯想，他們和他們的家人，總要出門，也總免不了要上其他

的館子，其他城市的館子，或者，去咖啡店什麼的吧。那時節，山不盡，水無涯，送春滋味，念遠情懷，路繚繞，潛通幽處，又將如何呢？莫不成，他們隨身自帶食物，自帶飲水，自帶被褥，自帶毛巾，自帶……

奧威爾說，反正他是再也不上館子了。上沒上，不知道。不過，他只活了47歲，沒能熬到親眼看一看1984年時的世界，但1984年的世界還在看他的書。可能，2084年，3084年，還將會繼續看他的書，包括這本落魄紀實。

哪天下館子，對服務員小妹小哥的態度巴結着點兒，要不然，你喝下的可能就是摻雜了她或者他的甜蜜口水的肉湯了。——如果添加的不是她或者他的濃痰的話。

2015年8月26日於故河道旁

內藤湖南與唐娜‧斯特里克蘭

標題中的兩位，八竿子打不到一起。前者是日本漢學大家，生於1866年，卒於1934年。後者是今年的諾貝爾物理學獎得主，也是該獎歷史上的第三位獲獎女性，生於1959年，亦已人到中年矣。

將他們牽連一體的是頗為神似的職業生涯。內藤湖南畢業於秋田師範，一所不起眼的地方學院，跡近刻下中國的「大專」或者「三本」。前半生以新聞為業，已然頗有聲名，並練就了健筆滔滔與鐵嘴鋼牙。1899年，賃居東京小石川，春遭祝融之災，五、六千冊藏書瞬間化為灰燼，遂決絕過往，沉心斂志於中國研究。迄1907年，功夫不負有心人，已經出版三部漢學著作。經狩野直喜教授邀薦，出任京都大學東洋史講師。本意徑聘教授，但因內藤「無大學文憑」，雖有狩野直喜力薦，京大文科部負責人狩野亨吉教授甚至拍案而起以辭職相挾，卻依然為文部省官員所拒，實則主要為時任京都帝國大學校長木下廣次否決，不得已兩年後獲授博士學位，始晉升教授。此後二十年，執鞭上庠，日誦五車，著作等身，造就了享譽世界的京都學派，養育了薪火相傳的「內藤軍團」。當其時，「東大白鳥，京大內藤」，蔚為日本東洋史的兩大重鎮，也是世界漢學中心。

時當1931年9月14日，陳垣問胡適：「漢學正統此時在西京呢？還是在巴黎？」二人相對歎息，希望十年後或

在北京。早此兩年，陳寅恪先生為北大己巳級史學系畢業感賦，而有「群趨東鄰受國史，神州士夫欲羞死」之歎，亦正為此有感而發。再早兩年，觀堂自沉於昆明湖，陳先生輓詞竭盡哀痛，而有「東國儒英誰地主，藤田狩野內藤虎」一聯，即以其學術交誼為本事也。

那邊廂，唐娜·斯特里克蘭任教加拿大滑鐵盧大學。據近日媒體報道，她因1985年發表的一篇「開創性論文」而獲獎。論文不長，發表的亦為一般學刊，所謂「影響因子」只有1。但就是這樣一篇論文，讓她和合作者，也是自己的導師，摘取了今年的諾獎。坊間調侃，她不僅自己獲獎，還連帶讓自己的導師也獲獎，「一篇論文吃一輩子」。這位至今仍是副教授的諾獎得主，一直默默無聞，若非天降大獎，不用幾年，就將退休養老，一眼望到頭了。就此而言，伊人在水一方，也可謂幸運之至矣。

上述兩位各有實力，而終究崢嶸畢露。其幸耶？其不幸耶？撇開其他因素，若無下述兩項，不論幸或不幸，一切皆無可能。

首先是清明的學術鑒賞能力。就諾獎得主言，寥寥數頁論文發表在《光學通訊》這一不起眼雜誌，此後毫無影響，早為學界所忘。但其「開創性」及其對於後續研發的奠基意義，並不因此而湮滅不彰，靠的就是同仁慧眼，撥雲穿霧，披沙揀金。其不惟名頭，不看山頭，唯以學術價值為準，這才令伊人名至實歸。就內藤言，不僅幸遇狩野直喜教授這位清正君子虛懷若谷，而得力於教授言證在京大學術評價體系中之份量，如同當年陳寅恪先生之獲聘於

清華。更在於狩野諸賢獨具慧眼，不忍野有遺賢，而必得為國薦用之一腔正氣。考其生平，狩野教授較內藤齒德稍遜，亦為傑出漢學家，主治中國學術史、敦煌文學與明清戲曲小說，與羅振玉、王觀堂多有交遊。當年京都大學漢學一門，開山拓荒的就是狩野直喜、內藤湖南以及以「最討厭支那的支那學家」著稱的桑原騭藏。故而，其於內藤的學識及其潛力，深具評鑒能力，所謂內行看門道，虛實盡在掌握。

此因筆者於國朝學府將近四十年來之種種身歷親受，兩相比對，而愈顯黑白分明。過往二十年，筆者服務的東家，掌握話語權的除開黨政官員，常以工科專家為主。其於法科十足外行，了無鑒賞能力，遂致教授升等、著述鑒別與榮譽頒給，良莠不辨，顛三倒四。事實上，今日國朝大學，上位的多為黨政要員。此間情形，明火執仗，文科尤甚，實在不堪。不信，你看看包括鄙校在內的所謂「文科資深教授」之魚龍混雜，一切不言自明。

其次是公正的學術評價體系。雖說副教授著述不多，發表那篇論文後亦無耀眼成就，但其「開創性」適須肯定，靠的是據公評騭，一切惟公義、公心與公德為憑，而非人脈請托，更非權力裁處。就內藤一案而言，狩野的祁奚之薦，適配京大的公議之德，這才相得益彰，而蔚為善果。肮髒的校園政治於此無藏身之地，刻下國朝學府見慣不驚之吃吃喝喝、稱兄道弟，乃至於拉拉扯扯、黨同伐異，在此更無立足之地。「上頭有人」這樣的事，礙難想

像。否則，天下大譁，不待人毀，先已自滅。至於「睡」之一字，從字紙翻騰為實踐，利欲耀眼閃爍之際情慾悄然退場，彷彿為商場慣例，曾幾何時，卻時現學府，亦且一大奇觀也。

同樣，走筆至此，不禁想到，當年紀寶成在位時自定一級教授。京渝兩位政法大學的黨委書記一邊在母校在職讀博，一邊在任職單位自定博導，無恥荒唐，明目張膽，不遑稍讓。更有學府舔菊，巧立名目，專為高幹開設一班，所謂「博士班」者，大開方便之門，這邊廂公然行賄，那邊廂成建制地搶劫學位。他們掌握公權，而用之私欲，堪為濁浪奇葩，展示了這個根本缺乏政治正義的浩瀚國度裏所謂學府之齷齪猥瑣。置此格局之下，張寶成、李寶成、諸葛寶成與約翰·寶成之遍佈國中，長袖善舞，前仆後繼，遂見怪不怪。大家沒奈何，只好將一切託付於飄渺運氣，感慨命運的神奇詭譎，憎恨卻又羨慕「上頭有人」。如此這般，縱便話語權已然回歸內行，卻因偏三向四、挾權倚勢、心術不端，同樣不見公正，甚至適得其反。朋友，在下教書為業，一介嘴力勞動者，今日作此短文，回視東瀛往事，遙看雪國盛事，兩相比較，心潮難平，不得不感慨良多，請勿怪我未老先衰，而絮絮叨叨一至於此！

末了順提一句，內藤湖南執教的京都大學，今日世界之學術重鎮，更是東瀛立國之基礎，當其1896年籌建之際，建設基金乃甲午戰後之清廷賠款也。這一動議由時任文部

省次官牧野申顯向文部大臣蜂須賀茂韶提出，而由文部省和內閣一致通過。兩年後，清廷設立京師大學堂，今日之北大也。

　　語及甲午海戰，史家郭廷以先生曾經喟言，「中國海軍之敗，不是敗於1894年9月17日的下午，而是敗於以往數十年的不自振作。」郭先生檢視近代中西交通，瞻前顧後，亦有「元明以後的中國文化，多少到了一種靜止的狀態」之語，並謂明清之際的「生機」，幾為雍乾父子所「根絕」。自茲以還，滿目蕭殺，如楊國強先生言，讀書人活得很安靜。

　　一轉眼，世事反復，時勢翻覆，而人世依舊，距郭先生作此之評，倏忽將又七十載矣。

2018年10月6日夜於故河道旁

黑白之間，還是黑白之間

九月間，波士頓大學社會學系的一間教室外，上課時總有兩個警察在晃蕩，或坐立門旁，或逡巡廊道。教室裏沒幾個人，站着授課的是位中年黑人女性。暑假有閒又有心，教授於臉書發文，論及校園學生滋事，喟言多為白人學生所為，並非媒介渲染之以黑裔為主。陳言平實，就事論事，不料，招來無數詬詈。心潮洶湧，陣仗升級，白人極端組織威脅要她的命。也有傳言，說是裝着彈殼的信封已然寄達。

原本選課的學生害怕挨槍子兒，紛紛退課，畢竟小兒女。系內教員默然而黯然，內心可能也有不同看法。課還是要上，怎麼辦？不懂問百度，有事找警察，這不，就有了本文開篇的情景。

九月過後是十月，秋意爛漫，大地紛披。劍橋小鎮天氣好，乘着假期，據說半個中國的人都到哈佛校園參觀來了。除開「哈佛院子」，法學院是許多人慕名參拜的又一聖地。新樓闊達，走廊開敞，這叫做Wasserstein Hall的走廊牆上，懸掛着超過180位教員的照片。曾任現任，黑白紅黃，袞袞諸公，一目了然，多元燦爛。

十月過後是十一月，寒意漸濃。當月二十號，至少五位黑裔教授的照片上，不知何時，被人貼上了黑色膠帶。哈佛官方說不知道何人以及為何實施了此種「汪達爾行徑」。法學院院長Martha Minow教授當即發表聲明，譴

At least five portraits were defaced at the university's Wasserstein Hall. Portraits of several black professors have been vandalised at Harvard Law School a day after a rally on the campus for black students.

責仇恨表達，義正詞嚴("Expressions of hatred are abhorrent, whether they be directed at race, sex, sexual preference, gender identity, religion or any other targets of bigotry." She added that the vandalism was being treated as a hate crime.)警方拒絕評論，但在第一時間啟動調查。

　　任教哈佛法學院的黑裔教授不多，是有那麼幾位，不知冒犯了誰，或者，冒犯了什麼。

2015年12月12日於清華家中

　　又：據CNN2018年1月10日報道，一位佛羅里達海灣海岸大學(以下簡稱FGCU)的社會學助理教授特德·索恩希爾(Ted Thornhill)，因開設一門名為「白人種族主義」的課程而遭到郵件與短信騷擾。校園警方在這門課程上課時於教室外站崗保護。

富蘭克林說過這句話

　　當年德裔移民堅守德語飛地，幾代人拒絕同化，終於惹惱了美國總統，或者，母語為英語的美國總統。華盛頓們、傑弗遜們和富蘭克林們，凡此來自英倫三島、母語為英語的「開國先輩」，堅決不能容忍德裔居民建立德語飛地。富蘭克林警告，「要麼講英語，要麼被消滅」。背後的邏輯，如其所言，同樣還是「要麼獲勝，要麼被毀滅。」

　　這話他老人家沒親口對我講過，那時這世上還沒我呢！就算有我，也輪不上我當聽眾。幸虧那時節我不在，要不然，不是苦力，就是支那蠻，沒好日子。但這事確實有過，他確實說過這句話，而且，記錄在案。英語資料見Mathew Spalding, "From Pluribus to Unum", in *Policy Review* 67 (Winter 1994), pp. 39–40; 另有James A. Morone, "The Struggle for American Culture," *PS: Political Science and Politics* 29 (September 1996), pp. 428–29; 以及John Higham, *Send This to Me: Jews and Immigrants in Urban America* (NY: Atheneum 1975), p. 180. 二手引述見塞繆爾‧亨廷頓的《我們是誰？》中譯本第52、161、131–142頁。

　　朋友，「伯理璽天德」與富蘭克林們為何要發這麼大火？竟然出此重口？無他，就在於茲事體大，所謂「語言是存在的家園」也。亨廷頓由此唱言：「在美國歷史上，英語對於保持美國同一性發揮了重要作用」。此處之「同

一性」者，盎格魯－撒克遜文明之性也。的確，所謂文明，通常意味着一套言說系統，總得訴諸特定表意體系。因而，爭奪語言的合法性，就是在搶佔文明的正當性，從而，攫取生存的幾率。近世中國文明衰落，周邊原本屬中華文化圈的韓、日、越諸國，遂棄用漢文，各尋宗主，因由在此，玄機亦在此。十多年前，英、葡兩國無可奈何花落去，卻以英語和葡語續為兩處曾經的殖民地官方語言為條件，同樣情緣在此，玩的就是發聲，而發聲意味着存在。而它存在，就等於你不存在。往前推，1858年中英簽署的《天津條約》第51條規定，「從今以後，凡有文詞辯論之處，總以英文作為正文」；同年簽定的中法《天津條約》規定：「自今以後，所有議定各款，或有兩國文字辯論之處，總以法文作為正文」，同樣玄妙在此。

今晚在劍橋鎮的一家中餐館，老T招待餐敘。不知不覺，聊到少數民族與多元文化，自然牽扯上語言。Z教授娶了挪威太太，在奧斯陸大學任教，唒言貴校以挪威語為工作語言，而且，「挪威的大學當然只能講挪威語，因為這是挪威。」但老Z一轉身指斥「漢語」這一措辭不當，漢族人的語言「漢語」作為中國的官方語言，置其他少數民族於何地。我對此不敢苟同，因為照此思路，則English在美利堅豈非改稱Amerish，在加拿大變成Canadish，在澳大利亞則要稱為Australish，非如此不可。可上述三國，似乎並未作此動議，哪怕是共和派，仍循舊稱，蓋因明曉語言積習成俗，非人力一時一刻所能輕舉妄動，更不應輕易為政治所綁架。

老T聽我轉述亨廷頓轉述的富蘭克林的話，當即拍案說「不可能，他不可能說這樣的話，肯定是亨廷頓在胡說。」亨廷頓實話實說，道出了老右派的心聲，但沒胡說。

　　周廉老弟有本書，感慨「你無法叫醒一個裝睡的人」。我覺得老T們在此都在裝睡。

2015年10月7日於波士頓

獨立公投的進化論

　　「新大陸」如今是西方文明的天下，早年的弱肉強食時代彷彿是輕輕翻過去了的歷史折頁。撫之婆娑有聲，視之惟剩字紙。而字裏行間，據說寫滿了「文明」和「進步」的頌詞，更不乏「英雄」的身影閃爍其間。至於整個大陸印第安人的種族災難，不過是宏大歷史進行曲的副調，旨在烘托主調的恢弘。如此這般，伴隨拓殖而來的苦難與毀滅，遂飄散於時光的塵埃！

　　是啊，西人拓殖，打天下，坐天下，據說一條寶貴經驗就是「自然多數」。就是說，通過移民和驅逐，將原住民變成真正的少數民族，也將其他競爭性民族局於一隅。民主的多數決原則適逢其時，政治共同體的邊界遂擴展至族群關係，多數拓殖者的統治由此變得天經地義。就此而言，所謂新大陸之新，是就他們而言的，對於慘遭屠戮的原住民而言，這是一片古老的家園，某種意義上，不妨說，也是一個早已丟失了的昨日的家園。「天漸遠，水雲初靜，月秋霜曉，人間別有幾春風。」

　　可見，歷史是多元的敘事，不是一根單線。可惜，我們常常聽到和看到的，多半是「他的故事」。而且，是個一再經過加工或者還原論的「他的故事」。

　　在此，學理是一方面，實踐又是一方面，牽連駁雜，端看初始條件。比如，蘇格蘭將於2014年進行獨立公決，很多人為此歡呼，喟言英國的自由民主體制和平解決了獨

立與族群關係問題，為它的大度和巧妙政制安排而欣羨不已。但是，對於其間隱伏的一段曲折，即為什麼英格蘭和英國政府如此大度，卻未曾於國家理性層面多做思考。例如，不少人揣測，蘇格蘭的民族黨和英國執政的托利黨似乎都知道，2014年的公投將會無果而終。既然如此，他們為何還要做無用工呢？此於英格蘭而言好理解，而於汲汲於重新分家過日子的蘇格蘭來說，豈非不得要領。

朋友，這就叫天真，這就叫稚嫩，這就叫不懂政治了。因為，倘若不推動公投，面臨即將到來的蘇格蘭議會選舉，民族黨可能失去獨立派的支持，因而，哪怕明知公投無果，也必須用它來爭取選票。那邊廂，托利幫對此更是心知肚明，放他一馬公投，諒也鬧不出大動靜來。況且，托利幫知道，自己民意基礎不穩，經由同意蘇格蘭舉行獨立公投，既展示了英格蘭的力量，同時明白反對獨立的力量必然獲勝，公投的失敗無異於為自己加分，何樂而不為。因此，攘讓雙方，都心照不宣地憑藉民主機制，各擁旗號，玩得起勁着呢！可憐那火熱心腸的民族主義信徒，小民百姓，揮拳跺腳，卻終究連棋子也算不上。

至於促動公投關聯北海石油利益之爭，更且是核心所在，彼此借機討價還價，而在利益分成時好拿出殺手鐧，更是道出了一切博弈都是利益博弈這一政治的本質。

但是，話說回頭，即便如此，畢竟是公投的文鬥取替了槍炮解決的武鬥，而這就是進步，一種文明的自我克制，特別是優勢者的自我克制。不用說「發現新大陸」那會兒，就是百年之前，甚至於四、五十年之前，朋友，也

是不可想像的呢！私底下那點肮髒兮兮的政治和政治交易，過去不曾少，今日不愁多，將來不會少。無以表彰，沒奈何，姑謂獨立公投的進化論也！

2012年12月25日於舊河道傍

東方的英國，以及愛國

據說，曾幾何時，日本自詡「東方的英國」。明治初年，福澤諭吉以英國紳士為典範，創設慶應大學，以作育「獨立自尊」之才。此後不僅財閥多出此處，為己致富，為國聚財，而且，富強起來的日本還企圖將中國分裂成若干小國，裨便分頭對付，各個擊破，也是「學了英國的故智」，即英人治理海外殖民地的伎倆，有以然哉。與此相應，那邊廂，在蔣百里先生看來——上文引號中的文字就引自蔣先生的《日本人》——「世界民族中懂得日本的首推英國。」各位讀者賢達注意：不是一衣帶水、同文同種的中華，而是萬里之外、異文異種的英吉利。

就日人居常之精緻與虛靈，那份曾有的庸倦，以及縱欲與虛無之境，彷彿與巴蜀的川人相近。也有人說，女人最能表現民族的魂靈、展現文明的韻致，則川女、滬女與東瀛女子好有一拼。

明治天皇逝世當日，《泰晤士報》發文，指日本國運經其一手苦心經營，恐已登臨富士山頂。換言之，以日本之資源稟賦論，已達極致，莫可再圖。言下寓意，若非戒慎戒懼，尤在東亞獨大後忘了《呂氏春秋》提示的「慎大」，沒準樂極生悲。

後來的事，大家都知道，歷史進程不幸果真如此，玉石俱焚，夫復何言。

不過，日本的國運隆盛並非止於明治一朝。恰恰是

在二戰兵敗山倒之後，臥薪嘗膽，積勞積慧，終至經濟騰飛，文教鼎盛，人民富足，家邦安寧，居然一度問鼎世界經濟總量老二，才是頂峰。此非英人、美人所曾逆料，亦恐超出多數國人的想像。此亦非他，不過就是置身這個叫做「現代世界」的大轉型時段，幾經顛沛，終成善果而已。究其實，除開少數極其幸運的安琪兒，非惟東鄰，包括英美德法在內，更不消說俄國、土耳其與小虎小龍們，若要走獸變身飛禽，跨進現代門坎，還不都曾歷經折騰，流血、流淚更流汗，死去活來。俟至塵埃落定，實現「大轉型」，早已耗去數代人呢！

曾聞當今日本青年面對若果戰事爆發，願否為國捐軀之問，徑以「這個國家要你為它去死，就不值得去愛它」作答。道聽途說，不知真假，亦昧於是否具有代表性。但反觀當年蔣先生寫作此文時多次指認日本病在「愛國者」太多，似乎給我們提示了思考這一問題的蛛絲馬跡。

還是在上揭一文中，蔣先生寫道：

> 日本有許多愛國者，究竟是否是國家的幸福，不能不請命運之神來判斷了。
>
> 日本的厄運，實在是愛國志士造成的啊！

言及戰前日本海陸兩軍彼此爭利，蔣先生在書中告訴讀者，其海軍欲效英美，「不僅封鎖亞洲海岸還要超過太平洋」。陸軍則志在推行「大陸政策」，企望如德法陸軍雄壯橫行歐陸那般，不惟佔領朝鮮與臺島，更且侵吞中國、

印度和菲律賓，一肩雙挑，將印太兩洋盡收彀中。兩相齟齬，或有偏袒，「就被對方指為賣國賊。」——呵，多麼熟悉的修辭，一模一樣的思維。

蔣先生旅日多年，是真正的「知日派」，不僅於家國天下自有分寸，更心懷普世正義。抗戰爆發前夕著有《國防論》，提出「持久戰」這一戰略思維，似乎也是當日國共兩黨分享的主流戰略思想。《日本人》作於民二十八年八月，正是日寇侵華、烽火連天而神州陸沉之際。國難當頭，血濃於水，則蒼茫獨立，蔣先生心境可知，而文脈自現矣。

鄉郊獨居，長日無事，四野烏蒙，只能讀書。今日再讀蔣先生這部短篇名著，收看中國總理時隔八年訪日簽署兩國聯合聲明的新聞，一時間不禁浮想聯翩，自作多情，夜不能寐，遂翻身下床，寫下這則文字。

對了，在「緒言」部分，蔣先生喟言，「古代的悲劇，是不可知的命運所注定的，現代的悲劇，是主人公性格的反映，是自造的，而目前這個大悲劇，卻是兩者兼而有之。」

蔣先生所說的「目前的這個大悲劇」，不是別的，就是這個東瀛鄰邦，順著明治以還的擴張國策，因躋身列強，自認有兩下子，而極度膨脹，遂不自量力，東討西征，四面樹敵，悍然侵華矣！

作吧，儘管作，可天道好還！

或曰，哪有什麼鬼天道，憑的全是人力。是的，也有可能。

2018年5月11日夜於故河道旁

保守一微，自信作

　　此次訪日，專程驅車靜岡，觀摩議會競選。整個下午，跟隨一位參議員掃街拜票的車隊，其行隨行，其止即止。非他，目睹其過程，聽聞其演講，揣摩其運作，把玩鄰居家的玩法，體會一種公共生活的打理方式，從而，轉過身來，過好自家的日子。

　　夏日盛大，烈日當頭。濱海之城，氣溫居然高達攝氏37、38度。參選助選諸位，逐鎮逐村，無分男女，不避老少，免戴遮陽帽，更無遮陽傘，一律暴曬。人人汗流浹背，個個面皮黝黑，而似乎情緒高昂，也彷彿鬥志昂揚。政治果然是春藥，不分雄雌，不分東西，皆在彀中。那邊廂，這叫做老百姓的國民，升斗之家，人數不多，今兒個搖身一變，成了選民，身家頓漲。近視遙觀，有一搭沒一搭，圍攏於屋簷樹蔭，散立在街巷里弄。或隨聲附和，或譏諷有加。政客聲嘶力竭，一臉真誠，重複相同的議題，無非就業、收入、稅收、教育、養老和環境，均為選民利益所在，從而也就是參選者用心經營、着意討好的焦點。其實，還不就是過日子、過好日子的犖犖大端嗎！若果在歐美，可能還要加上移民與反恐議題，拿穆斯林說事兒。但舉世滔滔，此邦尚算安穩，這類話題遂不登大雅。精英草根，霄壤兩隱，平日難得碰面，此刻打個照面，上下溝通，前者以屈求伸，後者看着順眼，聽着順耳，買賬並買單。既然經濟發展事關民生民權，乃至於尊嚴人格，則各

有方案，自出機抒，更是題中應有之意。在提供自家方案的同時，不忘校勘對沖，把對手的國策抨擊一番，概為結束語之前的例行公事。此與歐美諸邦，具體所指有別，而套路並無不同。民主政治，咳，多元是關鍵。

物以類聚，人以群分，重其所重，輕其所輕，遂成民主政治的調色板。現代大轉型完工，世態庸常，再無英雄，更無聖哲。常態政治之下，一切圍繞着飯碗和舒適打轉，不外食色二字，也就是所謂歷史終結了。

筆者舞文弄墨，仰屋着書，曾以「政權的永久性的正當性」與「政府的週期性的合法性」，連環比譬，以為確解，而洋洋自得，實為對此世態與事態之照葫蘆畫瓢也。凡此世態與事態，曾幾何時，從異態漸為常態，自歐西而徂東亞，不稀奇，沒啥子。雖說不好玩，可要玩不好，就麻煩了。這是閒話，暫且不表。

隨後參觀這位自民黨參選者的競選辦公室。小鎮西頭的一處平房，六、七十平米，掛滿各色標語招貼，忙而不亂，備戰備荒。參選人相片下方，赫然四字：「保守一徹」。這才想起，沿途村鎮，不時可見牆上大幅招貼，同此四字。不得其解，正好借問。隨行譯員女士是位中國通，早年留學北語，一家三代忙活中日友好。政治上傾向自民黨，指謂雖然措辭「保守」，實則意在「革新」，而且，唯有革新，才能引領日本避陷泥潭，開闢新局。因而，凡此四字口號，本意不在別處，就是「將改革進行到底！」昭示的是自民黨為國為民的決心與恒心，宵衣旰食，天可憐見。但「保守」二字，本為漢字，雖至東瀛，

略有轉折，可白紙黑字俱在，楞説是「改革」，怎麽也説服不了大家。日華雙方，賓主兩造，於是一下子偏離正題，打開維基谷歌，就此譯意之信達雅，對其內涵之責權利，即刻展開小型研討。漢語共日語同堂，異見與唾沫橫飛。幾番口舌，數度來回，群策群力，人仰馬翻。少頃歸納，公認若論傳神，就以「不忘初心，方得始終」傳譯，最為恰切，遂欣欣然矣，陶陶然也。

當晚夜宿靜岡市，在火車站旁一家居酒屋小酌。環顧四周，作壁上觀，但見一行漢字跳入眼簾：各色菜品，「自信作」。這回不用翻譯，連蒙帶猜，大家都知道，店家信誓旦旦，為所出菜餚品質和口味全權負責，可謂「誠信人家，榮譽出品」。就像女人面乳廣告，輒謂「做百分百的自己」，或者，胸罩廣告之「做女人挺好」。語意雙關，令人心悸而怡然，商家玩得高妙，客官乖乖就範。不過，「自信作」三字連用，還是令我華夏訪客忍俊不禁，而浮想聯翩。蓋因「作」之一字，近年走紅，由俚俗之語，漸登大雅，並因富含戲謔意味，而口誦心傳，琅琅於大江南北，馳騁於網上網下。所謂no zuo no die，漢英混用，中西合璧，郎才女貌，你儂我儂，就是典型案例，非語境中人，不解其味也。——是啊，太過自信，自信爆棚，把一切自信都包圓了，卻偏偏不信世上之人皆為有限理性，而且，絕無萬壽無疆之軀，則難免就要「作」了，乃至有所謂「作死」者也。

當下神州，你要是男生，説真的，不懂點兒這些時髦話，沒MM理你呢。

昨日回京，又喝到吾鄉猴魁，清心爽肺，落地心安。「連雨不知春去，一晴方覺夏深」，精神頭來了，提筆記下旅行花絮，聊以打發酷暑，養養自家身子。

　　太平歲月，天空萬丈，蒼茫萬里，花正盛，各位，記住了，「保守一徹，自信作」。

2016年7月13日於清華園家中

潰瘍

　　為着釣魚島的主權歸屬，中日算是攤牌了，雙方都沒有退路。截止今日，日本得了裏子，中國得了面子。不管怎樣，實際控制權在日寇手上。眼睜睜看着家門口的園子讓外人佔了，老東家面對兇悍逆子，除了吹鬍子瞪眼，其實毫無辦法。技術官僚既不讀歷史，又無政治智慧，都是靠聽話，半輩子小心翼翼不出事，這麼着慢慢爬上來的，哪見過這陣勢。膽與識，審慎與決斷，此時此刻最需要的，跟他們是死對頭。

　　那邊廂，老美漁翁得利。火大了滅滅，火小了煽煽。你們有本事？行，就一直這麼鬧吧！鬧得越久越好！鬧得越纏綿糾結越好！但凡識字的人都知道，老美更是心知肚明，這小島是華夏的祖產，1895年甲午戰爭中為日寇所侵佔。乙未風驟，春帆樓下晚濤急，恥辱烙在每個華夏兒女的臉上。「二戰」甫息，本應隨臺島一併歸還，不料人家多了個心眼兒，埋伏下一枚楔子，咱偏偏缺了個心眼兒，以至於此，不可收拾。這會兒，雖然明知來龍去脈，卻以冠冕堂皇的「保持中立」、「不選邊站」支吾了事。可這是面對「二戰」並肩作戰反法西斯的大是大非，如此搪塞，正說明其邦國無良，德性有虧。再往後，你瞧瞧，他肯定不再「中立」，不僅暗中，而且會公開為日寇撐腰的。此於地緣政治和國家理由而言，叫做戰略眼光和政治智慧，隨你怎麼高興就怎麼玩。可就西人掛在嘴邊的歷史

理性、人類良知和普世公理而言，則無異於心靈潰瘍。當年西歐列強策劃瓜分波蘭們和捷克們，更早些的將德人在華利益輸送日寇，其實早已演示過這一齣了。今天再上演，沒啥稀奇的。政治止於水邊，城邦之外，非神即獸，這是遠自希臘的西人政治，真可謂其來有自！

　　光輪飛轉，轉眼到了2039年。適值「二戰」爆發百年紀念，小日本聲稱為了科學實驗，在太平洋無度捕撈鯨魚，與美、澳兩家都起了糾紛，一起翻老賬，拍桌子打板凳，吵翻了天。照日本人的說法，當年長途奔襲珍珠港是美國人往長崎投放原子彈在先，他們報復在後。至於轟炸達爾文，日人的陳詞是自古以來澳洲大陸就是日本的神聖領土，屬山本五十六家族和松下褲帶子家族所共有，此刻政府花錢把它買下來，是為了進行國有化管理，好培育優種綿羊。新聞發佈會上，兩國記者忿忿不平，就此提問中國外交部新聞發言人。可憐老人家七十多歲了，因為頭兩天看到他們鬧騰一高興吃狗日的重慶火鍋猛了點兒，導致口腔潰瘍，加上記憶力嚴重衰頹，頭暈眼花，啥詞也想不起來了，還以為澳洲在一個叫做撒哈拉的什麼鳥不拉屎的地方，或者，與夏威夷比鄰，是美國的第108個州呢！情急之中，卻突然冒出了「保持中立」、「不選邊站」的英文，於是趕緊脫口而出，博得滿堂彩，外加噓聲一片。

　　事緣將近三十年前，他就在這崗位上，天天聽到人家說的就是這兩句話，受了刺激。雖說從此抑鬱了，記憶力退化得利害，可這幾個英文單詞卻銘記腦海，怎麼也抹不去。不過，畢竟老了，事後當晚回家重述兩句話，得意教

誨孫輩：知道嗎？它們的意思就是「無可奉告」與「愛國奉獻」。想蒙我，沒門兒！

　　一高興，又吃火鍋，第二天除了口腔潰瘍愈趨嚴重，痔瘡也犯了。

2012年9月18日於無齋

兩件事，深感意外

此次訪日，兩週之內，迭逢兩事，深感意外。

一是抵達東京當天，機場出關後等候五十分鐘，不見接者蹤影。東道體貼，行前執意代為預定車輛，否則出門自己打車早就抵達住處了。眼看時間一分一秒逝去，遂致電聯絡之人。對方亦感意外，聲稱可能堵車，導致接車司機尚未到達，請我再等片刻。頃又來電，告謂早已恭候出口，讓我趕緊四處尋覓。遵囑繞圈再走一個來回，確實依然不見人影，遂覆電告。對方乃問「你在哪個機場呀？」一問一答不打緊，方知此君居然將我兩番通告之航班弄錯，以至於叫接機者去了另一機場。雖說疑問冰釋之際道歉不止，隨後上門再次道歉，卻依然不能無所縈懷。

既已安頓，晚上查檢聯絡記錄，包括微信直接發送的攜程出票單據圖標，始信自家確實無誤，而錯在對方，卻不知為何，心中反更不是滋味。

二是兩週後應邀參加法制史學會的年會，東道指派另一熟諳中文人士陪同，而示照顧之忱。對方來函，告謂屆時一起就近乘坐地鐵最為方便，並開示地圖。我以天熱與地理不熟推脱，告謂自可出門乘坐出租云云，對方乃以當日來我宿舍門口相候偕行為約，遂定早晨八點45分，不見不散。轉眼時辰已到，一早起床，一切準備停當，八點半下樓，換鞋出門，時在八點35分。總覺得人家來接你，最好自己自覺，不要讓對方久等才是。眼看八點四十分，遂

信步往外走，反正此間巷口只有一條進出通道，說不定正好半道相遇，免得她多費腳步。行至巷口，東西分叉，遂止步靜候，時在八點45分。再轉眼，十分鐘過去，依舊不見倩影，只好挪步回移。賴得換鞋上樓，於是再往外走。趕上今年東京出梅早，格外炎熱，往返幾趟，烈陽高照，早已渾身汗透。想到再等下去不是個事，只好發信詢問。久久不見回音，擔心伊人會否路上遭遇事故，倒有些擔心了，遂留言告謂自己準備打車獨自前往。九點28分，我在路口正要坐上出租，對方來信，稱今早發燒，來不了啦，深致歉意。那就「多保重」吧。會畢，晚上回家，小娘子再度來信，說要上門道歉，在我一方，豈忍弱風扶柳再遭風蝕，遂告「好生歇息吧！」

之所以深感意外，就在於年來往返東瀛，每為日人勞作謹勤、意態安詳折服。換言之，辦事靠譜，叫人放心。前幾回中方組團出訪，在下身忝其中，早出晚歸，所見所聞，歷來遲到者總是己方，東道方面，無論男女，從未有過差池。尤見頭白老者，躬身勤勉，兢兢業業，一絲不苟，卻又藹然自處，令人由衷感佩。此亦非在下一人之慨，實為舉世公認，早有定評，不予欺也。

可能，任一文明社會皆有其興衰週期，而呈週期性循環。前輩遭遇困難，於是臥薪嘗膽，積勞積慧，遂有所謂興盛。後人不敢懈怠，克勤克儉，勞心勞力，踵接前賢，延續繁榮。代復一代，漸有懈怠，便不知不覺間走入下行路線。直要再待危機四起，方能振作奮起。也可能一蹶不振，自此萎頓絕滅。畢竟，是人就會犯錯，人類是在試錯

中透迤前行的。但身處不同社會與文明發展階段，其頻率，其糾錯方式，乃至於能否試錯前行，的確恒有差別。是不是這樣呢？真會如此嗎？想起往昔的八旗子弟，看看今日的「政治後裔」，可能，疊影瞳瞳，智愚交錯，仁智互見，而讀者諸君同樣自有評說。

但既逢兩事，引發聯想，則不免多所感喟。前文說「心中反更不是滋味」，此時明白，實為人性一讚復一歎，悲己憫人而已哉。

2018年7月於東京小石川

從「廚房時刻」到「微信時刻」

蘇聯歷史上，赫魯曉夫改革後出生的那一代知識分子暨黨政精英，統稱為「六十年代精英群體」(Щестидесятники)。當其時，清風陣陣襲來，門窗依舊緊閉，而終究箍似鐵桶，密不透風。他們身處夾縫，跋前躓後，既不能囂嚷乎街市，亦無法詠誦於辟雍。求生還是找死，縱欲抑或虛靈，一念之間，其實也是自家做不了主的。

長夜風斜，朔雲邊雪，輾轉反側，於是，廚房排上了用場。

如《二手時間》所述，那時節，典型的「俄羅斯廚房」，一種「赫魯曉夫小廚房」，九到十二平米（「那算是幸福的！」），不僅是烹飪之所，也是餐廳與客廳。儘管隔壁就是不隔音的廁所，卻還充任辦公室和演講壇，「也是可以進行集體心理輔導之地。」十九世紀的俄羅斯文化存在於貴族莊園，二十世紀則產生自廚房。人們在此朗誦詩歌，談論時政，小聲卻激烈地爭論政治，偷聽BBC，臭罵政府，胡扯政治笑話，食品匱乏與普世幸福交織一體進入腦際，此生有限和天國永恆同時翻騰於心田……

「感謝赫魯曉夫！」要不是他，人們怎麼會走出公共宿舍，轉入私人廚房。雖說既然都是自己人，就不用害怕，天馬行空，各種思緒如亂雲飛渡，包括改革理念亦且在此七嘴八舌中漸次明晰滋長，但是，恐懼依在，無處不在。它們埋伏在街頭巷角，潛藏於每個人的心靈深處，演

化為不自覺的肢體反應。於是，擔心竊聽，甚至隱約感到正在被竊聽，冷不防才知道真的早就被竊聽。情形常常是，夜闌茶乾，談興正酣，必有一位突然怔怔盯着頭頂吊燈或者牆上插座，半擔憂，半打趣：「你還在嗎？少校同志！」

吊詭的是，「少校同志」也有人監視。螳螂黃雀，多麼完美的生物鏈，供養着頂端的大型貓科肉食家族。

政治，政治，沒完沒了的政治。茶和咖啡，偶爾也有伏特加，一杯接着一杯。雪夜風緊，心事浩茫，交談，也正是經由交談，彷彿將無形桎梏屏退於黑暗，令身心暫獲自在放鬆。天將破曉，雙眼放光，心胸開敞，疲乏卻興奮。肉身為德性的再次補給而顫慄，筋骨攢夠了又熬下去的熱力。樓影沉沉，推門迎風，踏雪而去。否則，壓路機碾平了一切生活，唯有將苦痛與羞辱帶進墳墓。

作者回憶，當其時，如果有人搞到新書，他可以在任何時候敲開朋友的家門，哪怕是在凌晨兩三點，他都是被渴盼的客人。於是，便有了一個莫斯科的夜晚，一種特殊的夜生活。是啊，「我想住在哪裏？一個偉大的國家還是一個正常的國家？」「明天是否還能繼續廚房夜聊？」凡此疑慮，無法排遣，揮之不去，只能在廚房談話中彼此傾述，在傾述中溫暖身心，在融融溫煦中真切感受到魂靈尚在，明白世界不會因為鉗口就崩塌。若無交談，則世界消失，一切存在等於不存在，己身雖在，實則形同枯槁。——朋友，這是啥子嘛，不就是咱帝都讀書人吞大白菜咽白開水卻早晚喋喋不休家國天下人鬼神獸那股子神叨叨勁兒嗎！

作者喟言：「我們甚至從這種虛假生活中獲得了快

感」。畢竟，恐怖就在眼前，「只有極少數人敢於公開與當局作對，大多數人不過是『廚房裏的持不同政見者』，在口袋裏豎起中指……」。然而，交談，正是交談，一種私性領域裏的個體公共形式，喚醒了心靈，維持住了人性，支撐起了讓我們熬過漫漫長夜的基本底線。若無廚房裏的徹夜交談，為我們擋風禦寒，怎能撐到春暖花開！倘非撫摸傷口，寸心砥礪，又如何免於身心頹唐，或者陷入瘋狂！

假若「對俄國人來說，造反永遠是個節日，可愛的節日」，如作者所言，那麼，對蘇聯人來說，每一天的生活都意味着在承擔曾經造反的後果。如同因為怕死而自殺，人們因為追求人間天堂卻製造了一個陷大家於滅頂之災的人間地獄。江北江南，落紅如雨，河漢一天秋。第一江山，無邊境界，卻無地彷徨。這次第，「六十年代精英」的生活方式，遂成為也只能是「廚房生活」。

末了，一位醫生說：「大廈傾倒……帝國一場空！」

斗轉星移，月秋霜曉，它的難兄難弟，這個曾經備受北鄰侵凌的鄰居，今日鄉村破敗水流雲散，都會浮華燭影搖紅，究其實，卻依舊是一種「廚房生活」。只不過，它存在於另一種虛擬空間，締造起了另一片虛假生活。

哈，它不是別的，就是一種「微信生活」。

借用「八寶山是座好山」這一名人名言，不妨說，「微信是封好信」。紙媒難言，此處有聲。廣電緘默，群信囂嚷。大珠小珠，嘈嘈切切，瞬間流散，萬人過眼，好

一個深夜大廚房。這邊廂，警察以鐐銬粗蠻對付和平請願的老師，有圖有真相，無法抵賴，人神共憤。那邊廂，女人們成了反腐急先鋒，將掩飾得光鮮燦爛的醃臢濃瘡暴露於光天化日，仰仗的就是這七嘴八舌的大廚房。就連三隻手小偷，也不忘貪官宅邸得手後上網曬曬，美鈔現金，金玉滿堂，真正純爺們。極權政制憑靠恐懼維持，依恃謊言生存，最怕真相，因而總是竭力掩藏真相，封鎖真相。曾記否，那北國風寒，怕她長街呼號，於是，行刑前夜將她的咽喉生生割斷。可紙包不住火，人心比鋼鐵堅強，這微信大廚房煎炒烹炸，專做真相家常菜，外賣流言蜚語小炒皇。煙薰火燎，萬民消費，流水嘩嘩，其奈也何！

要不，你把這玩意兒禁了？廢了？或者，把大家都剁了？

置身此邦，莊敬自持，我說過，再說一次：發明微信的同胞，你是福音，你是摩西，該得北歐小國的那個大獎。

「廚房生活」意味着「廚房時刻」降臨，「微信生活」造就了一個「微信時刻」。塵土西風，長亭短亭，眾生沉寂，大音希聲，而震耳欲聾。

死豬在臭水坑裏得意地翻白眼，據說生前還是南部某州的共和黨書記。

這夏日正午的烈陽啊，太過輝煌卻又軟不耷耷的，如同騸驢空瘪的陰囊，照得我暈眩，愢得我噁心。

2018年6月4日於故河道旁

丁　遠方的家

善境，善哉

「善有善報，惡有惡報」，表達的是願望，建構的是正義觀，但不是事實。至少，不全是事實。它的起承轉合，它的抑揚頓挫，與其說是憧憬，不如說是無奈。既是正義觀，則公說公理，婆說婆理，也就是那麼一說。

其實，古往今來，舉世滔滔，更為昭彰卓著而觸目驚心的是，善惡倒錯，正邪難分。老百姓口耳輾轉的那句老話，「吃喝嫖賭享盡福，修橋補路窮一生」，正說明了此間的反常復正常，難堪更無奈。你看那志得意滿飛黃騰達之輩，還有，那盆滿缽滿的所謂「成功人士」，除非上帝的寧馨兒，不然，哪個手上沒有債，甚至，纍纍血債。往遠裏說，今日堂哉皇哉的西洋東洋，開口人類尊嚴，閉口上帝旨意，其實，近代發家之際，販黑人，打黃人，殺褐人，都曾是不折不扣的雞鳴狗盜，一幫打家劫舍的兇殘強盜，豈一個「惡是歷史的動力」所能道盡！

於是，仰天俯地，有世道不公的喟歎，關於扭曲人事的幽怨，對於人性本身的恨愛交加，更有目睹身受不公不義而慨然不能自己的滿腔憤懣。夏雷冬雪，莫非社會大眾的苦難與一己身心的頓挫，只能以命運一語帶過？魑魅橫行，邪惡當道，竟只是人性本身天然生就？當此關口，置此壑隘，善惡果報的正義觀念竟是那般脆弱，遙不可及，甚至，彷彿虛偽兮兮。倘若冤屈難伸，道路以目，則無奈轉成憤懣，憤懣滋長為仇恨，仇恨孕育着野

蠻。那時節，山呼海嘯，天下痛，人間頓成火湖。

是啊，這紛紜滋擾的人世，美好而邪惡，一如我們人性自身。山高月小，歲月堂堂留不住，讓我們這個叫做人類的物種尷尬無比。世世代代，算不滿，英雄一笑，令數不清的倫理宗教家們憂心忡忡。此世何時是了，無數單純良善的心靈為此輾轉反側，哀矜自傷。

沒轍，沒轍，淚已枯，只好星夜長歎！

「早知世界由心造，無奈悲歡觸緒來。」朋友，生而為人，我們怎麼辦呢？

一種情形是，明知這個世界充滿缺陷，人世亦非善惡果報的單行道，卻依然秉持良善，在昏曉流連的塵世灑掃應對裏，於日常律己自持的不懈修習中，戒慎戒懼，積善積德，努力涵養人性的溫柔敦厚，最大限度地展現人生的美好光明。只因為這樣做是對的，正當的，而非基於任何功利算計，也不指望什麼俗世償報。是啊，他們並非不知人性幽冥和人世邪惡，可能也曾遭遇過傷害與摧殘。但是，恰因為對於人性之不可指靠與人生之反復無常，多所體證，反而於人性抱持同情，明瞭於俗世人生中慎重其事，就是在砥礪人性，而無限靠近神性。他們也許獨善其身，也許兼濟天下。多數時候，雖然不免仰天長歎，俯地低徊，卻始終希望借由一己力行，而呼喚天下億萬，因為自家本就是這億萬之一。朋友，這等心腸，這等人物，不常見，不多見，但代不乏人，史不絕書，也許就在我們身邊，看上去平平常常的一個人，實則頂天立地，可謂一等善境也。

有一種人，生來本性淳樸，天啟善良，於禍福果報並不特別措意，可能，也未必一定有什麼特別的意識。其之極致，甚至芝蘭之室，一家馨香，門風優美。此生也晚，但自幼及長，目睹親炙過不少這樣的好人，如散失已久的親友重逢，如行走陌巷神靈迎面。他們立世做人，可能卑微如螻蟻，卻不卑不亢，坦坦蕩蕩，叫我們為造物的大慈大悲而感動，也為自己天生為人而不禁歌哭。春華秋實，天高地厚，其之為善，同為一等善境也。

還有一些人，堅信善惡皆有果報，不是不報，時候未到。時候到了，不管加諸己身還是施予後代，總會豁然顯現。一念逶迤，信不墜，心持遠，行恒常。因此，他們遊走塵間，為求福報而施福報，自持甚嚴，行不苟且，心無穢跡。抑或，面對惡跡，觳觫之際偶感畏葸，但終究挺立面對，恪守本份。既畏果，復畏因，起居不離冥冥之中的因果律。時時怵惕，處處警策，勵行踐履，構成了一種凡塵眾生的人生態度和生活方式，不簡單，不容易，是為二等善境也。

至於我們這多數眾生，惡不至於桀紂，善無望乎堯舜，只好悉憑本能，隨波逐流，全看時勢。趨利避害，拈輕怕重。有善有惡，時善時惡。今天往這邊靠靠，明日朝那邊攏攏。大難當前，可能心有觸動，慷慨解囊。深淵在側，難免退避三舍。「燭光分兩行，溫柔和醉鄉」，所謂一般人也，平常人也。若果一生大節不虧，亦稱善哉，可謂三等善境也。——說到底，世上好人多，不然這人間生計怎麼能熬到今天。

最後一種人，為數不多，為害尤烈。他們根本不信今生來世，當然不在乎善惡果報。機關算盡，以當下攫取為能事。一肚子壞水，作踐倫理底線。馳騁己意，寧負天下人；翻雲覆雨，不惜害眾生。其蹤跡所至，善無存，惡滿盈，人間頓成匪幫。此時此刻，良善之人不禁納悶，為何萬年的進化和千年的教化，竟然於此身心不留痕跡？同為天地造物，為何他們如此邪惡？他們這般的邪惡從何而來？朋友，他們有他們的用處。因為，他們混跡人類，狼性，獸行，類似鯉魚效應，提醒我們人類究竟是一種怎樣的存在，或者，一不小心，將會是一種怎樣的存在。所謂提醒人類，說大了，就是提醒億萬萬一個個心靈也，他也，你也，我也。此刻無善，惡矣！

朋友，物以類聚，人以群分。上述諸輩，均為靈長類，歷千萬年進化，我們的同胞手足。他們的隱忍和囂張，他們的蟄伏與撲騰，他們的犧牲與攫取，良莠之際，善惡兩頭，映照的其實是我們自己的身影，展現着人類的前世今生。看到他們，便是在觀照自家，於警怵己身中油然憐憫生而為人之幸與不幸，圓而善，方以智。可能，唯一能做的，也是當做的，更是自有人世以來，其實一直掙扎着在做的，便是齊齊上心，用我們有限的理性，盡量營造一個良善的生活條件，叫最後一種人難逞其意，多少收斂其心，而予其他人等，以更多的公平，更多的善意。

譬如那戀愛中的男女，愛呀戀呀，生啊死啊，山盟連着海誓，地角追到天涯，忽然間，她或他移情別戀，甚至

即刻翻臉不認人，「直接打臉」。此時此刻，斷腸人在天涯，世界都毀滅了。「風一更，雪一更」，心碎夢不成。不打緊，朋友，但記住甜蜜，將那齟齬盡量拋諸腦後，既別丟棄了溫馨如歌，更不能從此就喪失了生趣，抑或，懷疑起這世上還究竟有無真愛。生命不能被無端摧毀，如同太陽這宇宙赤子天天從洪荒混沌子宮裏血湧澎湃而出。——誰讓你老小子倒霉遇人不淑真假不辨赤裸相待毫不設防愛昏了頭，再說了，你以為就你一個倒霉蛋呀?!

罷，罷，古往今來，大千人世，鶯飛草長，冬雪夏雷，比起殺人如麻、血流成河的征伐、「清洗」或者「運動」，較諸地裂山崩、滄海桑田的造物浩瀚，列位，愛情，正是愛情，這悲喜交加的愛情，催肝裂膽，才是最為宏大壯闊的活劇呢，哪能有假！而且，天天上演，永遠上演，至微至宏，大起大落，席天幕地，改天換地。要不是這點兒破事，人不成其為人嘛，活着跟死差不多嘛。人生一世，草長一春，勞我以生，息我以死，幸逢鑼鼓敲響，唱本連環，你我都趕上當回演員了，至少，跑個龍套了，無論真情假意，管他悲劇喜劇，還不知足，還不趕緊長跪不起，看一輪弦月灑滿人間，謝天謝地！

據說，這就叫烏托邦，想當然，當然想，怎禁得，「西北有高樓，鼓角聲中喚起愁」。

2015年11月9日，於三亞返京航班；
2016年2月19日，增訂於清華

院訓

給法學院新生的一封信

親愛的朋友，你問法學院的「院訓」是什麼？哦，好像還沒聽說，或者，尚未選定呢！經你一問，倒是提醒我了。真的，這是個事兒。一旦把它當作個事兒，自作多情，便不得安眠了。好在心胸縈迴，不期然，略有腹案。說是腹案，有點兒過，不過閒來神馳，心思偶動罷了。姑且就算腹案吧，這腹案，在心裏翻騰好幾年了，滿滿的，沉沉的。正好，先和盤托出，略予解釋，再勞你指正。也許，咱倆搭手，沒準能找到「天然佳句」呢！

一

腹案一：「以法律為業」。約略對應於英文的Law as vocation。很顯然，這句式脫胎自「以政治為業」，馬克斯·韋伯的經典絕唱。十一年前，仲秋之夜，在下曾經以此為題，給法學院的新生佈講，後來敷衍成文，流轉坊間。這裏舊話重提，所需辨明者，「業」也。至少，它含蘊了「職業」、「志業」和「天職」三層意義。

首先，其為職業，講明法律人不過是以法律的訂定、施行和解釋、教授為飯碗的利益共同體。選擇了這一職業，於是做這份工，靠它吃飯，「法律」遂為謀生之具。因此，其為庸常世態下的日常作業，社會勞動分工體系中的一種世俗工種，不過爾爾。遵循職業規範，持守職業精

神，是它的基本要求，也是它的最高職旨。昏曉流年，晨鐘暮鼓，迎送了一代代法意人生；人間幾度今古，而世道依舊，但看花老眼，傷時清淚，西風消息！

可我們知道，法律不僅是一種規則體系，同時還是一種意義體系。在規範的橫平豎直之外，尚有人情與道義的彎彎曲曲。它們聚合而為法律的義理，所謂法意，不止於此，卻以此起步。因而，但凡選擇這一職業，長期體察，積久陶養，漸行漸遠，遂接受乃至於信受了它們，使得法律不僅是職業，更且成為志業，一種心志所向、足堪託付人生的事業。前述「職業規範」與「職業精神」，其實即已含蘊了法律一行自職業向志業昂揚發育的潛緒。經此規訓，對於諸如法律的規則性、明確性和可預測性等品質的確認，對於諸如公平正義、仁愛誠信、正當程序等信念、理想和價值的信守，遂成這一共同體的心智和心志。君不見，正是在此共同體中，大家具有相同教育背景，信守大致相同的規則，遵循相同的行業規範和價值觀念，進而秉持共同的理念，追求共同的理想，使得「以法律為業」不僅是謀生手段，而且成為志業寄託。由此，「安身」伸展至「立命」，職業共同體之身漸臻志業共同體精神之境。就其中少數同道而言，乃至於成為滿足生命意義的天職。天職就是「使命」，就是「召喚」，為此流血獻身，在所不惜。所謂法律之道源於生活之道，轉而提示出生活之道，進而，輾轉為立國之道，其意在此，其義亦在此。

對應而言，職業意義上指向的法律，多半為俗世的制定法。其為人定規範，源自正當性立法，表諸文本，行

諸程序。理想而言，一般情形下，不論是政治的立法抑或市民的立法，它們載述了生活之常，遵奉的不過是人民日常灑掃應對的流程和積久沿襲的傳統，標示了一種生活方式。當此之際，若其悖情逆理，則惡法亦法，與其說是詭辯，不如說是無奈。迨其為志業，則須向上一層，往深遠處思考，着力於情理法三維的轉圜和圓融，一以公義為指歸。天大地大，公義就是天，公義就是地。迨至登堂入室，感悟到天職，則豁然靈通於自然之法，訴諸人類的良知良能，直接敬天法地。偉大的立法者代天地立言，申說的不過是天圓地方的人倫意義，意蘊所在，義薄雲天。

是啊，法律之上更有法度，法理之外昭然有天理。一切俗世之法，均須奉守法度，循法度而訂法律；人間法意，自當秉諸情理，一本於天良。此時此刻，惡法非法，不僅在其違犯正當程序，或者，於利益調處中不公不正，而且，更在於它傷天害理，根本違忤人間公義，為我們的良知所不允。良知良能，人類億萬萬年修習養煉而成的至上德性，是世間第一立法者。如果說「我們如何能夠不依賴法律知識而辨明是非，進而找尋到正義」是一個真切問題的話，那麼，其進路，其答案，便是直接訴諸我們的良知良能。它指明理路，更是啟示。

二

腹案二：「信義與公義」。基本含義，英文的faith and justice，約略對應。惟義之意涵，甚難達詮。此案蘊意，源於此一自明之理：法律為天下之公器，法意以明理為己

任。公器之公，就在於明示是非，擘畫得失，進而，施行公義。特別是經由懲戒惡行，撫慰公道，警示極易潰決之人心。與此同時，天下眾生，人人皆可援法自保，追尋公義，不分種族、階級、官民和男女。換言之，法律是一個開放的是非體系，理述萬端，撫拂兆民，以普世公理接通個體人心，將一般規範落實於個案是非。另一方面，「物無妄然，必有其理」，而理之大端，在於辨析何為是非得失，怎樣是公義，如何將公義之光普照人間。從而，法意不外人情，情理就是法理。規範浩瀚，根本追求總不外公義；法意泱泱，就在於出情入理，尋覓人間公義。因信而稱義，秉公而致公，人間於是有望成為和諧人世，人世庶幾乎漸為正派世道。朱子曰：「合天地萬物，只是一個理。有此理，便有此天地，若無此理，便亦無此天地。」接續此意，則法之理，至源至極，總不過信義與公義也。

因此，法律信仰不是一個偽命題，相反，它基於真實的問題意識，表達的是最為真切的價值關懷。不是別的，它是公民社會的世俗信念，世俗人間的公民宗教。捨此一環，天意和人意脫節，法意可能變成一己私心的妄為任意。在此，與其說俗世的法律經由信仰而接通了天意，不如說轉引向浩淼悠久之歷史。法律源自歷史，演自人世生活的常態、常例與常規，標示人間有常。「人間有常」源自「天行有常」，是神聖秩序下落於時間維度中的人世景象，也是一種倫理價值和法制願景，最終關乎政治正義。另一方面，法律切應於人性，而歷史性是最為重要的人性向度。化性起偽，如古賢所言，偽起而生禮義，禮義生而制法

度。因而，不妨說，天意蘊藏於歷史，於興衰得失中昭昭然矣！天意就是人意，在灑掃應對、喜怒哀樂中，展現並落實公義。信而有義，公而達義，則法意有德，法制圓融。

進而，換言之，法律理性以歷史理性作為重要內涵，接續和弘揚的其實是道德理性，講述的是特定人間秩序供給「幸福」的政治德性。所謂幸福，不止於安寧和平，但必以安寧和平為基礎，法律和法學因而是致力於提供安寧和平的技藝。在此，連接「過去」與「未來」，就是在庇佑當下，而祝福未來。良善法制作為俗世人間最具穩定性質的制度安排，以「安寧和平」為器，恰處中點，使得當下即是過往和未來，是過去的此刻化與未來的當下進行時，而庇佑人間，為人世祝福。俗世的法律由此提澌，遂頓時具有了超越的價值，足堪託付眾生。全體人民講信修睦，用度有常，法度巍峨，則風度怡然，國度安然。

朋友，你說，除開信義和公義，對於法律這一規範世界、意義世界和全體法律人而言，還有什麼更值得珍重而樂於奉守無違的呢！

三

腹案三：「明理養正，致公天下」。如前所述，法意以明理為己任。理者，法律內在之理性也。它們起自事理，順乎物理，蘊藉情理，修明道理，濃縮為法理，而一準乎天理。由此，邏輯理性、歷史理性、道德理性和實踐理性，分兵合擊，構成了法律的基本品性，也是法學的基本品性。明乎此，循沿而上，則法意氤氳於胸，有助於

修煉君子人格。而正心誠意，吾善養吾浩然之正氣，方能
參悟此間理路。平天下、王天下而公天下，讓公義充盈國
中，這人世，好一個公道中華！

天下之為公，在於它是一個公共空間，天下人分享的
公共事業。當今之世，列國體制是組織國家的通則，民族
國家成為全體國民的歷史－文化歸屬的法權滿足形式。而
一切法權安排，千形萬狀，實際上均不過是表現為當下存
在的歷史存在。人世演自歷史，歷史性就是人性，由此，
民族國家作為一個法律共同體，蔚為關於身份建構、地緣
政治、民族認同及其文化單元的普遍主義抽象一體性法權
安排。人生和人心，於此交集，而於各就各位中可能獲得
合理鋪排。置此場域，理想而言，法律於邦國之內依憲法
政治施行政治正義，以仁愛、誠信、寬容、注重民生、講
求平等、人心與天道的合德為依歸，法律人是為此銜命履
職、分配正義的祭司。邦國社稷，一方水土，共和之城，
由此成為全體國民的家園，一個命運共同體，更是全體公
民分享的政治共同體。邦國之外，列國並存，以和平共處
為準則，藉國際公法彰顯國際道義；國家無論大小，民族
無論強弱，均當秉持和平文化，庶幾乎進境於世界共和，
天下是天下人的天下。「吾儕所學關天意」，則天意就是
人意，天意在此，天義亦在此矣！

四

朋友，這就是我的「腹案」了。絮絮叨叨，凡計三
案，似乎有理，彷彿迂闊，總體精神無非求個「公」字。

轉來轉去，不過圍繞着「公」字用心思，說明雖法意緘默無聲，卻自有其立意，原不能任人增刪，更不容隨意宰割。是的，這世間，歷千萬年，就數它最難了，也最讓人神傷了。幾多豪傑，芸芸眾生，無數的邦國社稷，往往生死就在這一個字啊！有此一公，以信立世，益生取義，這法律才能儼然而為人世法度，全體人民也才會欣欣然趨附於規範網羅之下。法律之能為業，就在於它是人間之公器，秉此公器以求公道，達臻公義，決定了法律是一項公共事業，一個公共空間。由此伸展，天下為公，公天下，始為人間正道，人間始有正道啊！

　　是的，所謂的「校訓」和「院訓」，本在聚斂精神，提澌境界，傾吐心願和志向，高自標立，「千結丁香，且須珍重」。如同一國之國歌，其當傾吐的本為這方水土靈魂深處的生命豪邁，其之凝聚的應為積基於悠遠文明傳統的民族精神和社稷情義，其所倡揚的當是億萬萬國民關於良善世道的美好憧憬、追求正派人生的普世情懷。經此凝聚，人心齊，泰山移。本來，冷冷清清，方始有錐心佳句；尋尋覓覓，才等得花謝春歸。可如今太過熱鬧，聰明人萬事佔先，一切惟技術馬首是瞻，凡事奉實利為硬道理，再加上「意啼牢結」箍得緊緊兒的，這便讓滿世界腦筋活了，而心思乏了，神思散了，敬意沒了。上述三案，雖竭盡神思，莊敬自持，但也許依然不倫不類，只好等你們來修正完善了！近些年來，彷彿大家都在苦苦思索，也都竭願「推陳出新」，甚至於「出奇制勝」。既為同道，則問道求知，雖然純為一己心思，可寄身其間的群體品

性，如光覆地，籠罩萬物，個體實際上無所逃脫於天地也。其以學術為公器，奉公道為正道，大家才好安身立命，進而，有所謂的建功立業。命名就是賦意，揭示的過程不僅在於描述，而且，同時表達了揭示者的憧憬。於是，此事遂於私性心智活動之外，還具有了公共相關性。難怪同儕個個，凝神聚思，把弦弄曲，舞殷勤。

哦，對了，你還提到了校訓，是的，語出於《易》，經任公點活，蔚為典範。相較而言，但凡尚有自知之明，就得承認，我們這一輩學人，論功力，論修養，論願心，早不復望先賢之項背。故而，「理屈詞窮」的背後，其實是看似進步而實則衰頹的文明勁道。不用說別的，單看今日的大學校長們，將官員之做派做足，掃學人之斯文於塵埃，沒大沒小，就知道物質繁榮之世未必不是精神貧困之際。否則，怎麼從火葬場到大學堂，自街道辦往幼兒園，一水兒的只剩下「勤奮，嚴謹，求實，創新」這幾句套話了呢！

五

屈指算來，自入讀法學，做學徒，再做教書匠，區區未嘗一日離開過校園。激揚懵懂的少年，跌跌撞撞，一路走來，轉眼兩鬢飛霜。三十三年裏，將校園當家園，以教書為業，賴教書謀生，深夜捫心，掂量來掂量去，還是覺得公道最難。而且，它不是科技所能插手之域，卻賴乎人心，取決於體制。可人心與體制，均為歷史演來的文明結晶，文火慢工，數萬年的造化，原非一蹴而就，再急也沒用。因此，好幾年了，每每為學生問及院訓而語噎，才

發現我們的棲身之處原來「失魂落魄」，或者，「沒心沒肺」，甚至，「狼心狗肺」。不奇怪，時間短嘛，積累淺嘛，只好先忙些外在搭架子的事情嘛。先有個大架子，再積攢德性，內修功夫，方有望漸臻斯文，甚至於斯文鼎盛之境呢！蒙你來信問及，勾起我一腔心思，引發出這些文字，供你參閱，不知小叩是否大鳴，淺議而致深思乎？

九月開學，你就要來了。秋天，沉甸甸的季節，我卻想不出用什麼來迎接你。因為，舟車無礙，行囊飽滿，心中有夢，再加上血管裏砰砰奔騰着熱血，我還能再為你做什麼呢？為此似乎應該寬心，我卻頗感悵然，遂於怎麼辦之上，又添加了一個為什麼。是啊，「為什麼呢？」細加掂量，原來，是惴惴於怕你問我「院訓」到底是什麼。一個沒有院訓的法學院，要麼是積澱既久，傳統雄厚，人人心領神會，一旦登堂入室，自然薰染，傳承如家族血脈。要麼是無根無底，如前所言，沒心沒肺，魂不守舍，只滿足於職業培訓，或者，加上個「成功學」秘訣的私相授受，裝潢以什麼「卓越」一類的浮辭華藻，自我陶醉有可能演變為不擇手段。自鄶以下，甚至不過是追名逐利、群魔亂舞、藏污納垢之所，亦未可知。可是，天啊，這與大學精神相去何其之遠也！這與我對法學院的期許、你對法學院的憧憬、天下公民對於法學院的託付，又是何等的刺謬呀！我相信，你我都不會坐視，一如納稅人不會容忍血汗白費！

想到這裏，我不再悵然，也不再揪心，反倒寬下心來，神色安定。因為，我們既然已經意識到面前有坎，歧路縱橫，便不會畏葸，而只聽命於信義，唯服膺於公義。

因為，那叫做法學院的法度和法意的養育之所，惟有以致公天下自期，才能召喚如你們這般有理想和血性的莘莘學子踏步前來，共同為免於恐懼、凍餒和不公不義而自強不息。除非，天下學子，皆委身於利，悉聽命於勢。可我知道，你沒有，你們不曾如此，因而，這一切便不會發生。既然如此，我除了自己時加警怵以外，還有什麼好悵然而揪心的呢！

行文至此，不禁長歎！這大千人世，假公假義充斥，不公不義橫行。每天，都有同胞殞於非命；到處，不乏罪惡假借法律之名而行。人世和人性，真是個善惡交加的造物，何曾靠得住！更何況，理想和血性，雖堅如磐石，卻弱不禁風，都是會隨着閱歷漸多而遞減的，均會因負累日增而日虧的。可除開它們，我們這些必須每日打理生計的芸芸眾生，天地間的過客，又能靠什麼呢？走筆至此，我便又忽忽悵然起來了！

還好，連綿陰雨，今日天開。推窗接風，滿室清明，且看外面的世界多麼精彩。嘿，遇上這等光景，還何必舞文弄墨呢？就此打住，等你來校後，有的是打發不完的聊天時光。畢竟，人是會說話的物種，言說是天性。通過交談有裨於砥礪人性、增益人性，可能，也只有通過交談才能保持住人性。

那好，讓我們一起發聲吧！

2012年8月2日於清華大學荷清苑家中

藝術拯救人生[*]

一 體驗與表現

　　首先祝賀全喜教授又有三本大作問世。我們這撥學人，1960年代初期前後出生，均已年過半百，比較看來，面兒廣，產量高，就數全喜教授。新作三冊，可以為證。在下低產，不是不想高產，也不是用功不夠，實乃勢能有限，看着全喜只有「羨慕嫉妒恨」。

　　從哪兒說起呢？就以所謂的「體驗生活」與「表現生活」為話頭吧。活在這個時代，所謂「活在當下」，對於以學術為業者而言，意味着既要體驗生活，也要表現生活。各位，體驗生活是每個人無所逃避的事兒，也是一種沒法卸載的重負。生命是一個事實，也是一椿事件，既來了，躲不過，當然只好扛着。扛着就是體驗，不體驗也得體驗。人人演好自己的角兒，長長短短，或冷或熱，直到劇終。無論販夫走卒僻居江湖之遠，還是達官顯貴佔據廟堂之高，因為都生活在這個世界上，對於每個人來說，都是一個具體而特殊的世界，因而，每天都得面對柴米油鹽醬醋茶，所謂的出門七件事，不活也得活着，不體驗也得體驗。但是，那邊廂，「表現生活」可就是少數人的特權，少數有心有志者的特權了。或者說，只有他們才秉具

* 　2014年6月28日，三聯韜奮書店，在「藝術與文化的現代省思 —— 從高全喜藝文作品談起」懇談會上的發言。據發言記錄稿整理。

此種特殊能力。不寧唯是,對於黃泉道上爬坡趕路的學人和藝徒而言,他們不僅多少秉具此種才智,而且,更擔負着此番職責,必得將生命的隱微和生活的曲折,那令人心嗟歎的人生與讓人生黯然的人心,顯白於人世,告白於人心。經此輾轉,每一個體庶幾乎不再孤獨,這人世才有人氣,這世界遂具世界性。

一個人的心智有多麼的寬廣深厚,一個人的心性有多麼的豐富曲折,他對於生活的體驗便有多麼的深邃浩瀚,觀象以尋理,格物求致知,慎終而追遠。少數卓越昂立、特立獨行之士,如有神助,以一己觀察和體悟,漓淋盡致地展現世相,剖示人心,遂不同於常人。過往的著述俱在,涉及文史哲藝,表明全喜教授的心智、心性和心力,均有超於常人之處,是表現生活的一個典範。我常常有這樣的體會,當我們衡量一個人的時候,乃至於衡量一個文明共同體的時候,「心智」和「心性」是兩個用得上的概念。因為一個人的感受力的高低、智商的高低,情商的高低,乃至於他的道義感的強弱,對於神聖事物的體證能力的有無大小,所謂的「義商」與「靈商」,均可統歸於這一叫做「心智」的範疇之下。另一方面,是耽溺於感官審美,為「晨朝夜半,忽然一聲」而五內沸然,還是汲汲於哲理沉思,在理性主義的體系化建構上廢寢忘食,抑或,對於數的世界情有獨鍾,乃至於也有人不厭其煩地撰寫「工具使用說明書」,凡此種種,則為心性。心智過低,無法成就事功。心性有缺,難言整全的人。全喜教授,我觀察他無論是就心智來看還是就心性而言,「文字虯天巧,亭

榭定風流」，既是多層面的，豐富的，也是高於常人的。

這幾本書，作於多年前，如今刊行，再現了全喜當年對於當代中國藝術的觀察心得，對於歐陸現代早期詩作佳構所牽扯到的善惡、神俗與靈肉、愛恨以及人類和解問題的思考，也包括對於當下現代藝術思潮、代表性人物和純粹形式美的欣賞。其之斑斕，其之參差，反映了作者心智的廣大而精微，表達了作者的心性收放於理性主義理論性運思，與見花落淚、對月傷懷的詩性思維兩極間的張力。論者或謂，當今中國，「但見繁華，不見精神」。對此，我也有同感。但是，在同情地理解的意義上，一個國家，如中國文明之老大浩瀚，歷經劫難，以數億人的犧牲奮鬥，混到了今天這一步，在世俗層面，在物質層面，在大眾階層，呈現出一派繁華，也不容易，值得歡喜。倘若再能往上提澌，建立起自己的心靈家園，超邁激越而又從容剛健，那就更不簡單，就更值得歡慶了。從這個意義上來講，全喜教授的著述，不光是這三本，也包括以前對於黑格爾的研究、對於休謨的研究、以及法政思想研究，其實是作為一點一滴，縱情匯入重構中國人的精神世界和審美世界這一浩瀚事業的長江大河。一磚一瓦，一木一石，乃有重樓，我們這些學徒，哪個不是如此宿命地縱身跳進這一無底深淵的呢！

所以，這不僅是某一代人中的某一個體奮鬥的經歷，也是我們整個這一代人，乃至我們父兄輩人，還有未來兩代人，心嚮往之的共同祈願所在。說到這裏，不免想起了自家的身世。少時無知，居僻壤，習畫多年，想吃藝術

飯。拜重開高考的機會，於是考美院。1977、1978和1979，連續三年報考美術院系，均皆不第。年年早春做夢，歲歲春暮夢碎。而且，一年比一年差。轉眼到了1979年，清明時分，家父從外地回鄉掃墓，跟我商量，說家裏生活條件明擺着，媽媽沒有工作，我一人做工，哥哥在外面工作養活自己，還有妹妹，還有更小的，你看看能不能努把力氣考上大學，改變命運，而首先是要填飽肚子。要不然，你已連考三年，考不上，就此打住，學個木匠手藝，走街串巷，自謀職業吧。如果想繼續考下去，只有今年高考的機會了，靠父母養活是不行的。那年，在下十六歲半。於是，將那碎夢再揉碎，扔進心田深處的瞑暗處所，複習考試，祈願無論哪所大學、大專、中專，只要能上，找到個飯碗就行。高考後填志願，考慮到家庭成份不好，老師做主填報中文、歷史專業，說它們無關政治，不至於政審卡殼。連政教專業都不敢報，重點大學更是不敢想。我在教室填志願，老師拿份報紙，上面登載了當年在安徽招生的院校目錄。他們品評家庭出身和階級成份，我心不在焉，斜眼一撇報紙，剛好看到重慶有一個政法學院，是重點大學，就無意中記下來了。拿上報表，利用出門到隔壁教室交表的兩米空擋，眼看左右無人，在重點大學那一欄，匆忙慌亂，潦潦草草，填上了「西南政法學院」六個字，等着撞大運。不料想，於是乎，從此後，告別藝術夢，輾轉於法政哲學食槽。——生活在那個饑腸轆轆、提心吊膽的偽浪漫時代，哪個青年不曾做過藝術夢，夢真的能當飯吃呢！？

　　法政哲學例屬規範主義作業，也是一種形式主義作

業，要求以理性主義武裝心智和心性，而將激情、浪漫和對於大千萬象的精微美感，放逐到心靈深處。但心性多半是天性，總有按捺不住之際，斷斷續續，也寫過藝術評論一類的短文，林林總總，一直沒有出版。今天看到全喜教授舊作新刊，勾起了將舊作整理出版的一縷衝動。嘿，出版社的那個編輯在嗎？

二　一脈清流

全喜說到浮士德精神與蘇格蘭啟蒙，你這個話，我接不上。不過，你說到歌德的生命形態，倒叫我生出絲絲縷縷的感慨來。是啊，大家都來自天地造化，都是父精母血的安琪兒，可人和人不一樣，實在是不一樣！年屆八旬，詩哲歌德居然愛戀上了一個少女，談戀愛。心中有愛，熾烈，勇敢表達，不簡單。世俗講老不正經，那是鄉愿。朋友，這是何種心性，非一等的生命不足為，不能為！如吾儕此輩，人過五十，頓感萬事皆空，老去悲秋。如歌德者，這樣的人，寫不出、不寫出偉大作品，就怪了；像我們這樣的人，能寫出傳世作品，同樣也就怪了。當然，你例外，別生氣。

剛才王焱兄講到一件事，很有意思。在現代資本主義經濟社會條件下，反體制是一樁有回報的行當。老王說最好的回報就是把你變到體制內，讓你有錢過得幸福。不寧唯是，這一轉折過程還伴有理據正當化的精巧修飾。就是說，用一套冠冕堂皇大詞，振振有詞，為你打圓場呢！

「在平等與自由的社會歷史條件下，作為一個德性主體和實踐主體，每個人都有追求幸福的公民權利」，諸如此類。這實在是妙事一樁，一樁妙事，一種體制收編的靈巧機制。當年阿多諾等左派所說的資本主義文化生產機制，概乎言此，而不止於此。全喜是不是進入了這個機制，我不是很清楚。全喜對於當代藝術的研究和古典的研究，文字俱在，自有公論。其實，在現代資本主義體制下，反體制如同牛虻，為體制針灸，為體制把脈，反者道之動也。由此，它提出了一個問題，即容忍牛虻存在的體制，才是涵養生命力的體制，也才是經打經摔、內涵張力的體制，而庶幾乎「長治久安」矣！

　　說到西方左派，我接觸過一些，也有一些左派朋友。他們多為西方學院裏的左派學人，秉具道義感，不乏批判精神，也敢於直面苦難。當今之世，尤其像倫敦、紐約和巴黎這類大都會，左派扎堆。影響所致，那些「從巴黎回來的」，囫圇吞棗，操起蕩滌一切的鐵帚，要在一個發展中國家從事後現代的偉業，令人噴飯。不過，這些西方都會學院裏的左派有一個特點，即一方面堅決反對資本主義體制，認為歐洲或者西方已經沒落，乃至於正在走向滅亡，相反，中國這三十多年挺好，有的人更為中國模式鼓掌；另一方面，他們打死也不離開紐約，不離開倫敦，不離開巴黎。因為他們反體制，屬異見者，可體制基本容忍他們，因此，在他們眼中，當今中國的左派也是「異見者」。有人善加利用，福祿俱全，兩面討巧，機心算盡，長袖舞東風，什麼「委員」「代表」之類，小意思。其

實，中國真正反體制的，都游離於主流體制之外，多少保留了一脈清流。兩相對比，或許有所啟示。扯開來，跟主題不很相關，就此打住。

三　苦難與荒誕

全喜說自己有許多困惑。你的困惑，我寫不了。但有兩個問題，與此刻討論的主題有關，還是衷有所感，不吐不快。一是所謂的「苦難」問題，二是「荒誕」以及「荒誕感」。說苦難，是因為無論是生命個體，還是一個文明體，都無法迴避生滅過程，因而，必須直面它們，善予調適，慨予解釋，這才過得下去。不得已，不得已，這是人生旅程上常常會發生的事，也是內心糾結的源頭。如果你是一個啟蒙的個體，你是一個自覺的個體，你必定會對此多所省思，從而，感受到所謂的苦難，進而，必定要對它作出某種回應。可能，生命之為生命，源於一個生物事實，卻變成了一種精神過程。無論是個體，抑或文明體，都無法逃脫生命的真相在於生命本身是在不停息地走向毀滅這一事實。生是僥倖，死是常態，生死貫穿生命進程，成為生命不可擺脫的宿命。由此，生物過程催生了自己的精神煉獄。而這就是苦難。更不用說，天災人禍、戰爭、不可抗力、欺瞞訛詐、貪嗔癡，早已命定是人生和人心的構成要素。所以，世俗的肉慾、幸福、人倫、情愛，美色、美景、美酒，其實是苦難這一人生晦暗幕布中的斑斕繽紛的美麗補丁，如此而已。所謂人性邪惡，人心險惡，

人世醜惡，可人生美好，「萬事一杯酒，長歡復長歌」，同樣如此而已，也不過如此而已。

就此而言，罹患大病，遭逢大災巨禍，特別是面臨生死存亡之際，不期然會有宗教性情感，訴諸冥冥，其實是靈性用巨斧在敲擊生命，錐心刺骨。此時此刻，將一己性命和生死兩難，將對於此岸與彼岸的困惑，悉數交給一個高高在上的主宰來處理，不是人在投降，毋寧，於自慰中求自衛，而終究有望自救，很正常，同樣是不得已。四年前，醫生說我活不長，一時間，還真徨徨不已呢！神早已被趕走了，此際俗世，醫生差不多就是神，醫生說你要死、很快將要死，這時候，真希望有啟示錄式的拯救。此時此際，真的，此時此際，為何曾經堅強的心智和澄明的心性，卻相信「偏方」，希望一碗藥湯喝下去，癌細胞立馬沒了？對於所謂奇跡，寧願信其有，不願信其無？非他，就是這麼回事也。生命實在是脆弱，此時此在的當下，俗世中人傾向沉湎於娛樂至死，就因為我們實在擔不起直面那樣一個盡頭的殘酷現實。這是苦難問題，蔚為一切學思和靈感的觸發裝置。思想訴諸理性，藝術依恃詩性，可都仰仗靈感，而苦難是靈感之觸媒也！

說到當代藝術，則對於當代藝術的省思，包括重溫所謂的「浮士德精神」，可能，繞不開荒誕問題，以及冷不防油然生諸心底的荒誕感。其實，現代藝術是伴隨着人類的荒誕感而來的。縱覽西方美術史，你會看到，12世紀至15世紀，人物表情蕭穆莊嚴，說明其時人心對於生命有莊嚴感，面部表情蕭穆，正說明心中充盈寧靜和莊敬。從

16世紀開始，一直到19世紀初，撲面而來的是自信、輝煌和生命的喧囂，它們聯袂結夥，慢慢佔據了畫面。19世紀以還至20世紀初期，一次大戰之前，浮華、漂浮不定乃至於錯亂囂張，成為畫家筆下人物表情的主流。換個說法，中世紀，人物表情朦朧但不愚昧。文藝復興之際，安祥而自信，但不囂張。工業革命後，不安而狂躁，一副帶着枷鎖的解放了的人類景象。迄至二十世紀，變態、虛矯而失落，蔚為主流。此間脈絡流變至此，大家知道，所謂現代藝術就開始了，說明荒誕和荒誕感借由現代藝術而表現的歷史就開始了。從印象派開始，到後來的點彩派、野獸派，一直到二戰前後登峰造極於畢卡索，不是審美，而是審醜，將人類心理的錯亂，通過強烈的構圖失衡、不規則性而展現無遺，表達的正為對於生命的荒誕感。據說經過啟蒙以後，理性主宰了大地，可「短暫的20世紀」卻是人類流血流淚最多的時段，實在令人扼腕。為什麼一個文明可以在瞬息之間下落到野蠻的境地？而人類的心靈到底是由啟蒙了的理性主宰，還是依然沉睡於懵懂的暗夜。其實，回頭一看，我們距離蠻荒不遠。這種種荒誕感和苦難意識聯繫在一起，才產生了彌賽亞情結或者拯救意識。個體面臨生死存亡之際，不自覺地會將全副心性交付審美，讓情感縱橫於藝術迷宮，便是逃脫，也是拯救，有如全喜教授病中所為。

人類遭遇困頓，必然訴諸藝術，蓋因只有藝術才能打敗苦難，只有藝術才能觸及最為精微的感受，而於啟示人性中保全人性。圓明園畫家村那會兒，藝徒聚嘯，寫實，

畫素描，畫石膏，拼硬功夫。若果時勢順暢而清明，則畫風必然爽朗明潔，乃至於輝煌而浩大。但是，集權體制壟斷了真理，真假莫辨，罰繆斯跪地，讓人感覺手上沒有槍炮就等於沒有真理，一種沉痛無力感便會主宰心靈。慢慢地，變形、誇張、扭曲，走向荒誕，成為畫中主題。方力鈞作品中那一個個高大傻的漢子，豈非眾生。即便那些古裝人物畫，深紅暗赭為基調，以皇宮庭院為背景，濃抹重彩，均衡而壓抑，其實表現的也是一種荒誕。為什麼？現實中間早已不存在，卻刻意描摹，正說明無中生有，而萬物虛矣。當下宣洩遇阻，轉途它徑，等於在說「老子跟你玩，玩死你，丫的！」至於後來專門揣摩銷路，畫這種畫賣給洋人，靠它來賺錢發財，早跟藝術無關，是兩回事了。（王焱：宋莊農民都在畫這個，我們這個便宜，畫家那個貴。記者採訪說怎麼樣，說比種地划算多了。）

是的，隨着經濟繁榮，腰包鼓起來了，不少有錢人家都喜歡弄幾幅畫掛掛。要麼中國古典文人山水，玄妙高遠；要麼西洋油畫，古典人物，寬袍大袖，宮裏的場景，海裏的派兒。倘若價格貴，好像更體面。一般的城市布爾喬亞階層，也加入到這一行列，為這個繁華浮世增光添彩。知識分子不太好伺候，也不會成為潛在的銷售對象。毋寧，我的對象是他們，「一笑同錦裏，萬事付金鐘」。田園牧歌式的偽浪漫主義，假模假式的真古典，討巧賣乖的現代派，毫無才氣的裝幀，瞎畫，賣得還挺好。據說深圳郊區有不少美術作坊，多匠工，臨摹名畫，惟妙惟肖，暢銷全球。這是產業，不是藝術，沒人會指責他們。但

是，藝術創作若果只盯着價格，肯定沒指望。到了這一步，就和我們學術到了批量生產的粗濫一般，到了歌功頌德一般，反政治，反藝術，反文明，夫復何言！

剛才發言，在下曾經感喟，2008年以後的中國，「但見繁華，不見精神」。而現代中國，必須要有精神支撐，不言自明。包括作家、詩人、思想家等諸般個體，多大程度上體證文明困境，直面人世苦難和生命的荒誕，找說法，尋出路，就能在多大程度上為文明共同體提供活法，尋繹出路。心心相應，燈燈相映，有建樹，出力流汗，中國人文和思想達致又一高峰，重締意義秩序，則現代中國出，歷史終結矣！

哈，那時節，回身反顧，評說誰誰誰厲害，就數到這三本書了。——不是說笑，毋寧，是想說，建造精神大廈，一磚一瓦都不可少。

四　林風眠、吳冠中與石魯

可能，美術界行內有他們的講法。從我一個觀眾角度來看，說到現代藝術，我們其實今天講的是這三十來年的事兒。但是，中國的現代藝術，從我這個愛好者，一個非專業人士看來，是與中國現代藝術一起登場的。當年林風眠娶了個法國太太回國，住在西湖邊上，畫了許多裸體仕女，其風格，其韻味，其境界，可謂橫跨中西，不是那種讓人感到忸怩作態的現代藝術的審醜。尤其需要表彰的是，透過他的作品，看得出來，畫家對於女人之愛，他愛

的程度之深，甚至不妨說達到迷戀的程度。借助濃抹重彩表現出來的，那人體，旖旎逶迤，是一個愛字。有的時候把水墨暈染法，運用到油畫中，恰如其份。分明是現代藝術，卻洋溢着漢唐之風。上帝造人，美好的酮體，不看，不欣賞，對不起天地造化，對不起自己。

吳冠中先生是另一例。吳先生本來專攻人物。留法習畫，用功在此。1950年代起，極權政制噤聲，也禁畫。表現空間驟然收縮，遂放棄，改畫山水。吳先生把線和點等中國傳統水墨技巧，出神入化，運用到油畫中，酣暢淋漓，大氣嶙峋，所成就的現代藝術，是空前的。看看《武夷山徑》、《江南春》和《能不憶江南》等作品，就一目了然。我聽說徐悲鴻先生和整個中央美院的寫實主義流派不認同他，但在下看來，他才是真正推陳出新，把中國藝術的表現能力，對於中國山山水水的刻畫，超邁傳統油畫的寫實和中國文人山水的空靈，別闢一境界，另有一套路，更上一層次，登峰造極。「筆墨等於零」，的確，關鍵在於運用之妙。

石魯先生病後的焦墨作品，昏天黑地，卻又間架分明。如斧劈刀刻，高亢激昂，卻又一派純潔，從裏到外的純潔。如同高尚是高尚者的墓誌銘，他用純潔來反抗卑污。偶爾一團漆黑中一線空靈，一點留白，如天光乍現，在強烈對比中極具震撼力。當其時，沒有基本的作畫條件，先生於是在自家的水墨舊作上，以禿筆焦墨，濃墨重彩，虛虛而實實，瘋瘋不癲癲，實際抒寫的是心中塊壘。其心境，非人非神，亦人亦神；其畫境，非古非今，亦古

亦今。活脫脫一個不死的魂靈，向天地吶喊。凡此人物，都是一等的人物；凡此作品，都是一流的作品。這些都是成就，20世紀中國的確有人。上半葉出得較多，下半葉幾十年裏，也有，少。比如吳為山的人物雕塑，誇張變形，棱角嶙峋，如立體的潑墨山水，出神入化。

此文修訂後，幸蒙行家寓目，告謂上述點評，皆為外行胡話。「但是」——老兄特地指明，「不包括你對全喜教授的評論。」

講述這個悲喜交加的時代[*]

你要抓你就抓
俺聽人唸過《刑法》
瞎眼人有罪不重罰
進了監牢俺也不會閉住嘴巴

── 「你不閉住嘴巴，俺給你封住嘴巴！」一位白衣警
察怒氣沖沖地說着，把手中二尺長的電警棍舉起來。電警
棍頭上「喇喇」地噴着綠色的火花。「俺用電封住你的嘴
巴！」警察把電警棍戳在（民間流浪說唱藝人）張扣嘴上。
這是1987年5月29日，發生在縣府拐角小胡同裏的事情。
                                    ── 莫言：《天堂蒜苔之歌》第16章

一

　　曾經的少年遊子，一不小心，兩鬢飛霜。半百之年回
首來路突然發現，這人世間有許多值得留戀，卻原來悲辛
交集，一團溫煦。月白風清之夜，捫心自問，幾許慚愧，
一縷自許，可能，還有一滴相思淚。情湧於心，心落於
筆，下筆成章，遂有了這二十萬字。法學家以法律為業，
高頭講章和規範演繹之餘，轉身他顧，孜孜於一種文學性
體裁敘事，期期艾艾，水轉山連，連我自己也覺着奇怪。

---

* 　2013年4月12日，就《坐待天明》在中國政法大學「薊門書院」的演
　　講。《坐待天明》，「新民說」系列之一，許章潤著廣西師範大學出
　　版社2013年版。本文係當日演講，承蒙何兵教授組織，特此致謝！

是呀，所為何來？究將何往？這其間，莫非積蘊了如山的情結，難以排遣，非要在暗夜歌嘯？抑或時世困頓，時事乖張，而時勢促狹，有感於懷，不得不發？又或是無病呻吟，新詩弔古，舊韻歎今，原不過浮華春色秋空裏的唧唧喳喳？有道是，「舊事如風無跡，新愁似水難裁」，還真要梳理清楚，不可迴避，也無法迴避呢！

原來，少年爛漫，每個人都曾可能有過文學夢想。華夏香火積蘊，雖遭摧殘，滿目瘡痍，卻不乏癡迷。放飛那綺麗的文學夢想，渴望像海子一般，「以夢為馬」，做個詩歌烈士，讓靈魂出竅，隨流雲翱翔於蒼穹，豈不快哉！可是，謀生總是第一需要。生命莊嚴，但卻委諸日復一日的生存。生存催生夢想，更放逐夢想，終將無數的夢想扼殺於搖籃。那時節，我們這些個草根子弟，一介「屌絲」，沒料想還能徜徉學府，學經濟，習法律，不經意間選擇了「經世致用」之學，更彷彿可保衣食。起居其間，說是從此研習之，日夕思索之，乃至於把它當作身家安立之所，所言不虛，也曾熱血沸騰。可說到底，坦坦白白，只不過找了一個謀生手段，或者，首先是一個謀生手段，不丟人。人事本來如此，人世不過如此，人心只好如此。如此，如此，恰好如此。

天應知我，「萬木寒癡吹不醒」。

可是，畢竟，討飯吃的謀生手段和人生夢想之間，若非裝糊塗，都明白，其差其距，不啻天壤。由此，人心不屈於此，那壓抑了三十多年的少年夢想，在而今溫飽無憂之際，當謀生的勞作稍緩而寬宏賞賜了絲許喘息之機，也

許，潛轉騰升，便又蹦達了出來。如同閉門鎖戶，要將那一樹天光同寰宇清新一併摒拒，可它們長留於天地，一不小心，光漏了進來，空氣飄蕩了進來，從門縫，從窗隙，從牆眼，從一切未被堵絕的四四方方。於是，放眼世道，事沉心底，情湧於思，落筆為文，這便有了眼面前的這幀小冊子。

抑或，時代催逼，觸景生情，而人性惟危，人心惟微，直讓我們頓感法學表述不足以盡人事而聽天命，規範解析的條分縷析總是於人類的天性多所窒礙。於是乎，掙脫於外，超拔乎上，選擇一種更為原初、質樸而富於感染力的文體，以申說幽思，表達憂思，便是順水推舟。是呀，文學之筆，直接訴諸感性與靈魂，向來也更為感性，也更加貼近靈魂。撥動一己心弦，而感動眾聲回鳴，任闌珊，忍負一春閒?!循此以往，展開思旅，拋開條條框框，且將一聲將息，付與黃梅雨，何樂而不為呢?!

可是，究竟是怎麼回事，鬼使神差，我理不清，也講不清。然而，不知不覺，就有了這些林林總總的篇什，就有了這些文字瑣屑。它們講述了我所經歷的林林總總，用瑣屑回應瑣屑，將生命之壑填滿。

進而，有了今晚的交談。

二

話題回到本書。一言以蔽之，心事只在兩處。一是校園，一是故園。

説校園，是因為從入讀大學，再到畢業任教，迄而至今，整整三十四年裏，一天不曾離開過這方水土。以教書為業，以校園為家，大半輩子都起居生息在這個叫做大學的一方天地，枕書聽誦，冷雨觀花，則校園的山川草木，人物情思，那一顰一笑，總是飄逸在眼前，時刻蕩漾於心頭。老先生的白髮，小女生的黑髮，如我輩人到中年倉倉惶惶之黑髮復添白髮，都是風景。課堂上的思接千古，心田裏的九曲迴腸，漏夜切磋的淋漓酣暢風雲激蕩，還有，惹不起也躲不了的，校園政治的齷齪骯髒，黨政權力對於心靈自由的橫蠻蹂躪。——凡此種種，校園的萬花筒，時代的蒙太奇，天天上演，日日觀摩，爛熟於心，而若有所思，必有所思，終有所思。幾番回味，卻不是滋味。若無回味，勢必連味覺也會被剝奪。若説極致之美，大美無言，反倒會令人頓生痛楚，生命遂為一種莊敬而悲憫的靜穆，只好以默然相對，那麼，校園裏的美醜，卻絕對需予申述，由發聲而發落之，自發見求發煌矣！

朋友，究其實，它們告訴我們，無論美醜智愚，每一個體都是也不得不是一種在境性生存。作為無選擇的一員，芸芸眾生中的這一個，或者，那一個，我們是在未經自由意志通知和同意的情形下，就被無情地拋到了人世間，從此開始了一個向死的不可逆的人生之旅。紐結群居，互為伴侶，同時便也就是在互相監視，抱團取暖的溫情脈脈中冷不防就會氤氳着覬覦和揣測。它們陰騭而老辣，構成了人性的特徵，也是人世的格局，叫我們流連而奔突。如此這般，自由意志和意志自由何在？可能，終其

一生，我們耽溺於校園，海風吹夢。也許，青春熱血，卻不得不輾轉於溝壑，落葉無聲。可能，一輩子隻手雙肩，頂上頭顱，吟興性來，倚腦力求生存。也許，孤懸天地，面朝黃土背朝天，賣體力向土地討食，最後交由一方黃土了事。情形千差萬別，遭際萬別千差，可我們都是無選擇的生命個體，都是這般灰頭土臉就來到了人間世，又好像動機目的俱全，而實則終無頭緒。「病起心情終是怯，東西沉靜合朝昏」，所謂人生，所謂世界，所謂雁擊長空、魚翔水底，所謂「征塵萬里傷懷抱，待回頭，多情人已非年少」，道盡如許，卻道盡幾許？！

　　是啊，朋友，我們是一個個淒涼而孤獨的個體嘛！我們是天地間渺小而微茫的有死性的過客嘛！將這樣一個個的存在，它的生命旅程，經由交談而具象呈現，訴諸字紙以求不屈表達，不僅在於安慰一己之身心，企求擺脫孤獨困惑，而且，對於在境性個別化生存之反思，映照的是億萬萬具有相同或者類似經歷的其他個體的生命光華，回鳴的是他們沉潛心田的低吟長嘯。而這不正是我們生命時常需要回味，經由回味而溫暖了當下生存的一項必需作業嗎？交談，也正是交談，公開地敞開心扉，讓我們免於孤獨，彷彿掙脫了生之困惑與活的無奈，而似乎得免於死亡的恐懼。生死本身就是最大的困惑，也是一切恐懼的源頭，而構成一切無奈與無賴的根由，則述之敘之，歌之舞之，含詠婆娑，從容雲水，朋友，這一生不就散漫，隨風逐月，南北西東，去去！

　　如此看來，瑣碎的文字其實是長留心田的生命記憶於

無意間散落塵世的零落花瓣，曾經鋪灑在我這三十四年平凡校園人生之途，點點滴滴，星星斑斑，連綴起生死一線。

此刻，它將我遣送到這一驛站。

三

說故園，是因為一切從故鄉出發。吾鄉在河之南，江之北，湖之濱，山之腳。建制見於史藉，悠悠兩千春秋，漫長而滄桑，實在卻飄忽。楚俗秦風，江天浩蕩，雨打芭蕉，悲歌擊築，哈，「天下士，揮毫萬字，一飲千鍾」，那地界兒從來就是這麼個兒活法，人也就是這麼個兒德性。「孔雀東南飛，一步一徘徊」，本是那方水土的豪邁曠達，卻又多情惆悵，輾轉淒迷。是呀，「看它起高樓，看它宴賓客，看它樓塌了」，吾鄉滄桑不比異鄉少，而淚花肯定比異鄉多。但看那散落於巷陌街肆的零落，流佈於野村孤郊的荒僻，就可想見塵落風霜，而鄉民維艱，吾鄉痛哉！

這湖濱山腳河畔，我的故鄉，時時刻刻縈繞在心田，不因離去而淡薄，也不因回歸便馨然。只要一想起，冷不防，心頭一顫。而想得最多的，卻是它的苦難，曾經有過的與正在發生的，那彷彿無盡的鄉民的卑微和掙扎。離鄉愈遠，鄉情愈近，如聞目前花香。離鄉愈久，鄉事愈昭，好比天上的星辰。故鄉照拂着孤獨個體謀生異鄉，允我嚮往，賜我神思。光焰迷蒙，風中如豆，故鄉，你是我奔走於生死之間的永恆的燈，卻又搖曳閃爍，介於明滅之間。

少年風華，心無旁騖，一心往外跑，萬里嶙峋，天大地大，山美水美人更美。一晃中年，春來憔悴，秋去闌珊，恍然間，我們成了故鄉的棄兒。故鄉早成異鄉，而異鄉又不可能變為故鄉。身處兩端，無所適從，只好游走四方。於是，艾略特們感慨的生活荒原，一種孤獨個體的生存之境，便在我們生存的這樣一個現代尚未完全降臨，而後現代的情愫卻已油然入懷的世代，湧向筆端。

而就如詩人所詠，我的孤獨是一座花園。

四

總此兩項，一處故園，一方校園，構成了我五十載似水流年躑躅徘徊的方寸之地。起居不離乎校園，而生死無異乎故鄉與異鄉的輾轉旅程。起於起點，終有終點。「明日前村更荒遠」，一程趕一程。想那普天之下，飲食男女，億萬生靈，不論你居廟堂之高，還是處江湖之遠；哪怕你皇親國戚，享富貴，得榮華，抑或你販夫走卒，吃苦力，勞筋骨。——我們，一幕幕凜冽的人間短劇中的過客，遞次登場，水月鏡像，讓人世喧囂，而終究會復歸於沉寂；我們，一群群在境性生存的孤獨游魂，其實是，從來是，彷徨於生死之間，鬧哄哄臨時客串一場，既由不得自己做主，甚至於無所意識。來自於遙遠的幽冥之所，終亦必回歸晦暗的盡頭。

這次第，如同片雲天際，寂寞過東風，明月留舊寒，終將消散，而且，消散得無影無蹤。

那就傾注筆端吧！人生短暫，思長在。文集一冊，所述所感，天涯萬里，一笑塵寰。既無宏大敘事，也不足以印證這個時代。毋寧，一己身心的呻吟，疲憊而怔忡。問春色三分，一分塵土，兩分流水；則文集三分，一分回味，一分感喟，還有一分，詠歎。

歲歲年年，來去匆匆，水流花落，對青山沉醉，夢魂遠……詠歎，詠歎，由衷地詠歎，如此而已。

五

那麼，為什麼還要喋喋不休，絮絮叨叨於零零碎碎呢？

無他，實在是因為我們遭臨了一個千載難逢、悲喜交加的時代。講述這個時代，用講述來回應這個時代，於回應中認識和理述這個時代，是我們這群叫做讀書人的生物脾性，而恰成所謂的時代責任也！

不惟詠歎，直欲歌嘯；而長歌當哭，才死不了！

當今中國，光怪浮華，缺的是精神，那股子精氣神也。不過，有人說它是太平盛世。的確，這真是個太平盛世。那臺島的李敖，不就說此為有宋一千多年來，華夏未曾有過的太平盛世嗎！也有人說，秦漢轉型以還，凡兩千二百年，當今時刻最為偉大。對還是錯，真抑或假，我們不知道。若有對錯和真假，我們暫時也不知道孰對孰錯，莫辨真假。因為，分明更多人說，此時此刻，危機四伏，繁華的外表和閃爍的霓紅燈下，劇烈的社會衝突、深

刻的政治失望和無解的靈魂的糾結，抑或，竟無靈魂糾結的一派消費饕餮的夢寐，正如暗夜圍攏上來，在將我們包抄之際要將我們吞噬。它們不動則已，一旦暴動，很可能一瞬間將我們這個浮華時代的輝煌大廈摧毀殆盡。是耶？非耶？我們還是不知道，但我們的確知道，這個時代是至少174年以來，建立在將近一億中國人，我們的手足同胞「非正常死亡」的纍纍白骨之上的。且不說鴉片戰爭後的歷次戰患，單說1959年到1961年的三年劫難，就有3000萬到4000萬同胞，我們的父兄長輩，活活地餓死，長眠於黃天黑土，惟落霞收留！

朋友，僅僅這一事實便令我們確信，這個時代一定要留下它的記憶，必須捍衛它的記憶，用記憶和回憶來抵抗。也正是這一事實，構成了我們必得為它保留記憶的絕對道德律令。每一個經歷了這一時代、聽聞於這個時代、受惠於這個時代、特別是受害於這個時代的中國人，尤其是它的讀書人，都有責任和義務，用筆、用紙、用一切可能的方式，記述曾經發生過的「我們的」悲歡離合，追思曾經被迫承受的「我們的」的血雨腥風。這方水土，曾有苦難，還可能續有苦難，而它們都是時代的故事，也就是我們為生存和尊嚴而苦苦掙扎的彌留之際。為它留下一抹記憶，哪怕一鱗片爪，不啻是在告慰祭奠先逝的父兄，而且，是在保護我們自己，從而，護衛子孫萬代。

凝思於此，專情於此，不正是叫做讀書人的這個物種的天職嗎！難道，連說「天職」二字也會被譏諷為矯情嗎？

是啊，講述時代的故事，這本身就是一種反思，旨

在將當下生存的安全，置放在對於此在人世的不息反思之上。希望經由反思，養育關於生命價值和善好人生的人性基礎。而緣由在於，我們生活於此在人世，但是，不等於人世就具有屬我的性質。只有當人世具有人世性，才能說此方人世屬我，我是它的一員，而它為我而存在，如同我的存在不過是證明了它的存在。其之真實無欺，如同我是它的產兒一般。依偎其間，出懼入畏，人世遂成家園。

本來，人是自然之子，也是社會之子。自然和社會，纏連互動，將我們包裹起來，溫暖無比。此為人世嘛，好一個和暖的窩！而其間一脈牽連，就是思。其如和風拂面，纖指弄弦，攪動一池春水，讓生命獲得了生命力。通過思，透過思，用思來接濟思，便在我和你，我們和你們，我們與自然，我們與社會，總之，在每一孤獨個體和個體之間、每一個體與共同體之間，終究建立起了思的關聯，而思的關聯賦予人世以人世性，使得存在具有存在性，人具有人性。從而，思的關聯也就是生命的關聯，風雨飄搖，不絕如縷，維續着生的意義。進而，我們不再孤獨。我們的所言所行不再是一己的夢囈。我在時代中發聲，我為人世而呼號。一己伸展身心，仰天伏地，不再是肉身的蠢動。毋寧，它是一個生命，一個活鮮鮮的具有存在性的存在，於生死間掙扎而彰顯的生命意義，也就是思的靈光乍現，一脈蒼然。甚至，它是一個以生烘托着生的奮鬥，它是一個印證而相互映證的永福。徜徉於此，人人得為一種道德主體和實踐主體，秉具自主意志，自然不願也不能受制於他者的操控。

就像康德豪嘯，道德個體的自我證立是天命，秉此天命，人間的一切，不管它叫帝王還是其他什麼名目，一切的強權，滾他媽的蛋！

六

也就因此，講述與反思是一種交談。而交談，不管是面對面的對談，如今晚我們此刻所為，還是訴諸字紙與閱讀，都是講述與反思的可欲的方式。通過交談我們有望保持人性，眾聲喧嘩的人間才有人間性，歡笑和號哭的存在才具有存在性。在此，法學家時時省察人性，重溫關於人性的常識，庶幾乎有望提溯自己的良知良能，從而，有可能護持法律不至於違背人性為非作歹為虎作倀。進而，通過交談，包括今晚的在境性交談，我們兩代人一起，為這個時代作證，讓曾經的卑微、掙扎和人性閃爍的微光，不致消散於人為織造的暗夜，殞滅在貪嗔的深淵。這個時代的悲歡離合，這個時代曾經有過的甜蜜美夢和夢醒後的幻滅，這個時代也曾嚮往和渴望的脈脈溫情與專橫強權一手遮天造成的無邊苦難，有可能，說不定，在我們的交談中轉化為對於人性的懷念和悼念，讓那罪惡和強橫瞬間散架坍塌！

通過交談而保持人性，意味着將自己收斂退縮到黑暗中去，人世才有光明，而我們存活其間，如許人間，也才適合我們居住。想一想吧，如果這個時代經歷了萬般浩劫，以纍纍屍骨才迎來當下的安寧，而它的讀書人卻不再

發聲，不再用口和筆來講述這個時代的故事，不再把曾經有過的悲欣告知世人，當作時代的精神遺產時時溫習，用憶述來反抗對於記憶的消隱——若果無人如此用功，誰會得意洋洋？而誰又最可能遭殃？

每念及此，我想各位自然就了然於心而寬慰於懷。我遙遙看到，那邊廂，彷彿好幾位青春面龐展露會心，一笑粲然，想必心有靈犀，不點自通？！

七

作為那個時代的過來人，我們都有一個痛切的共同體會，就是當一種政治意識形態成為絕對教義，籠罩萬物，密密匝匝，而神聖不容置疑和侵犯之時，當普天之下溫飽無着卻又身處高壓不得不裹脅於政治洪流而甘做木偶之際，——此時此際，作為一種反者道之動，各種偽浪漫便會應運而生。它們篡登歷史舞臺，用喧囂和拙劣來掩飾時代的荒誕與虛空，卻反而襯托出時代的荒誕，叫虛空更加虛空。

於是，人生躓矣！

什麼叫偽浪漫？諸位，月明風清，吾心飄然，朦朧天地間，微醺，頓生人間如此美好之念，此為世俗層面的人情之常，怡然自得，也算得上是浪漫情懷，不管它是「小資麻麻」還是「大資麻麻」。那邊廂，為大革命的浩然願景所鼓蕩，慨然許身，期期於鑄造「新人」「新社會」，一路狂飆突進，乃至慘烈異常，屍橫遍野，終落得大地白

茫茫，同樣算得好一個浪漫兮兮。十八世紀奉行理性主義的法國人和十九世紀信仰歷史主義的德國人，都將二者推向極致，一縷風流，綺麗慘烈，實為人類自信過頭浪漫過頭的悲喜劇。與此相反，懍然於「亞非拉人民心連心」，無節制對外援助，彷彿間憑空而生「世界革命中心」的幻覺，卻讓全體國民勒緊褲帶度日，乃至於餓殍遍野，輾轉溝壑，則為徹頭徹尾的偽浪漫。抑或，一人詩性勃發，浪漫天性盡情揮灑於天地，而萬民如芻狗，若草芥，似塵沙。左衝右突之下，靈肉窘迫之際，竟至於以「標語口號」代替衣食住行，正說明現實乖張，無以為繼，只好用虛誇張狂代替現實，從而，掩蓋現實，人間遂成地獄。那時節，縱便詩歌唱到了地頭，「樣板戲」舉國輪臺轉，亦不過舉國癲狂，為卿狂，為夢狂。號曰革命浪漫主義，實則偽浪漫，反浪漫。——朋友，究其實，不過是極權政制唱堂會，而以億萬肉身作道具嘛！

說來五味雜陳。想當年，曾幾何時，時不時發生這樣的場景，或出乎自然，或刻意為之。劇場或者影院，場院或者地頭，每當「紅色娘子軍」或者「白毛女」們蒙羞受辱，總有觀眾血脈僨漲，氣衝斗牛，欲以一身之蠻，衝進銀屏，躍上舞臺，將那地主老財殺個淨盡。意識形態灌輸之下，舉國鐵桶，裹挾形同邪教，則民昧而智拙，有以然哉，期其然也！對此情形，君若茫然，君且止步，不妨想一想，那出現於北京、上海、武漢、成都、重慶和鄭州，毆打同胞、燒毀汽車卻又大義凜然的愛國青年，其言其行，不就一目了然了嗎！火焰熊熊，映照出一張張臉龐

的顫動僨張，可他們和它們，哪裏跟「浪漫」二字搭上界呢？毋寧，活脫脫反啟蒙的前現代心智，巨手操控下的一群烏合之眾罷了，同樣是極權政制嘉年華會上缺肝少肺的玩偶而已！

朋友，你錦心繡口，你聰明伶俐，你大仁大義，倘若我們置身此間反啟蒙的前現代狀態，可一己的心智和心性又不願沉淪，而且睥睨烏合之眾的隨波逐流、顛三倒四，那麼，請你告訴我，如何才能找到託付一己之心，給它安慰而堪安放之所？換言之，我們逃遁到哪一方天地，才能避免非存在性的存在、逃離無人間性的人間、躲過泯滅人性的人生？

當此之際，各位，「文學藝術」，是的，「文學藝術」作為一劑靈丹妙藥，成了苦悶中的億萬青年的救命稻草。避秦於斯，一息尚存。這也就是為什麼我們這一代人，前前後後，身罹彼間苦悶年代，或多或少，都有過沉湎於音樂、美術烏托邦之中的經歷。此與今日父母操心，小小孩童，遮天蔽日，練琴習畫，好掙得個考級分數，以為將來進階的籌碼，竟至於人生的指望，似乎大相徑庭呢！當其時，唯美的境界，惟其唯美，虛幻縹緲，方才純淨動人，勾魂攝魄，有如蒼穹萬變，目不暇接，心隨雲走，意若氣流。不寧唯是，窮困年代，餓着肚子，一心一意於唯美感受，還可以將自己屏蔽於眼前的黑暗，隔着百年千年，遙望那一線神奇，承受那一縷天光，則現實遠遁，此身如在天堂。至少，饑寒暫時消隱，好像梅倫德斯畫筆下的麵包跌落畫布，馥郁在前，而提香眼前的曼妙可

人兒的體香就漂浮於體側，安格爾的浴女豐潤晶瑩，伸手可觸，吹彈立破。更別提，越是不讓接觸「封資修」，則禁果甘甜，越有滋味，心魂於犯禁偷嘗中彷彿出脫於身體，飄蕩於瞑明之際。──如今想起，心驚肉跳，猶所懷念這一份心悸爛漫。

青春三分，一分衝動，一分恐懼，還有一分無懼無畏。「文革」中後期，世道日蹙，苦悶日深，反倒造就了千百萬文藝青年。舞文弄墨，吹拉彈唱，一時間，沙堤煙曉，湖海遐蹤，處處都是他們落拓迷茫卻又激情如火、尋尋覓覓的身影兒。今天寫字兒畫畫兒的，不少叫囂乎臺上，翻滾於錢堆，人五人六的，那時候還不就是「文藝青年」嗎！

諸位，正如詩人所詠，詩歌是時代的觸鬚，思潮是時代的浪花。那時節，此時段，文學藝術是救贖我們人性的諾亞方舟。若我輩者，活到今天，僥倖還沒淪落為一個特別壞的人，得以躋身壯勞力行列，既非依靠黨的教育，實際上，經由層層轉手的黨的教育，多半不明所以；亦非遵守國家法律使然，何況這個國家常常制定很多壞的法律，致使惡法盈天，天理雍塞；更非閱讀哲學講章即可豁然開朗，憬然昇華，事實上，哲學家們的長篇大論多數時候不過是流言蜚語，外加胡攪蠻纏，自戀分分；當然，也不是繃着面孔、改頭換面的儒家教義即可開蒙接濟的，至少，「五四」以還，儒門淡薄，收拾不住，一直是批判的對象嘛。──毋寧，全賴文學藝術，其以無涯的寬宏和慈悲，其以至極的纖微與廓大，承受着我們的苦悶和發洩，將我們救贖！

說到儒家，我想順便敘說一則自己的經歷。1970年代初期，高層發動「批林批孔」運動。左衝右突、內外交困之際，無處遁逃，矛頭轉向開挖文化祖先的墳。當其時，在下十來歲，小學生，被迫跟讀批判檄文，呀呀學壞。可天下事總有意想不到。這不，不意間，誦習先賢章句，雙瞳霎時豁然，透過疏影橫斜水清淺，穿越那千載風沙萬里夢，彷彿窺見了吾族原初文教質樸。——淅瀝瀝，嘩啦啦，轟隆隆，真理的聲音借助魔鬼的翅膀而飛翔，那文化專制的鐵幕瞬間撕裂一道縫隙，天地為之洞開。心靈震撼，魂靈震顫，肉身跟着發抖，頭暈目眩，猶如深醺。卻原來，孔丘，孔家老二，中國最早的民辦教師，其言其行，如日月行乎江天，而儒在蒼生，雖千萬人吾往矣！彼情彼景，此時此刻，回想起來仍不免心頭悚然，為終在少年和古典打個照面而慶幸。也許，此番心路歷程，今天鼓吹儒家憲政的秋風老弟亦且未必真切感同身受，蓋因體認門徑有別，而臻皈深淺殊異矣。

有時想，倘若循沿此徑，一路往前，個人際遇又將如何，天知道。時代在前，時勢比人強，一切無疑癡心妄想。

兄弟沒辦法，窮鄉僻壤，衣食不保，居然做藝術夢，耽溺「畫畫兒」。而且，晨鐘暮鼓，一溺十年，幾幾乎系馬埋輪。趕上恢復高考，終於有點盼頭，連考三春。1977年，1978年，而1979年，每年春天擁抱希望，而總在春末失望，終至夏日絕望，猥瑣成了「美院落榜生」。今天在家只要略表囂張，閨女馬上就會旁敲側擊，伶牙俐齒：「哼，一個美院落榜生，有什麼好吹牛

的？！」其因在此，其來有自，啊哈，尚饗……

　　此夢積壓久矣，概為謀生所屏。雖心智曠達於家國天下，而心性若此，總歸要訴諸詩性，在講述和交談中，把個自己看穿，讓這人世落歸家園本性。

　　《坐待天明》，薄薄一冊，講述的就是此番心史，它從那一時代走來，經過長期積壓，積攢了零碎心事，而終於化作筆端的零碎文字。天性獲得表達，經由交談而交流。其中，首先是我和自己的交談與交流。可能，幸虧有它，將我救贖，存活至今，長溝流月去無聲。

八

　　不寧唯是。羞辱，曾經的羞辱，讓生存本身成為一種重負，而使得生命等同於絕境、只堪絕望的羞辱，逼迫着我們拿起了筆。正因為人世多羞辱，所以人間要尊嚴，人生必須得有尊嚴。且不說羞辱是人世的常態，而成為人間的一個基本特徵，就說鴉片戰爭以還，一百七十四年裏，要是用一個詞來概括吾族吾國吾民的時代特徵，朋友，非「羞辱」二字莫屬矣！這一百多年，我們生活的這一方水土，哪一天不在忍辱含羞？我們每一個體的生存，除了口含金匙出生的藍色血液，哪一個不曾感受到羞辱，被迫面對羞辱，甚至為羞辱所吞噬。因而，希望經由講述羞辱而滌盡滿面塵垢，是受辱者的卑微，由卑微而至大。若果真的由此洗刷了羞辱，豈非受辱者的自救。

　　放眼世界體系，這方浩瀚的家國天下，屢遭列強侵

凌。強盜們打上門來，掠金奪銀，花下濯足，將萬園之園夷為廢墟。以儒家政教為主體的中國古典文明，花果飄零，歷九死。今天，此種羞辱依在，「人縱健，時難得」。這不，即便身處中華大地，英語的地位亦且高於漢語。各類考試，雞零狗碎，都要考英語，活脫脫一副自我殖民的窘迫，卻又揚揚自得。由此導致中國的受教育者，從幼兒園到博士生，漢語水準普遍低陋，語四言三，魚爛河決。四十多年前，唐德剛先生喟言，今日執教北美各大學的華人教員眾矣，有幾個敢拍着胸脯説能寫一封清通無訛的英文信件？今天在下要説，海峽兩岸四地，普天之下的華族子弟，受過高等教育的億萬萬矣，有多少人敢拍着胸脯説能寫一封清通無訛的中文信件？無多，無多，寥落晨星，「驚起一灘鷗鷺」！以此為例，適足以説明中國文明遭受的創傷和羞辱，其痛楚，其印跡，其遺存，至今尚未完全消除。此恨綿綿，怎能不終結於吾儕之手？倘若這樣的羞辱延續再延續，所謂華夏文明復興、自立於世界民族之林的大言儻論，滾滾滔滔，豈非等於笑話？

也有例外。「文革」後期，舉國齊喑。斯文掃地，萬民彷徨待變。當此之際，默存先生僻居一隅，潛心斂志，研墨揮毫，用雅致澹泊的文言撰著《管錐編》。其所求何為？大難時節，竟有心情玩古，抑或，幽懷無恨，沉吟風月？事過境遷，不難猜想，錢先生持守歷久乃成而最能彰顯中國文明的寫作形式，實在表達一種文化信念。就是説，中國最堅定的讀書人，其心智不滅，其心性依在，政治洗腦和文化專制未能迫其屈服，饑寒和恐怖亦無法將它

們趕盡殺絕。他們還能用數千年文化薰育提煉的語義形式進行思考與審美，他們依然保有着據此從事學術作業和靈魂考問的思想能力。這本身就是對於一切鉗口鉗聲又鉗心的文化暴行的最有力的諷刺，也是對於現實政治恐怖的最堅定的抵抗，真正是雖千萬人吾往矣！

本來，漢語文言，一種最典雅、最溫馴、最具表意能力的偉大文字，是一個比拉丁文字更偉大的文化傳統，承載的是東亞世界千萬年積澱的文教風華，含蘊了漢語文明有關神事與人事的雅量高致，她那一切無言之言與不言之言，她那無際無涯的豐贍綽約緯地經天。魑魅魍魎，可遮蔽其一時，卻難禁錮其久遠。因而，追思前賢，在下本書遣詞造句，有意錘煉，實多寄託矣。仰瞻先賢，吾儕不復望其項背。但心嚮往之，則生死以之，卻一般無二。有那少年老成狀者，或曰，閣下遣詞造句「不文不白」，說實話，我都懶得答理你。為什麼？因為你無此鑒賞能力，日常寓目不過「新華文體」，要不然《民法總論》《刑法總論》，外加一點「微博」上的譏誚，何足與言?!

就家國政制來看，遠的不說，單就晚近六十多年而言，又尤其是前三十年，我們豈止是生活在羞辱之中，我們是生活在密佈的恐懼之中，一種隨時隨地可能降臨無妄之災的恐懼之中嘛！今晚在座各位多為「80後」、「90後」，未曾有過切身感受，但遙體人情，心意體貼庶幾近之。我們這代人，更不用說我們的父兄輩，自是體會更深，而感喟愈濃矣！——那樣一個酷烈的時代，每個人觳觫立世，朝不保夕，如今想起，似乎不敢相信，卻又歷

歷在目。當存在成為一種恐懼的過程，當生命的自然流程居然變成了戰戰兢兢的重負之際，還有什麼生命的意義可言？還有什麼人生美好與美好人生的指望？一句話，這還算是人世嗎？若是人世，那活着還有什麼勁兒？碾壓此間生趣，扼殺此縷生機，把人不當人，這不是羞辱是什麼？這不是對於人性和人生的最為無情粗鄙暴烈的嘲弄又是什麼？！可是，說來吊詭，生命的意義和人生的美好就在於追求美好人生，身處夾縫，而生命意念不滅。草鞋踏破塵沙，何懼浪跡天涯。此為自然權利，也是自然正義，天授地受，胡可人力剝奪？

因而，為了記住這樣一個時代，為了洗刷這種種羞辱，我們要敘說曾經熬過的時代，我們要講述曾經遭受的羞辱。羞辱在前，你以堅韌的生命意志沉默以對，以堅強的求生能力笑在最後，固為洗刷羞辱的方式。可是，當羞辱成為一個時代的特徵，問題在於，千萬萬、億萬萬如我輩普通人，可能等不到那樣一天。那漫天彌地的孤魂野鬼，其鳴淒厲，其號震天，不就是活生生的證明嗎！

那時節，怎麼辦？

秀才一支筆嘛！用筆來講述，通過講述來控訴，也就是在洗刷羞辱，將羞辱這一蔑視你我生存和生命價值的罪惡，在千千萬萬人的講述和控訴中降到最低，進而，阻遏其隨時蠢蠢欲動的可能。家國天下的恨愛情仇，圍繞着統治和被統治這一不得已而產生的羞辱與感覺羞辱，一己生存與掙扎所經歷和反省的生命困頓、大眾苦難及其蘊含其中的羞辱，疊加交織，都要求這些叫做讀書人的畸零苦力

不能放下手中的筆，而對於曾經有過的、正在發生的、還可能將要發生的，一不小心就必定會發生的人間的羞辱和苦難，一棒一條痕，一摑一掌血，發聲，發聲，發聲。

羞辱，將人性和生命置於死地的羞辱，雖無法確保其不再發生，但血痕道道，沖洗着大地，終亦必少些，再少些。

如此這般，紛擾人世方始堪當寓所，你我不致於終生在祖國流放。

九

末了，還想說的是，我們生活的人世須臾離不開所謂的「秩序」。它意味着對於人的必要的束縛，否則後果不堪設想。這是一個冷酷的現實，卻是人這一物種的宿命，正當為法學家的心性時時怵惕之。可能，秩序自然天成。天地日月，斗轉星移，生老病死，皆為自然所賜，共三光而同光，隨宇宙而生滅。秩序，也可能係人為製造。一切的法制政制，尊卑上下，包括今日屬行的「中國特色」，還不都是人工刻意的產物。即便如此，冥冥之中似乎同樣自有主宰，生滅不待人謀，你嚷嚷個什麼?!秩序的本質是權力關係。換言之，命令與服從，統治和被統治，操控與受操控、反操控，構成了我們生存的基本特徵，而為人類這一物種的普遍現象。而權力，正是權力，不僅具有自我腐蝕的傾向性，其最為令人恐懼之處，還在於它天然秉具的專橫而強暴的奴役性。

說來好笑，當今之世，常常可以看到這樣的事兒。一

個人，原本好端端，不期然做了一介芝麻綠豆的官，居移氣，養移體，立馬彷彿就不是人了。為什麼呢？原來，是權力讓他不知所以，他的支配慾望也隨着權位的升騰而油然不能自已，甚至於耀武揚威了。此不惟無思或者思之闕如的心靈，就是一些號稱「自由派」的知識分子，似乎以思想為己任，整天价兒將自由民主法制人權寬容平等博愛掛在嘴上，可哪怕做一回「博士論文答辯委員會」主席，引繩批根，立馬就不得了啦，了不得啦，而將頤指氣使、專橫跋扈的精神本性，表演得淋漓盡致！——這說明，你我都是這個時代的產兒，反抗專橫者本身也是專橫的惟妙惟肖的仿製品。可能，還不如他們呢，亦未可知。此為在下親見親歷，故爾為親者痛，創巨痛深，雖芝麻綠豆，而成例昭彰，不得不說。

諸位，聊舉此例是想說明，權力本具腐蝕性，恒具奴役性，而總是沖湧着無限的擴張性。其間情由，不僅在於權力鼓蕩起權力者奴役他人的慾望和野心，給他以經由奴役實現支配的絲絲滿足，而支配欲總是我們這個卑劣物種的根性。而且，權力也奴役着掌權者的身心，讓他們其實成為權力的奴僕，匍匐於權杖下自鳴得意，卻又時刻歘歘發抖。此為人間情事和情勢，如我輩法學家直面以對，無所迴避，總需有所支應，絕非漆女憂魯。這不，以對人生和人心苦難的回味為屏障，憑藉美好人間和愜意人生的願景做指引，以將人性的常識之不斷重溫當工具，法學家時刻保持對於這種統治關係的高度警醒，也就是對於人性之具有自我墮落和腐蝕的傾向性之時刻防範。如此不斷重

溫、警醒和防範，才有望避免曾經的羞辱重演，而可能導向一個愜意人間。

所以，今日盤桓於此，讀書、思考和寫作，不管是高頭講章哲理沉思，還是哪怕撰著《民法總論》《刑法總論》這類機器使用說明書，我相信，都離不開對於人性的常識之再三回味，而於時刻品味中捍衛記憶，洗刷羞辱，護持人性，保衛人生。

而首先，是捍衛記憶，用記憶來抵抗。

文後補言：何兵教授策劃安排，承蒙兩位嘉賓捧場，要我談談《坐待天明》。我以為十來位學生，三、兩位老師，明月太虛，圍攏促膝，把盞聊天，消磨一個週末之夜。後來才知道，地點在圖書館報告廳，泱泱乎乎，要來一、兩百口子。所以，不得已，下午新擬了一份提綱，想就這本書的緣起、內容和用心，略予陳述，請各位學弟學妹指教。

「新民說」系列，收錄著述多種，術業專攻，風格多元，旨趣迥異，各擁風流。但是，萬流歸宗，它們均有志於此，而勞心在此，聚力於此。其所志，其所勞，其所聚，不外衷心祈禱我們共同生活的當下這片水土，齊煙九點，永遠是陽光普照的美好人間，億萬人安寧分享的家國天下。雖然，「早知世界由心造，無奈悲歡觸緒來」，可事已至此，只好如此，勉力前行，才堪打發此生呀！

噫，倘若有愛，從此不同！

2013年9月18日定稿於故河道傍

幾多心思，都是時代的瑣屑

三月末，宗坤老弟自美返國，西飛渝州，參加「共和主義的中國實踐」研討會。會開一天，七嘴八舌；席開三桌，行雲流水。翌日，早餐時分，恰好同坐，得隙閒聊。拉家常，敘見聞，談感受，此身輕閒。窗外雲天不展，彷彿專門叫人不要出門，好談天。老弟去國十餘載，雖然山川依舊，人事堆積了人世，但又似乎人物皆非，流水長東，欲歡還驚。本來，久別祖邦，隔洋遙看，咋一近身，這感受最新鮮，可能，也最真實。

返京後回味當日的閒聊，從中擷取四點，遂有這篇短文。

其一，在宗坤老弟體認，十多年來，中國學人的基本問題意識依舊。此處的「中國學人」，僅指「中國大陸」的漢語學術從業者，不含身處港澳臺與海外的華裔學人。他們另有生存環境和謀生條件，別懷一番欣然與愀然，因而，問題意識不盡相同，或者，完全不同。這一問題意識不是別的，就是「中國問題意識」，一種基於「中國問題」而來的思慮與思旅，那一分圍繞着華夏沉浮而消長之情思與神思。所謂「中國問題」，起自1840年的鴉片戰爭，輾轉騰挪，延宕至今，說的是中國的轉型進程，而孜孜矻矻於「發展經濟－社會，建構民族國家，提煉優良政體，重締意義秩序」。凡此四大問題，也是轉型的四大任務，圍繞着「現代中國」的成長而打轉，將立國、立憲、立教

與立人扭結一體，裹挾一團，而蔚為一種整體性的、長時段的、從頭到腳的變革和轉型。其犁庭掃穴、大開大合、席天幕地，惟戰國秦漢之際，庶可比擬。「現代中國」及其「現代秩序」，千頭萬緒，而要旨不外乎此，其追求攏括於此。其中，尤以「文化中國－民族國家」、「政治中國－民主國家」與「民族國家－文明立國」、「民主國家－自由立國」這一雙元革命堪當主軸，綱舉目張。

宗坤老弟指認大家問題意識依舊，不奇怪嘛！而似乎褒貶盡在其中，正說明「時者，勢也」。「中國問題」一日未獲解決，「現代中國」一日未曾水落石出，則問題依在，問題意識當然照舊。本來，所謂問題意識就是時代意識，而時代若此，意識如影隨形，積蓄在胸，既映射時代，又引領時代，在映射、引領和跟隨時代中，共同塑造了時代，而成為時代本身。保有這一份堅韌不拔的問題意識，顛沛必於是，流離必於是，駸駸乎七代人前赴後繼，這方水土才有今天這般光景，也才可能有美好的明天。否則，玩點人家的唾餘，什麼「反現代性的現代性」，又或，「同性戀的後殖民主義之能指與所指」，雲乎暈乎，瞠然惶然，於自家學思進益未嘗無補，甚至，「接軌」得很，但於「中國問題」究有多大意義，天知道，鬼曉得！

其二，宗坤老弟感慨祖國城鄉「地方治理能力」多所改善，甚至「大大提高」，為在下久困神州，習焉不察，而多所忽略者也。的確，兩相比較，雖說中央集權體制未改，威權猶在，但藉由經濟成長和社會的倔強發育，也包括公權力下海直接博弈積累諸多生聚教訓，多因素羼雜，

多方面積累，導致「地方治理」漸有改善。其能力的提升，質素的改善，張馳之間，對於「現代中國」及其「現代秩序」的成長而言，可能是比GDP更具標誌性的事件，也是更含實質性的變革。雖說黨國體系貪腐嚴重，但幹員幹慧屢現，偶有極個別壯志凌雲的良吏吼一嗓子，說明整個體系尚有良能積蓄，而國民教育體系基本運轉有效，非如「微博」詆誹之一無是處者也。如果說此為末節，那麼，對於社會大眾的權益呼聲，既有體制日感壓力倍增，而於壓力之下多少有所回應，才是「治理」與「治理能力」的應有之義也，也是「治理」與「治理能力」可能日趨向善的緣由所在也。——天下事，非火燒眉毛，多半總是一個拖字。拖到最後，垮了！

其三，儒學中人持論立說不容置疑，亦無討論商榷的姿態，實在可惜。宗坤欣賞秋風教授會上會卜都講理，有商量的風度和涵養，對於各色批評，哪怕是尖酸刻薄之語，哪怕是不着邊際之論，亦且承受得住，也承受得起。曾有儒學中人，蒞臨某國某地孔子學院，儼然佈道，而真理在握，不屑討論，徑直作結。沒有一個商量和討論的細緻分析過程，縱便結論蔚為真理，但言者昭昭，聽者邈邈，其情其形，不難想見。我聽宗坤的描述，想到平日裏的交往，腦海裏過電影，莞爾而樂爾，欣然復悵然，恍兮又惶兮……

的確，當今之世，即便羅馬教廷，對於同性戀和男女、種族平等，也不能拒絕討論和商榷。否則，等於自絕於世。置此價值和信仰多元時代，各色理念和學說，不論

傳承於何種文明與傳統，也不論立基於何種宗派與主義，均需進入思想言說的公共空間，經由一番辯駁，幾度言詮，方能自證而他證，庶幾乎於「對話」和「溝通」中獲得合法性，進而，也才有望招募到自家的追隨者。儒耶釋回，這教那教，自由主義民族主義，此理論彼理論，它們時不時聚談，共商普世價值，各以對方的存在為自家存在的構成性因素，方為各自的福音也！若果志在復興儒學，卻拒絕多元討論，也似乎不具備公共言說的能力，則復興云乎哉！瞠乎其間，哥們，你吃教呢?！再說了，當今之世，無論何種主義，也不論哪方宗教，終究只是多元中之一元。而一花一世界，世界是一個大千世界，決定了再也沒有一統大千的萬能宗主了。一神既隕，眾神喧嘩，人世粲然而慘然，人心紛然才坦然。不明於此，以正統和宗主自居，不屑於展現多元平等溝通之開放性善意，誰睬你?！

其四，說到「中國問題」之「臨門一腳」，核心不過就是「憑什麼你來統治」這一大是大非了，也就是前述「提煉優良政體」所需回答而終究尚未積極回應的政治之維了。就是說，人生無往而不自由，人世卻離不開秩序，由此而有統治和被統治關係。其間，「命令與服從」，一如陰陽日月，構成了基本的生活事實。問題是，「憑什麼你來統治」？「我為什麼要服從你」？「你據何對我發號施令」？不能講清其間的因緣輾轉，梳理出必要充分之理由，而且，是娓娓動聽、甜言蜜語式的熱情陳述，則任何統治要麼是蠻橫強權，要麼是沙上之塔，時刻搖搖欲墜。

一句話，無以說服人心，也就難以打理人生，而終究沒法立足於人世。

正是在此，在神權遁隱、教權衰頹的當今之世，在皇權早已坍塌、威權信譽掃地的此刻中國，找來找去，顛三倒四，翻山越嶺，最具說服力，好像大家也最服膺的，莫過於「立憲民主，人民共和」了（constitutional democracy and civil republicanism）。這一政體形態及其義理，源自十六世紀以還的地中海文明，歷經大西洋文明的淬礪，例屬較不壞之政法設置，最能因應上述追問，最大限度地回答了「憑什麼你來統治？」這一政治難題。——就人類現有的政治想像力和可見未來的政治前景而言，怕是也找不出比它更好的間架設計了。拿來用，邊用邊修訂，終究有用，一定管用。其實，晚清以還的華夏主流政治取向，還不就是在文明移植的意義上歷練這一套功法嗎！雖說傷筋動骨，但終究強身健體，大有裨益於延年益壽呢！要不，能有今天這般光景？還不早就玩完了！

有關於此，在下與宗坤老弟所見略同。提筆記下，以志一段心思，而鋪陳一樁心事。事在人在，心同理同，照映的是一個時代的萬千思量。它們一脈如縷，涓涓流淌於心，憂鬱而蒼茫，則生民立命，千載今朝，煞是好風景。

「擬將心事問天公」，天無語，幾枝疏影，一夜空迷，去去。

2013年5月8日夜修訂於故河道傍

保衛我們的生存方式

　　兩千四百九十一年前，魯哀公十五年，耶誕前479年，孔子歿。門人弟子庋搜夫子章句，輯集成冊，自刻自刊，分送諸友，流行國中。此即《論語》，啟明華夏，教化子民，養育我中華民族千秋萬代。

　　漢儒董仲舒，「始推陰陽，為儒者宗」。身後門人編纂其著概為《春秋繁露》，自刻自刊。其縷敘人事，綜理人世，為人生立范，讓人心知畏懼，高蹈卓越，形成華夏思想又一高峰。

　　西元1518年8月，王陽明行年四十有七，門人集資刻《傳習錄》；九月，建濂溪書院，以此分送師友，格物致知，砥礪品行，澡雪精神。中國文明基於內在超越性緊張的道德路向，由此提溯而大進一步，千年一系。

　　明亡，黃宗羲居鄉著述，於省視史事中靜觀時世，將興亡之歎盡付於致思窮理的浩瀚作業。《宋元學案》自康熙年間發凡起例，至道光中，始由王梓材、馮雲濠整理，「自印自刊」，歷時160年矣。

　　1915年前後，王國維先生集《流沙訪古記》、《人間詞》和《觀堂丙午以前詩》，凡三種，合為《觀堂外集》，線裝，自印自刊。

　　1917年10月，青年梁漱溟感時傷世，奮筆疾書《吾曹不出若蒼生何》，自印千冊，廣為分發，呼號啟明。

　　1954年，陳公寅恪先生行年六十有五。二月，《論再生

緣》初稿完成。「蓋棺有期，出版無日」，乃油印自刊，分贈諸友。

　　以上諸賢，其著述刊佈，多有｜自印自刊」的故事。於此縷述，是想說明，自古及今，「自印自刊」是學人的一種工作方式，也是他們及其思想的表現方式，從而，構成了讀書人的一種普世的生存方式。如同昏曉流連，如同吐故納新，本為自然，而形諸人文爾。換言之，著述刊行，無論是自印自刊，還是近代之托諸專有機構代為正式出版，悉聽尊便。就後者而言，其為一種公共資源和公共空間，當為天下人所分享，而非商家與官家之特權。申而言之，罪惡的書報檢查制度，屬行鉗口的報禁，自當廢止，所謂的「刊號」「書號」之報批制亦當為備案制所取替。就前者「自印自刊」來看，則純屬學人私事，公權止步，少廢話。只有屬行鉗口之世，方才形格勢禁，讓天下鴉雀無聲而後快。此為道理，本諸真理與情理，演繹為法理，上達於天理，而為當今中國萬萬人之心聲也！

　　學界敗類，狐假虎威，斯文掃地；執法機構，枉法裁判，理法皆闕。有感於此，特作此文，既在聲援玉聖教授，並斥北京市文化市場執法大隊之枉縱兩失，更在於重申學術獨立、表達自由之旨，而為保衛我們的生存方式吶喊！

　　　　　　　2012年10月25日下午，在「非正式出版
　　　　　　　物法律定位研討會」上的發言

革命是火，新人如油

　　想當年，法國革命洪流滾滾，平民百姓蜂擁而出。他們以「氓眾」(multitude)的陣勢，呼啦啦登場，轟隆隆上陣，一霎時，叫巴黎底朝天，讓世界傻了眼。——「革命啦」！這是時代最強音，心底的吶喊，新穎而酷烈。是啊，小老百姓，歷來只能低眉順目，交糧當兵，不料想不再忍了，翻身了，解放了。瞧，紅男綠女，叫囂乎東西，隳突乎南北，「暴力私人化」了。於是，大街之上，革命洪流與革命鮮血同時迸發，一併湧流，叫海水漲潮，把太陽澆滅。

　　革命要有理據，對立面不可少。因而，但凡宣判為「反革命」，則刀起頭落，向革命獻祭。動搖分子，形跡可疑，宜早防範。處決和濫刑沿街展開，蔚為革命的狂歡。屍骨成山，全民的熱情一轉眼變成徹地的寒心。鬧大了，眼看再不收拾就不可收拾了，遂有「暴力的國有化」，羅伯斯比爾們駭然上場。「暴力私人化」與「暴力國有化」交替登場，幾經拉鋸，是為大革命也，總以人頭獻祭！

　　結果，不僅沒有結束暴力，相反，暴力的組織化造成了政治之整體性恐怖化。——革命必然連帶着恐怖，是革命彷彿遭受的詛咒，東西皆然。如果說暴力恐怖造就了革命效能，似乎一夜間讓舊制度土崩瓦解，似乎也讓人心隨之皈依，那麼，恰恰是在革命進程之中，革命開始反轉身來，無情吞噬自己的兒女了。——那姓羅的，生人雄，死

鬼傑，一轉眼，沒了。而且，沒了就是沒了。

革命至此走向了自己的反面，導致革命者於反思革命中不得不思忖「革命的軟着陸」。所謂的「二次立憲」遂應運而生。立憲成功之前，動盪還將持續，直要百年之距，方才勢能耗盡，音消響歇呢！積習成勢，巴黎市民動不動「上街」，直到今天好像還煞不住車，真是法蘭西的一大景觀。可是，要是不上街，上不了街，可能，情形更且不堪。

今日回看，説到底，置身大革命，平民其實是在為資產階級而戰。但是，他們聯袂上臺，確乎是一種「新人」。而且，大革命也真的摧枯拉朽，往深裏發展，彷彿無止境，竟至於要改造人性。「共和主義新人」，如同後來的「共產主義新人」，遂成理想人格的典範。什麼「馬達摩」，什麼「魔穴兒」，見鬼去吧，取而代之的是「公民」，一個普世而平等的位格，人人一份，真實而虛幻。

是的，近代自然科學要製造自然，顛覆了上帝；近代革命要製造新人，同樣是將老天爺趕到一邊。它們囂囂然，豪氣萬丈，人世便蕭蕭然，繁榮連帶着貧瘠。而且，革命的深入和合法化，需要自己的對立面，於是製造出「非人」，如同後來的「地富反壞右」。在此，可能法國大革命還只是不自覺地運用了「群眾心理學」，而中國革命則心知肚明，刀法嫻熟，遊刃有餘。「非人」如韭菜，長出一茬割一茬。自己長不出來，就栽培一茬，用前一茬的鮮血和屍骨作肥料。「非人」們煙消灰滅中，「新人」們獰立一旁，笑靨裏蕩漾着血紋，紅豔豔的，波光粼粼。

2012年10月21日於香山飯店

庸常世態下的安寧生活是人世第一要義

　　據說，1990年代中期，中國的政治流亡者海外集會，總有人感喟「怎麼中國到現在還不亂呢？」換言之，政權維穩有效，經濟成果卓著，「革命」就沒有機會了。他們為此而困惑，更因此而急躁。拋開政治倫理思考，此種渴盼革命的激越，真是「脫離了國情」，更且「脫離了民情」。難怪許多華僑反感，海外民運遂一蹶不振。而且，更為主要的是，此一感喟表明，發聲者思想脈絡錯亂，在昧於世情的同時，抖摟出他們理論上的淺薄。——不讀書，無深度思考，革命云乎哉！

　　他們都是熱情的自由主義者，更是真誠的愛國主義者。但是，如同一切自由主義者和愛國主義者均不免於公民理想和國民理想的糾結，彼時彼刻，這群流亡者為了心目中的公民理想，多少貶抑了國民理想，更且放逐了市民理想。或者說，將公民理想的實現手段錯誤地置放於國民理想和市民理想的目標之上。朋友，這個國民理想和市民理想很簡單，很樸實，也很直接，但卻並非那麼容易實現呢，更不容隨意置放，甚或，流放呢！它不是別的，就是安寧生活。辛勤勞作，安寧生活，是億萬眾生的基本生活方式，多數時候，似乎也是一種美好而難得的生活方式。有它墊底，然後才會有公民理想。畢竟，不自由，毋寧死，並非常態之下芸芸眾生的日常精神。而且，衣食無著，何談自由？！

當其時，就一般民眾而言，歷經「運動」磨劫，他們渴盼的是俗常意義上的安寧與和平，最想要的是過日子，把日子過下去，進至於過好日子。換言之，庸常世態下的安寧生活是人世第一要義，也是政治和法律的根本宗旨。由此更上層樓，竟然關懷起統治的正當性了，則立憲民主登場的時刻就逼進了。而立憲民主，在最淺易的功能層面，同樣旨在營造安寧與和平，而且，是在「現代」降臨之後，為萬世開太平也。因此，不管什麼主義，更無論何種主義者，對此不能有絲毫懈怠，亦不容任何基於黨派宗姓之私的搪塞抵賴。倘若此種世態能夠長久維持的話，則自由主義者寧願等待立憲民主時刻之逐漸到來，而非絕然摧折生活本身，才是正道。

　　置此情形下，你要大家堅守政治追求，屬行公民理想，朋友，沒人聽嘛！這便注定你要做也只能做一個孤獨的清醒者嘛！世人皆醉我獨醒，畫欄一線，飛鴻空碧，有啥子辦法呢！

　　告別人世前，茨威格遠在美洲，遙觀「二戰」殺戮，回憶起「一戰」前的奧地利，不禁慨言「那是一個太平的黃金時代」。而且，如其所敘，「這種太平的感覺是千百萬人所夢寐以求的財富，是他們共同的生活理想。唯有這樣的太平世界，生活才有生活的價值，而且越來越廣泛的社會階層都渴望着從這種寶貴的財富中分享自己的一份。」是啊，好像一切都會天長地久，而國家本身就是這種永久性的最高保障。此處需要後人注意的是，一個以世界公民自期的人文主義者，歷經輾轉流落四方的異鄉痛楚

後，似乎才痛定思痛地體認並且承認：「國家」——它催逼出並限定了自己的對立面的世界公民概念——才是包括以世界公民自期的一切國民安享平等、和樂人生的現世保障。

其間的緊張與悖反，何其吊詭乃爾，又是多麼的無可奈何！

朋友，其實不怪嘛！家國天下從來就是一種多元一體的結構，需要安頓芸芸眾生及其紛紜心志，所以才這般牽腸掛肚，剪不斷，理還亂，才下眉頭，又上心頭也。

貪腐橫行。山河蒙羞。竊國者侯。底層打工者度日如年，食物鏈頂端紙醉金迷。一位加藉華裔教授回國探親，大聲質問：「為何不趕緊暴動，你們這群懦夫？」暫不論是否懦夫，以及怯懦幾何，但在下確實毫無暴動之衝動，卻是真的。想到好不容易熬過長夜，這才吃飽飯、剛過上兩天安寧日子的家人鄉親，更想到暴動過後任誰也無法保證弊絕風清、天堂降臨，遂有此聯想，敷衍成文，聊作回應。

要不，你把那國的戶口扔了，先回來，哪怕動動嘴做個榜樣看看如何？！

2013年1月2日於清華無齋

人性與惡法

　　一位法科生，好學深思，問我兩個問題。一是依據人類理智而非透過上帝之眼，特定國度的既有世俗法制，不管叫「法律」、「法規」還是「條例」，究竟是善法抑或惡法，本身便已存疑。所謂的《憲法》，俗稱「根本大法」，究其根本屬性，得為善還是惡，怕也不好說。另一方面，即便如此，現實生活中的種種惡法，其之為惡，就在於違背《憲法》或者憲法。它們比比皆是，甚至每天都在發生，同樣是明擺著的事，毋庸諱言，無法閃避。從而，其於反面說明，既有《憲法》可能恰恰違背了憲法，只是個擺設，紙面上的存在。事實上，就維續專政而言，若無槍桿子，則了無效用。從捍衛民權來看，憲法口惠而實不至，奈何。而且，縱然有效或者多少有效，但同樣每天都在發生的司法與執法之偏離《憲法》文本，乃至於公然違法，假公濟私，早成家常便飯，它同樣還是奈何不得。有位著名調查記者觸犯了權貴既得利益，即遭司法機關以合法名義拘留，便為一例。除非立憲者本身從始就無坐實憲法的誠心，弄個紙本本糊弄玩世，否則，只能說明政體無能，公權窳敗而乏力，縱便極權鐵桶，亦有短板。更何況等因奉此，告朔餼羊，革命體制終究懈怠為官僚科層。凡此種種，必須慨然正視，無法以鴕鳥心態搪塞，也不是用「不塞不流，不止不行」的禪機就能打發得了的。

　　另外一個問題涉及人性，一旦引發開來，眾口喧嘩，

五內僨張，剛入大學的「新鮮血液」最為津津樂道，而陳詞滾滾，濫掉滔滔，卻又恒舊恒新，無舊無新。——呵呵，哲學本無家，每個人都是哲學家，提出根本之問的小區保安是首席哲學家。該生感慨，人類之為動物而又區別於動物或者其他動物，便既有獸性，也有人性。人獸一體，在於我們脫離自然不久，尚未全然文明化育。獸性展示了人類原始的慾望，而人格分層，個體平常表現出來的人格，一來基於己身慾望，二來遭受道德法律約束。公民作為立法者而守法，因為立法而守法，意味着人性的文明化，適為一種豐滿圓成的人性。在此語境中，「我國目前的法律對於人格的影響到底是在哪個層面呢？」

　　說實話，雖經上述文字整理，我對他的問題依然尚未完全領會。新鮮血液，甫脫高中，大一相當於高四，敢於表達，而將心中苦悶囫圇道白，就很了不起。教師的職責便在於抽絲剝繭，披郤導竅，理清其心緒，安頓其情緒，再引發其思緒，最終得出個頭緒。當然，其大致心意及其疑惑，我還是理解並多少感同身受的，但在努力牽引向理性分辨之際，深感語言乏力，我們困陷於表達的牢籠。

　　是的，「新鮮血液」的疑惑牽扯出紛繁頭緒，提供了諸多話題。人性人格、善法惡法、《憲法》憲法，法律法規，以及調查記者及其因調查而拘禁與對於拘禁的調查，不一而足。所說調查記者是我的熟人，一位學生輩而誼兼師友的人物。其遭縲絏之厄，匪夷所思，而於極權專制邏輯，卻又順理成章。在此，該生深感困惑的是人類之為一種世俗存在，其日常言行起居，撒掃應對，究係基於獸性

還是人性，是出於自我實現的本能還是追求「高大上」的憧憬，抑或後者也不過就是前者，是前者的文飾化，正表明「認識你自己」這句箴言所揭示的人性深層不安及其激蕩起伏的理性追問，開始在此特定個體心中發酵，而情非得已，情見乎辭。個體有別，情境迥異，但遭遇生之困惑與死之迷茫，卻一般無二，而千山萬水，席天幕地。至於體會深淺，能否發箒心曲，端看有無慧根，並恃願力強弱，有待於語文作育。該生提問說明他心中苦悶，演繹為腦中問題，借助言辭脫口而出，變成對我的提問，早已超出獸性，適為一種彼岸超越性。在此，交談將世界轉圜為言辭，並建構起賴以存身的家園，也就是世界。世界虛幻，存在於言辭，借言辭現身。身役教書匠，唇乾舌焦，處心積慮，既在盡一介教書匠之責，同時好像把自己模擬化成了傳教士，同樣基於人心無遠弗屆的超越性，及其賦予人心的良知良能，所憑同為言辭也。

陽光普照，總會曬到我身上；千江流淌，隨取一瓢飲足矣。而言辭有情有義，賦予我們存在與對於存在的感知，世界由此獲得了世界性。

說立法因違背《憲法》而成惡法，所謂「非法之法」，等於隱含了這樣一個判斷，即憲法至高至善，自足自洽，作為基本規範，其本身不可能有錯，亦超出善惡判斷。逮至蛻身現形為《憲法》，則只要違背《憲法》即意味着立法趨惡無善，遂成惡法。此於一般法律規範主義立論，並無大錯，可問題並未到此結束。吾人明白並確知，雖說憲法至高至善，但《憲法》卻是人定之法，立法者在

此轉手立法機關，如同上帝之手總要顯形為凡間的機緣巧合，因而，其之可能不過一具惡法，不難想像。想一想1936年的蘇聯《憲法》，一切了然。僅就國朝建政以來，自1954年至1978年曾有過的三次立憲，尤其是「75憲法」與「78憲法」，細審其文本，尋繹其思路，其荒唐畢現，不言自明。階級鬥爭立國，專政經緯，黨天下蹂躪天下，而萬民輾轉溝壑，這樣的立憲，本身已然天良喪盡。置此情形下，所謂《憲法》本身就是惡法，夫復何言。因而，以惡憲為據而推導立法為惡，彷彿負負得正，吊詭也甚。

或曰，人間法律之為惡法，是因為違背了立法者的德性和政治誠信，既失察於人性，又違背了人情，反親親而立尊尊，於是乎造成法律之不法。

這確為一條致思路徑。我們這代人，此刻五十來歲。少幼生逢極權當政，雖免於戰火連天，卻難避連連「運動」烈焰騰天。十來歲，所謂豆蔻年華，正是長身子的時候，和平年月，卻饑寒交迫。記得1974年、1975年，連春節也不讓過，說是「封建迷信」。清明自然亦不准焚香掃墓，中秋則為封建主義人性論的餘毒。凡此規定，違迕人情天理，傷天害理，其為惡法，一目了然，卻曾經大行其道呢。如今清明中秋放假，春節逍遙，容忍傳統民俗風情，順乎人意，可謂善法，其實也就是不再作惡而已。

以此拉雜告謂該生，彼此彷彿心有靈犀，卻又似乎遠隔萬水千山，終究不了了之。不過，都從交談中感受到彼此心意，觸摸到交談所觸及的這個世界的纖細柔軟，原是人心惟危，人性惟微，存在的深淵深不可測，從而都表態要學

好漢語，方能化育己身，坐實世界，也算是一大收穫。

　　不過，這是基於人性中的哪個維度，關涉的又是人格中的哪個層面，就不明所以了。嗨，無妨，與其昭昭昏昏，雲山霧罩，不如抬頭望天，以錐指地，那混沌蒼茫，一意徘徊，才叫個美呀！

2014年8月於無齋

立法非同治學

與一位出身官宦家庭、雄心萬丈的法科學生的對話

　　通常所謂「立法者」，至少含括世俗與超越兩重含義。閣下就學上庠，有志未來成為「立法者」，可謂心胸遼闊，志向宏博，未曾辜負青春爛漫。本來，就讀法科，涵養四載，就在於訓育未來的立法者。至少，這是法科教育的指向之一，而為共和國養育棟樑。不過，因着存在上述世俗與超越兩義，而其間差別霄壤，神俗立現之下搖搖晃晃的是億萬眾生的飯碗，故爾，似有分辨的必要，也算是為閣下萬里征程先奠一磚。

　　是的，你對「訓育」一詞不悅，反感，直認它將學生置於低階被動之地，可教育就是訓育，經此歷練，你和你們，才有望小鳥出籠，展翅翱翔，則教師老鷹據巢，餵食導航，佔據主導一方，堪為「硬道理」，不管你欣喜還是憎惡，高興還是不高興。超人無需此種磨礪，機緣巧合，橫空出世，常人則難逃此厄，如果說它是生命之厄的話。好在既然大家都是常人，騰挪不離常規，那好，我這個教書匠，就來嘮叨嘮叨你志業宏願中的「立法者」吧。

　　朋友，假如你心中的「立法者」僅指從役世俗「立法工作」，擔綱某個層次立法機構中的一員，則勞動分工格局下，朝九晚五，勞心勞力，既是一份職業，也是一分志業。循級而上，要死要活，拼死拼活，更且蔚為天職。以中國而言，世俗的立法工作例屬各級「人大」或者政府

的職責。「立法人員」，一個普通螺絲釘，一介肉身，輾轉其間，其工作與功業，有限而又無限。觀俗立法，體認人間法度，而抽繹、落實為人世法律，臨淵履薄，兢兢業業，則勞心勞力，功業連着功德，苦樂盡在其中矣！

假如閣下是在超越或者隱喻的意義上使用「立法者」一詞，誓為人世督學和人生導師，希望藉由運作實際權柄而指點江山，啟蒙眾生，為人間定制立規，將「領袖」和「導師」內外勾連，則愈是言之鑿鑿，浮想聯翩，恐事與願違，而可能為禍愈烈矣！蓋諸神皆隱，暝暗天空下凡俗的世界，熙來攘往，吃喝拉撒，最怕的就是高高在上的主宰式教諭，最需避免的不外救世主式的乾綱獨斷。你可能會說立法是政治的程序，而政治就在於決斷，但那是非常時刻的非常之舉，並非時時刻刻、朝朝暮暮的事兒，碰不到幾回的，更不能刻意製造出來的。故爾，不能以此異常來為平常說項，心心念念變平常為異常。改天換地，傷筋動骨，甚至血流成河，哪能天天上演！?

你提到「四句教」。是的，響遏今古的四句教，「為天地立心，為生民立命，為往聖繼絕學，為萬世開太平」，主要指向精神世界的無遠弗屆，並非一意於事功的盛大，亦非「成功」意義上福祿俱全，更非撥弄人間，強迫人家自由。而且，除非開天闢地的立國立憲時刻，否則，庸常世態下，立法例屬一種小心翼翼的精細作業，最忌宏大願景；立法過程討價還價，瑣碎而庸煩，最為需要的恰恰是庸常的協調，一種技藝。而立國時刻百年一遇，甚至千年一遇，若以「四句教」懸鵠立法，難免用人世做

試驗室，而以億萬肉身當小白鼠。——那時節，老天爺，狂風暴雨之下，凡俗眾生還怎麼活！

此時此際，秉此思路動用權力，閣下要麼是一介狂人，要麼就是一名精神病患者，因譫妄而發狂，為自卑所困擾，更可能因為現實不恪理想而動怒，遂以自大來遮掩，用蠻幹代替實幹，終以傷害眾生來排解。君不見，古今那些年裏，這些玩兒大的，若韶山潤之，如斯拉夫斯魔，盡皆如此，禍莫大焉，痛莫大焉。人世混到今天，可以看到的是，但凡大權在握，藉公器以逞己志，汲汲於改天換地，「談笑封侯，雍容謀國，看掀天功業」，而以「沉舟」「病樹」睥睨普羅大眾，視以為確定歷史進程中的元素，待之以鐵一般規律下的卒子，便是最為恐怖的時刻。千帆競發，萬木蓬勃，天道有常，容不得蠻力，我的朋友。

君不見，萬民為芻狗，山高月小，興廢兩悠悠，還有什麼道理可言。

不過，假如閣下志在成為一名學者，以學術為業，以思想為業，做這份工，如同牛頓柏拉圖，如同孔孟程朱，意指這一意義上的立法者，則「四句教」恰屬心智，當為心志。這不，其所鼓蕩起來的超越心性，「決定、肯定、必定和一定」，是將你渡過無邊苦海，而駛向理想彼岸的一葉扁舟。無此心性、心智和心志，斷無可能養育出偉大學人。尤當此世，犬儒橫行，鄉愿當道，以此勵志，而為青春揚帆，好一個盎然的生命。在此意義上，為人世謀劃，為生命立法，盡一己本份，不算過份。——不過，

須當恪守最低限度之「持之有據」，待生命以莊敬，視生民若己身，總以吃飽穿暖、免於恐懼為務。否則，思逞八極，狂飆突進，甚至於胡謅海吹，信口雌黃，精神的錯亂可能招致人世狂亂，豈非書都讀到脊樑背去了！

所以，問題不在是否以「立法者」為志，而端看心智和心志指向何方，你想做的是一個什麼樣的「立法者」，意欲成就的是哪一種意義上的「立法者」。閣下陳言此間彷彿涉關靈肉，説對了。的確，法意連通人意，就是人意，而人意從來就是在靈肉中打轉，於輾轉兩頭備受煎熬的旅程裏體悟生命的誠實與虛無。所謂生命之為一個實存的意義，那一點兒意義，不過如此。尋尋覓覓，也只好如此。

在此，法律不僅是一個規範體系，而且是一個意義體系；所有的法律都要形諸規範，而無論規範還是生存本身，其背後一定隱含着特定價值理念，訴諸具體意義追求。也就因此，譬如，現行《憲法》規定共和國實行男女平等政策，施行九年義務制教育，保障宗教信仰自由，則在「男女平等」、「義務制教育」和「宗教信仰自由」這些憲法規範背後，潛藏着政教分離、政治的開放多元與寬容平權、思想言論和信仰自由等一系列價值理念和意義取向，蔚為憲政的意義秩序。其裏外是一回事，其知行又是一回事。但是，不管怎樣，它説明法律從來不是乾巴巴的僵死的教條，相反，其以價值、信仰和精神作為自己的意義支撐，合二為一，而蔚為規範體系與意義體系的綜合體。它們協和不悖，共處一堂，才是法律，或者，才可能是有效的法律。

故爾，靈肉之爭，演變為法律規範深層的諸神之戰。何去何從，立法者存乎一心，情見乎辭，真正是動靜之間，牽連着千門萬戶的鍋碗瓢盆啊！

　　此時此刻，立法非同治學，治學可能就在立法，則身處蒼黃翻覆之蒼涼人世，徊惶於生滅旦夕之倉惶人生，仰看蒼天在上，縈念蒼生於心，而以蒼勁悲憫應對，一切小心翼翼才是也！

　　你說呢，朋友？

2014年5月於蘇州旅次

歷史自身就是目的，可是，還另有宗旨

　　柳詒徵先生喟言，「歷史之學，最重因果」。所謂歷史，不外人事與人世的時間過程，而且，一種有意義、有價值並蘊涵着合理性的時間過程。因此，「人事不能有因而無果，亦不能有果而無因。治歷史者，職在綜合人類過去時代複雜之事實，推求其因果而為之解析，以昭示來茲，捨此無所謂史學也。」柳先生夫子自道，以世界之大與人事之繁，史學既需綜合其殊，「以觀其通」，然途徑卻在於考鏡個別，「以覘其異」。因而，其治國史，一則辨不同文明之軌轍，求人類演進之通則；一則就民族全體之精神所表現者，廣搜而綜觀，以明吾國獨造之真際。綜其一生，耕耘不輟，柳先生遺澤後學多矣！

　　那邊廂，意大利史家克羅齊回溯近世歐洲歷史主義之興衰轉折，論列史學之志，舉辨兩脈。一以「歷史是生活的導師」為鵠，倡說歷史是人類的教科書，蔚為人事和人世的繩範，因而，史學之目的在自身之外。一以「理述既往並理解過程」為格言，主張歷史自身就是目的，而無慮乎資治與用世；歷史既非牧歌，亦非悲劇。因果既明，體認在人，乃史學身外之事了。克公一生治史，闡說歷史哲學，此間發論，概乎尾緒也。

　　若以克公理脈觀之，則柳先生似主「歷史是生活的導師」，推求因果，讓今人明理，為後人計劃。換言之，在他眼中，雖說人世錯亂荒唐，彷彿一切皆為偶然所宰制，

但冥冥之中，確有必然，一脈理性貫通。剔除表象，內在脈絡昭然，歷史精神迴腸盪氣。因而，無論是創作《中國文化史》，還是撰著《史學要義》，作者無不秉此慎終追遠之心，而飽含文化情懷，也就是因為目睹世界悲苦而充盈之人事掛念。柳先生自述，史家置身歷史脈絡，「繼往開來，所宜擇精語詳，以詔來學，以貢世界，」可知抱負和包袱皆在於此。是啊，倘若無此憧憬，則面對紛繁過往，直面人性的糾結，豈非下筆而驚心，尺幅未竟就已痛絕矣！

其實，克公縈念同樣在此，否則不會撻伐直覺知識的歷史觀，堅決反對將非理性引入歷史觀察，對於德國同行邁內克的文化民族主義史觀亦且多所抵牾。在克公眼中，歷史是一個理性的過程，歷史主義是一種邏輯原則，具有「明確普世的邏輯性」。不寧唯是，在他看來，「我們的歷史就是我們的靈魂的歷史，而人類靈魂的歷史就是世界的歷史。」就是說，人類歷史是一部浩瀚的精神現象學，理性一脈貫通，理氣淋漓。進而，置此場域，歷史作業無法迴避政治和道德，必須講述一個有關公義的故事。在「作為思想和行動的歷史」這篇長文的結尾，克公的闡說儼然一份「文以載道，史志是非」的絕佳文本。作者壯年命筆，筆走風雷，不料收束之際，居然將一切歸為「道德」，其思頓挫，怪而不怪，恰為其邏輯理性之必然結論。如其所言，「在歷史的某些時代、某些時刻，人們因為痛失自由，憤懣無極，乃衷心呼號，表抒黯淡心志，怨咨恨愛情仇……其之所言，既非哲學真理，亦非歷史真

理，更非迷思夢囈，毋寧，乃道德意識之運動、演進之史也！」就是說，「歷史時刻」(不是慣常時間)湧發的問題意識，圍繞着它們所生發的恨愛情仇，對於它們的迎拒與趨避，道出的不僅是歷史真理，當然與科學無關，毋寧，關乎道理，並表明道德體系內部產生了巨大緊張，昭顯着人類道德意識的不屈不撓。

只不過，在柳先生筆下，這個「人類」是普世人類，無分畛域，無分人種，無分文明類型。因而，其之縈縈念念的是明示因果，「以貢世界」，祈求普世啟明。而在克公眼中，「東方」無足掛齒，抑或，根本尚未臻達文明之境，可謂偏見而無知，失察兼失德，恰相違忤其所標榜之史家理性主義品格。一方面，他認為「促進並豐富歷史文化的熱忱，小心翼翼地防備它被玷污，與此同時嚴厲譴責那些壓制、歪曲和敗壞它的人，正是基於它的崇高道德與政治品格。」另一方面，卻指認「通常東方被格言式地和簡單化地視為西方的反題」。因而，在另一篇論文中，作者寫道：「全部科學、全部歷史文化，尤其是精心構建和名副其實的歷史文化，都同維護並擴展人類社會的積極的文明生活的普遍需求相聯繫；當缺少這種推動力時，歷史文化就極其渺小，正如人們在東方各民族那裏所觀察到的那樣。」

其實，早在1784年，康德六十歲時所寫的「世界公民觀點之下的普遍歷史觀念」一文中，就曾指謂除開希臘的歷史，其他各個民族的歷史多半未能成為真正的歷史，因而，「凡是生活在此之外的各個民族，其歷史便只能從他

們加入到這裏面來的那個時代開始算起。」可能，西方列強對於亞非民族的征伐與滅絕之果，正是導源於古今康德、克羅齊們的認知之因，雖然諸因紛陳，多管齊下，他們只是這部大型合唱中的一個聲部而已。倘若講道理，史學就是講道理，則公義何在？道德在哪裏？柳先生說，「憑短期之觀察，遽以概全部之歷史，客感所淆，矜餒皆失。」今日放寬歷史的視界，可知歷史視野常常還是一種空間感覺呢！愛琴海一彎明月，光被四合，越遠越黯矣！

這樣說，區區肯定要遭人痛貶。可是，不打緊，這可以印證克公的一句明言，「一切歷史都是當代史」。

柳詒徵生於1880年，逝於1956年，中國人，東方人。克羅齊生於1866年，卒於1952年，意大利人，西方人。有人說，西方社群中，論品性論趣味，就數意大利人和中國人最為相像了。

是耶？非耶？講不清楚。不過，他們都愛吃麵條，基本上都認識馬可·波羅。

2012年10月5日於舊河道傍

不讀史，等於文盲

　　西洋史上的現代早期，發軔於地中海西北岸，大約從意大利始，遞次北達，直抵荷蘭，以拉丁民族和蘇格蘭啟蒙運動為主，造就了一個「地中海文明」，與古典地中海文明遙相呼應。所謂文藝復興與啟蒙運動，主要繁衍上演於此時此地。再經拓展，盎格魯－撒克遜族群後來居上，節制而貪婪、果敢復審慎、立足本島卻無遠弗屆，某些時候，不妨說卑鄙無恥卻落落大方，終於將地球連為一體，形成全體人類大空間秩序。

　　其間，猶有甚者，其之強毅力行，拓殖美洲的結果是將祖國文教位移，等於跨洋再造了一個超大規模的英國，風騷獨佔，而終於形成了大西洋兩岸聯手宰制全球的百年格局，蔚為「大西洋文明」。

　　晚近半個多世紀，東亞、東南亞和南亞急起直追，尤其是中國巍然回歸大國行列，造就了一個西太平洋環狀繁盛景觀。於是乎，兩岸隔洋遙峙，乃至有「中美共治」一說，可謂「太平洋文明」時代駕臨。其實，當年日俄大戰，日本以小搏大，直至與老美開戰，作死，而華夏九死後生，躍身五強，就已然開其端緒，只是不如今日這般，眼看東西格局彷彿正要上演三十年河東復河西的活劇了。

　　晚近四百年，風雨交加，血淚縱橫，屍骨如山，但卻財富暴增，人口爆炸，演繹的是小小寰球三大文明時段接續連綴的折子戲。觀其流轉，論其理脈，的的確確，概莫

如此。雖説太陽底下無新事，可這繽紛五色，波委雲集，恍兮煌兮，還真看得人頭暈眼花呢！

筆者遠眺近觀，能近取譬，沉吟思忖，自謂對此多有心得，甚至，以獨家孤見自鳴得意。春雨微吟，秋夜酒闌，時不時沾沾自喜。究其實，終不料，不過閉目塞聰，坐井觀天。

這不，整整一百又十一年前，西曆1905年，光緒三十一年，歲次乙巳，一位署名箬夫的作者，即已在《之罘報》發文，題名「論文明潮流循環」。作者指認，數千年間，文明自西亞而歐而美，並將復歸東亞。其之蔚為潮流，歷史命定。此亦非它，就是「地中海文明時代」、「大西洋文明時代」和「太平洋文明時代」。

哎呀，呀，呀呀，呀呀呀……

午後斜陽，晴窗捧讀，展卷「潮流意識的興起」。作者趙兵博士，文載紀霖宗兄相贈「知識分子論叢」新刊之《中國啟蒙的自覺與焦慮》，始知箬夫雄文，當即汗顏。

兩年前暑天，滬上聚會，想到以「敵人」為題，合群研討，同樣曾經欣欣然也，陶陶然也。今年四月，得友朋相助，終於擇址太湖之畔，圓此美夢。散會歸來，整理論文之際，這才看到志勇博士發來左高山博士新著《敵人論》書影。同時同代，而資訊阻隔，不是刻下信息機制有礙，實乃自家心思遲鈍，則獨學而無友，必孤陋而寡聞，三人行必有我師，——朋友，凡此種種，古人不予欺也。

卻原來，啟蒙是一場終生不懈自我解蔽的漫漫長旅，而且，是且必定是代代接續、行古志今的理性自覺。也

唯有代代接續，唯勤唯謹，澡身浴德，方始有成。稍有疏忽，即墜冥暗。可能，人而要做人，清楚嘹亮卻如蟻負山，似臨似履，其因在此，而悲欣交集矣。

不讀史，昧於思想的燦爛進程，等於文盲，看官，你我他，得瑟個什麼。

2016年5月16日，於故河道旁

理論願景

當今中國，自由派人士對於國族未來，尤其是它的政體之維，多少皆有願景，表達為理論梳理和行動綱領，其犖犖大端者就是立憲民主與人民共和。其所糾結者，是當下沒能把它體制化；其所汲汲於行動的，不過就是在體制安排上兌現這一綱領，將願景變為現實。

相較而言，文化左派和理論左派似乎並無浩遠願景，因為在他們看來，有關文明復興和優良政體的願景已由當下的「中國模式」變成現實了。的確，衷心期許的既已實現了，則願景不願景的，少囉嗦。

就此而言，不妨說他們欠缺一點想像力，好像也不太鍾情理想主義。至於說到人至老年，往往變得和氣一團，可能確實如此。事實上，包括猶太教民，這麼一個強悍的民族，許多強項剛烈者，到老了，也是洵洵蕩蕩。1970年代，美國的批評法學幹將們個個勢如火烈，你看現在的他們，撐持下來的，多數都是溫文爾雅的學者，大哥二哥麻子哥了。可能，這也是一種人生境界，圓熟的人生。若此，青年時代衝鋒陷陣反傳統，「搗毀孔家店」，老了卻講儒家的孝道，不奇怪，也是可以理解的。

但是，不管怎麼講，也不論講什麼，以此在人生就是圓滿當下的佛學意旨，偷樑換柱，涵攝並訓諭刻下中國威權體制的正當性，也忒有點兒那個什麼了吧！

2013年1月16日於北大

話語層次與生活世界

　　説到自由主義宣諭，則其話語至少含括三個層次，雅俗有別，各有分工。

　　一是自由主義學理語義體系。此一層次重在抽繹學理，演示義理，而形成體系化的概念和義理的金字塔，最為凝練而抽象。其神在雅，其力在理，而歸結為學院派的工作語言。歷經滄桑，相諭共守，它們早已成為現代學院知識勞作中的家常便飯。

　　二是自由主義政治動員話語。其將學理話語轉化、稀釋為平常的講述，多半是一種公共討論的表意系統，甚至是一種媒介類用語。所謂公共知識分子日常撰著賴以憑藉的工作語言，多半限於此一層次，可謂流口長談，連篇累牘，不少琅琅上口呢！

　　三是自由主義的廣場話語。它們多半歸結簡化為一系列標語口號，而且多半是家喻戶曉的條目，如人權、平等、公正、自由，等等。有時候，甚至不避俚俗，直指人心，流膾人口，極具煽動裹挾力量。

　　那一年，幾十萬人自願餓肚子，七天七夜。街頭演講，遍佈大街小巷。其中一處，教授學者宣諭義理，民眾景仰而懵然。草根登臺，囁嚅半天，臉紅脖粗，終於憋出一句話，如火山噴發：

　　「他媽的，我們過的是什麼日子！」

　　一時間，掌聲如雷，聽眾山呼海嘯。

看官，自由主義話語如此，其他的主義們，林林總總，也大抵如此。其中，「打土豪，分天地」，其聲囂囂，其勢矯矯，將政治動員和廣場話語發揮到淋漓盡致、登峰造極。其他的主義們，此時此刻，個個丟盔棄甲，屁滾尿流。

　　是啊，所謂「共識」，本質上是一個自由主義命題，或者，社會民主派命題。如同對於多元與分歧的常態性的主張，同樣是一個自由主義命題。基此，進而主張全體公民立基於共識與多元而和平共處的政治方案，同樣是一種自由主義立場。可是，所謂與異己共存，或者，與敵人同活於這個世界，可能更多地是一種思想修辭，而非真實的生活經驗。既然如此，那麼，真實的生活世界共享的經驗是什麼呢？如何將它們凝練、上升為話語政治呢？

　　卻原來，「生活世界的分享的共同經驗」其實等同於「人民群眾的生活經驗」，而後者的經義在於，或者，不少時候在於：

　　「他媽的，我們過的是什麼日子！」

2013年11月27日於香港中文大學

克制是一種道德力量，也是理性的優美

　　秋風教授成立儒教基金會，一干新儒家，真真假假，充任理事。可能，感覺儒門自當開放包容，不缺現代意識，而在他們眼中我是「自由主義者」，並有「儒家情懷」，於是，吆喝我去掛名理事。理事多半無需理事，大致明白事理即可，在下樂意湊數。於是，欣欣然也，陶陶然也。其實，區區定位於「文化保守主義，政治自由主義」，從未感覺它們有什麼扞格不鑿，則儒家法家，保守還是自由，無掛無礙也。

　　說來有意思，近年不少人自號儒家，舉手投足，呼朋引類，彷彿教派，其實都是後現代。其間人物，頗以儒義高自標立，一旦儒家來儒家往，便似乎有些真理在手、不可侵犯的氣象。如同那基督傳教的，你若表示點兒對於耶穌老爺子的不同看法，立馬跟你急，末日審判一類的威脅便上來了。天地精神攬聚吾身，於是，架子大，樂於宣諭，不屑於討論，似乎成為以教派自恃者的通病。可在一般人看來，這便缺乏平等溝通的交往理性，而與文化專制主義脫不了干係，連我也有點吃不消呢！可問題在於，儒家不是教派，儒教其實不是教嘛！再說了，連個待人接物的基本禮節都沒有，坐無坐相，站無站相，滿口穢語，還儒家儒教呢，誰信你呀！這不，自稱「我是一個儒者」，偶爾謙稱「學生輩」。可臨到開飯開會，從無禮讓，逕直往上一坐，沒大沒小，連點規矩也無，可見骨子裏了無儒

者氣質。——無論是自由主義對於個體人格的設計，抑或儒家禮數的做人道理，好像都不是這麼個套路。

由此不免聯想，自由主義遠道舶來，儒家義理本鄉固有，各持理據，發育滋長，是今天中國社會兩股重要的思潮。於家國天下言，兩家各擅其用，也當各展其長，皆有其位。再說了，歷經百年生聚，自由主義亦且落地了，早成中國現代思想的重要組成部分，哪裏還能老是「舶來」「舶來」的對待人家。不過，其間確乎尚需溝通，則如何貫通，懸而未決，非待高人大德不可。事情明擺着，一方面，倘若自由主義無力吸納本土文明重要資源的儒家義理，則此自由主義無根無底，了無文化正當性，也就無力量，空托言辭爾。有心有志的自由主義者，實在無法迴避矛盾，而堪為重大課題矣！另一方面，儒家倘要復興，對於包括我們這些既於儒家抱有同情，同時又傾向於自由主義理念的人士發揮感召的話，必得以平等精神上場博弈，在論辯中獲致認同，進而發揮思想的力量。其中，包括但不限於採擷自由主義普世價值以因應時勢，強身健體。否則，故步自封，無說理辨析之功力，則儒家義理結構未能更新換代，前程只能是自我滅亡。其不惟缺乏實踐性和可操作性，而且有違人心大勢，不具備正當性，充其量不過是自說自話罷了。

周文漢制，大致概括了兩千年古典中國文明的「文」與「質」。漢承秦制，由此一舉奠定中國的典章文物。一個文教體系，多元宗教格局，庶幾乎道盡古典中國的文化班子。直至今天，雖說立憲民主法治共和喋喋不休，也有

百年實踐，其實中國大體上還是秦漢體制，老骨架子未散呢！回頭一看，有秦一代並未解決權力的穩定性和統治的再生產問題，特別是未曾整合和提煉出一套深具歷史感與正當性的意義體系，需待有漢三百年這才提供了切實答案。今天倡說「文明重建」或者「文明復興」，撇開西洋文明東漸這一因素，此間轉折，實為初始條件也。

若此，戰國至秦漢，數百年間，蔚為中國的第一次大規模轉型時代。今之轉型，所謂的「歷史三峽」，實即「秦漢」之翻版。處此時代，一個「創造的時代」與「正在創造的時代」，首要建立文化秩序，隨後奠定政治秩序。秦漢朝代國家的出現，以郡縣體制縱向結構和帝制一統，大致框含下了文化秩序，兜住了政治秩序。費時費力，七、八百年砍砍不息，充盈着「古今之爭」，也有「中西之爭」。——政治秩序，意味着政治而非僅僅政制上軌道，最是要害。

晚近兩百年，中國再度被迫進入一個「古今中西時代」，也是文化創造的時代。既是文化創造的時代，則所謂的「中國時刻」應當是一個建構性概念，以開放為特徵，恰恰需要尊重多元異質因素，在汲取多種資源的尋覓、建構進程中，讓自家的資源厚實起來。舉凡自由主義、民族主義、共和主義、資本主義和社會主義，儒釋道耶回，金木水火土，彷彿都有觀摩、借鑒的必要。因而，自我克制，採擷多方，特別是要摒棄惟我獨尊的道統心態，方始有望復興成真，蔚為多元中之燦爛一元也。有人嘷言，歷經一百多年的詆毀、批判和劫難，儒

學和儒家無論說什麼均可理解,亦得容忍。但是,若以自我克制來彰顯思想力量,較諸惟我獨大,豈非眼界略高,而更勝一籌矣!?

　　如同寬容,克制是一種道德力量和精神自信,也是一種理性的優美。

2012年12月15日下午,
草於北航「世界歷史的中國時刻」會場

文質彬彬

手邊一冊《漢語成語詞典》，64開本，掌上書，隨用隨查，即用即引。有時無事翻檢，考考自己還有多少成語不懂，結果汗顏。成語、習語與典故，積久乃成，為文明華服之扣眼與領袖。言事說理，千言萬語，有時候比不上一則成語，點金解頤。

把玩既久，封面早已不知去向，而四角卷邊，已非本色。書脊破落，似乎隨時準備如老大帝國晚年般頹唐解體。讀書若癖，非蹂躪至此，不足以言愛也。

今日無事，又翻詞典為樂，「文質彬彬」四字躍入眼簾。尋常詞目，隨意瀏覽，不料逮至最後一句，一驚。

釋義如下：

文：文采；質：實質；彬彬：指文和質配合得很好。形容舉止文雅，態度從容不迫。語出《論語·雍也》。現在有時用於貶義。

據版權頁，此書由上海教育出版社1978年刊行。「凡例」介紹，「共收成語約五千五百條」。當年出版，油墨鉛印，手工檢字，耗時費力。而印前編審，尤其是審查，一如今日，更要過三關斬五將。一般情形下，以兩、三年為週期，例屬常態。由此推測，此書編寫時間當在1970年代中期。扉頁鋼筆字跡，歪歪扭扭三行：「一九八三年九月

二十三日　於展覽館　章潤」。書價一塊七毛五，不菲。

由此，則釋義中的「現在」，是那樣一個特定時段。

是的，當此之際，「文質彬彬」還真的就是貶義呢。猶記得，只要用此四字，便意味着語含譏諷，等於將你排在異己之列。逼急了，孜孜於獲得認可的讀書人，也只好成天「他媽的，他媽的」。如此一來，便成自家人了。此種情形，如同曾幾何時，乃至於直到今日，只要説，「哦，他呀，業務不錯，就是有點兒個性」，同樣意涵貶義。

鄉愿遍地，不能容忍稍有差異，遂皆諾諾之徒，遍地取巧之輩。

本來，性情中和，儀禮得體，歷經磨礪而後成，非經修煉而不得，既要年頭，更需揣摩，最忌虛偽，其儀軌，其境界，恐只少數人傑方始臻達，則正如古人所言，「文質彬彬，德之儀兮，」然後君子。否則，如夫子訓示，「質勝文則野，文勝質則史」，拿捏失當，哪裏擔當得起君子之望。而且，就其切實內涵而言，意味着一種理想人格範型。據此範型，不僅反求諸己，以身作則，而且，意味着對於人際格局中相互尊重、以禮相待等價值的肯定，而這就是人文化成，也就是人生的意義。

偏偏逆此而反，視若草芥，真不知今夕何夕！

2015年8月21日清華園

三種人壞了，事情就遭了

多少次，在和學生閒聊時唱言，天下事，有所謂不能逾越底線者。以常言所謂腐敗為例，官家和商家，總是腐敗多發之地，例屬常態。官商盤踞之處若無腐敗，弊絕風清，等於臭肉之上沒有蒼蠅，那人間且非早成天堂，才真是頭號新聞呢。因此，對於官商的腐敗和腐化，需以平常心看待，不要天真期待至純至美。特別是商賈，或者，現代商賈，腐敗與腐化是他們的特權，正大光明呢！換一種說法，叫做「成功」或者「卓越」。

但是，有三種人，腐敗不得。否則，這個社會將趨失衡，人間就會變得一團黑。

他們是教士、教師和醫師。

教師有腐敗的，多半是手上有權的，掌握了招生升學資源，因而，說到底可以歸結為官商腐敗一類。至於師德染塵，等因奉此，甚至吃喝嫖賭，例屬品性有恙，腐化者也。

窳醫的腐化和腐敗，超出了想像。兩年前，洒家為了活命，求醫問診的經歷，刻骨銘心，可以為證。

那峨冠博帶、身居幽冥廳堂的教士們呢？我這個俗人，就不知道了。只知道，正處級的和尚不是隨便什麼人都能當的。

2012年9月21日於清華無齋

沒有「仁愛」二字，哪有核心價值？[*]

在我有限的個人生命體驗中，包括讀古今之書，尤其是梁漱溟先生、唐君毅先生等晚近新儒家的著述，深感中國文明從來都是一種世界性文明，具有普世性，充盈着家國天下的情懷和氣度，而蔚為一種普世性的天下格局。此種所謂天下格局，意味着普世悲憫，對於蒼茫人生的一體同情，而非霸凌世界的政治想像，諒各位不至誤解。也許，中國文明的可貴就在於秉持這一普世品格，徜徉於世界性，不唯我獨尊，更非矯矯於天下唯我一家為正統。所謂華夷之辨，不僅在分別，更在於二者的通融和轉化，了無種族和文化的隔絕。文野有別，但文則文之，野則野之，端在循沿文化而心中向上提澌一線不絕如縷。相較而言，但凡一神論主導下的文明，包括伊斯蘭教文明、基督教文明，尤其是基督舊教，唯我獨尊，絕對排他。只美自家，不容他美，則宗教糾紛不止，而禍起蕭牆，戰爭連連，血流成河。

近代中西交通之初，面對西人宗教之盛，有人感慨，中國因為沒有基督教、缺乏宗教信仰，導致中國文化的世俗主義，乃至於耽溺於斯，不求長進。發展到後來，有「豬的生活」和「醬缸文化」等說法，偏至而憤激，自戕而悲愴，內裏其實極具反省意識、批判精神和自救德性。

---

* 2014年3月13日晚，在人大國學院「儒家復興與中國道路」論壇上的發言實錄，對談者有梁濤、秋風和任鋒。

朋友，究其實，宗教作為人文之一端，打自降臨人間，就利弊畢現。一神論主宰下，宗教戰爭血流成河，將人性撕裂的同時，讓世界不得安生。拯救的修為，潛轉暗蛻，反將人性打入暗夜，成了製造紛爭的業障，真是讓有道之初的大德瞠目。所以中國文明多數時候秉具普世性和世界性，兼容包蓄，從不獨大排他，故為雄健博大、內斂沉靜之自信也。

　談到近代中國的「文化分歧」，則從鴉片戰爭以來，尤其是從1894年以來，中國的知識分子，又尤其是以道統為己任的知識分子，的確，常常多有分歧。蓋因我們所面臨的是「中國向何處去」這一天大的問題，於天塌地陷中鋪天蓋地、經天緯地，能不輾轉反側，而口誅筆伐，而拍桌子打板凳？！由此而豪邁激越，由此而孤憤悲號，例屬正常；由此乃至於血流成河，也是雖所不欲，卻沒辦法的事。今晚我看到秋風悲情很重。可能，一己心智沉浸於歷史記憶，而一己心性縈念於文化復興，則以天下為己任，環視大千，冷暖自知，能不悲從中來！可問題在於，秋風，「中國人民站起來了」，都成老二了，還那麼悲情幹什麼？如果說當年「打倒孔老二」、「砸爛孔家店」，中國文明罹陷分崩之際，此心可憫，此情必然，則今日儒教儒義早已「平反昭雪」，只待用功光大，無需再有「花果飄零」的悲情了吧！若說悲情是為儒學尚未成為國教或者獨享至尊而發，則悖乎時代矣！在下也曾多文化悲情，好在幾經掙扎，我的悲情階段和「1840情結」已經過去了。中

國成為世界老二，將來還有可能成為老大，該有悲情的是他們，我們何必再發悲情呢！

在座的青年朋友，不知有無同感？

此間呈現的一個有意思的現象，也是一個值得並需要永恆討論的問題，就是人性從來都是普遍的，但是人性的展現卻總是特殊的、具體的、紛紜萬方。夫子說，「吾未見有好德如好色者也」。是呀，好色是人的本性，所謂食色性也。至於如何展現，則多所不同。可能大家都看過，在莫里哀的劇本《偽君子》中，達爾杜弗，一個偽君子，好色。好色正常，但是偏以正人君子的形象出現，而於收穫自己所編造的正人君子的道德優越感之際佔便宜，這便「偽君子」了。使喚丫頭款款而來，這位仁兄斜眼偷窺，卻把手帕扔過去，「把你的乳房遮起來，我不便看見。因為這種東西，看了靈魂就會受傷，能夠引起不潔的念頭。」一柳雪脯，如山崩，明晃晃，好景致嘛，遮起來幹什麼？與此相反，還有一種好色之徒，如香港無厘頭電影裏唐伯虎諸輩之「江南四大才子」，見到美女就「哇！哦！」也是一種表達，肆虐而任情直率，放縱卻不猥瑣。秋風，你平時怎麼表達？我猜想你跟他們幾位都不一樣，而別有樣式 ?!

由此可見，雖然好色是人性中的一端，但其展現則千差萬別。所以論及文明的異同和見解之歧異，當年吳冠中先生曾經喟言，我們從不同的側面爬山，所經路徑不同，所見景色不同。冷暖陰陽有別，輕重緩急不同，則在一己感受，世界千差萬別。但是，迄至從山陰或者山陽分別登

峰，則一覽天下，才知道我們分享的是同一個世界。這個世界大千紛紜，卻是一個世界，實際上惟一不二，理一象殊。只不過我們的路途不同，換言之，經驗世界的具體生活有別，這才造就出繽紛世相和世像，而使得世界總是無數的世界。在此，我想借此來喻說，中國文明與他域文明，有如山陰道上的趕路人，其實是在分享並分享着同一個世界。人事如麻，人世坎坷，而世界澄明。事到如今，各位，尤其是各位青年朋友，要有這點自信，沒必要再陷入「秋風式的悲情」。

說到「三代之治」，以及清末以還國人往訪歐美，時有驚呼三代之治早於歐美實現一說，不禁讓我想起1980年代的一則往事。話說一位老將軍，老紅軍，千金和乘龍快婿遠適大洋彼岸，不愛江山愛漢堡。老人憤懑，斥為「狗男女」，「變修了」，「數典忘祖」，云云。逮至愛女生子，接兩老居美，照看孫子，兩年下來，結果老將軍樂不思蜀，居然不想回我大中華了。蓋在他老眼不花觀察，一生奮鬥，所求共產主義，而彼邦已然實現這一夢想，「我還回去幹嗎？」也許，他背叛了自己的信仰，或者，更加欣喜於自己的信仰在彼邦塵世落定。

各位朋友，我們知道，無論歐洲還是北美，抑或這個星球上的任何其他地方，從來都不是共產主義的人間天堂，亦非什麼「三代之治」。但是，包括當年沈家本、郭嵩燾在內，國人為何油然而生如此之慨呢？就在於中國文明所描述的「三代之治」，實際上是樞紐文明時段，中國文明對於人性和人世的至善至美之境，時人的道德想像

力和政治想像力所能憧憬的最佳人間世態，所作的烏托邦描述也。普天之下，不少文明，均有此「黃金時代觀念」也。其為懸鵠，具有永恆價值和超越性。時在樞紐時段，凡此憧憬、嚮往和描摹，至極至大，亙古恆新，充實而有光輝，實為我們這些個此在有限的人類的夢。也許，一種永遠無法實現的夢。我們只能持續憧憬之，可能也會不斷逼近之，但似乎永遠無法實現之。——這真是人類精神的巔峰體驗啊！值此歷史條件和文明背景下，如果看到地球某一端、某一處「繁榮發達」，超出自家文明發展階段所能提供的最佳條件，彷彿達臻此境，則大驚小怪，大呼小叫，美譽為「三代之治」，也就怪而不怪了。

實際上，過日子，過好日子，人同此心，心同此理，千秋萬代，大家都向同一個方向努力。只不過，你先一步到達，我後一步到達，如此而已。後進仰慕先進，身處歷史與未來之間，前後悵惘，遂有此番心路歷程。不妨設想，倘若非洲某一文明也有「三代之治」一說，那麼，今晚正好有位它的子民，一個非洲朋友，走進人大國學館，面對華廈，四維環視，但見「衣香鬢影，掩映霏微」，也許同樣心潮沛然：「哇，三代之治呀！」

值此情形下，回到今晚討論的主題「道統」，則其啟示我們的不僅在於理述其歷史和思想脈絡，更在於發出「中國文明的根基何在」這一大哉問。我們，這一方水土，十三萬萬人民，五千年文明教化養育，其之生生不息的文化精神究竟是什麼？其之文化生命之根何在？剛才說到，中國此刻正處於這一波兩百年大轉型的收束階段和文

化集成時刻，恰需梳理其「文化精神」和「生命之根」。不管其經緯何在，但歷經數千年方始凝結的文化精神，一種本根的特質，斷然不可或缺。

由此讓我想到前不久官方公佈的「核心價值」，以「富強，民主，文明」打頭。但是，細讀之下，從頭至尾，居然沒找到一個「愛」字，這讓我很失望，很驚訝。一個沒有愛的民族，這個民族很可怕；一個無愛之文明，必定低俗粗糲而孟浪莽撞，且不說可能冷酷兇殘。愛者，仁愛之愛，仁義之仁。自愛與愛人，愛家人，愛山川草木，愛人間。仁義禮智，信愛和平，大經大法，才是我們文明的本，也是今天這樣一個「新戰國」時代、全球化時代，能夠建設永久和平與大同世界的人性基礎。雖說連愛也是一個理想，普世之愛更只是一個憧憬，但是，沒有這個愛字，人間是沒法活的。「富強、民主和文明」固然是可欲的，可是無愛，沒有仁愛，缺了溫情脈脈，則此「核心價值」擔當不起「核心」二字也。

朋友，抽掉「仁愛」二字，哪有核心價值?!

世界大勢，天下三分

　　當今世界，天下三分。一分流水，英美大西洋聯盟；一分塵土，老歐洲幫團；還有一分落花，以中國為核心的東亞文明圈也。

　　英美跨大西洋聯盟，以整個英語世界為縱深，而以三數百年打拼的家底子為後盾。當今世界，它們依然蔚為世界霸主，在家親兄弟，上陣父子兵。考究其極，這一文明窮兇極惡而又施施然矣，卑鄙無恥但卻落落大方也。兩三百年裏，秉持經驗理性，依恃事功精神，統理和統治着這個地球，是這個叫做「英美治下的世界秩序」的真正既得利益者。承繼「地中海文明」之勁道，翻轉騰挪，是謂「大西洋文明」也。

　　那邊廂，歐盟的主要國族，於英語國族龐然身軀之側，抱團取暖，構成了另一極。作為根底更為老舊的「地中海文明」的產兒，這一陣勢保存着老歐洲的文明薪火，似乎有意而無意地信守着老歐洲的信條，依舊粲然大觀，蔚為世界一極。

　　「最後，但並非無關緊要的是」，借用一個洋人的表述，中國屹立東亞，迭遭欺凌，大難不死，形成了西方之外的又一極，呈示出一種東方式的進取之道，而有望以地方性生存經驗提供普世性生命智慧。若果假以時日，東亞中日韓三國和東南亞十國，有機整合，載浮載沉，則此一極，巍巍然矣，浩浩然矣！那時節，或許，一個叫做「太

平洋文明」的時刻就來了，而這也就是人類進入了「世界歷史的中國時刻」者也。

如此，則地中海文明、大西洋文明和太平洋文明，既是歷時性的遞次問世，又呈現出共時性的並存格局，讓這個世界多元紛然，叫此在人生聲色盎然。

如此這般，老歐洲如何煥發活力，英美怎麼止住衰頹，中華文明接力續保復興勢頭，構成了當今世界的三大世界性問題，也是全球意識中的深層問題意識。在此，晚近國家資本主義與美國的雙重衰落，均牽扯到的一個背景因素是中國文明的復興。往深遠裏說，它表明源於「地中海文明」的這一波現代文明已現頹勢，其力度、勁道和心氣，彷彿均呈老邁衰象。換言之，它所曾經提供的精氣神、對於自然和人性的童真般的好奇與憧憬、有關現實人生的無窮想像和昂揚進取、以及一整套大氣淋漓的制度設計，特別是它關於人世未來的朝霞般豪邁，似乎均已風光不再，而心智頹唐、衰朽蹣跚矣！

另一方面，中國文明的復興剛走半程，而行百里者半九十，其持續性令人擔憂。實際上，有關歐洲文明和美國的衰落論，早已風靡經年。其中，美國衰落論至少已然出現過五次了。時至今日，小小寰球，依然是美國治下的世界秩序，表明以美國為代表的西方文明具有倔強的自我修復能力，傍觀眾生眼花繚亂之際，千萬不可掉以輕心。而且，別人家的衰落，並非一定等於你的「崛起」，沒必要心懷不詳期待。普天之下皆兄弟，而兄弟登山，各自用功就是了。其實，對於美國是否衰落，也有兩極觀點。其

中，新保守主義代表人物羅伯特・卡根力挺，美國不僅未曾衰落，相反，卻依然引領世界，而且，主要是價值引領，說明它的精氣神猶在。與此恰恰相反，中國在地球上是一個孤獨的居民，無分享共同價值的文明同道與政治盟友。另一位國人都很熟悉的戰略思想家約瑟夫・乃伊指出，在看待美國是否衰落的問題上，必須區分絕對衰落與相對衰落，以及循環的趨勢與長遠的趨勢，云云。

不過，無論說東道西，中國作為一個「異質文明」的整體性復興，才是對於以美國為代表的西方文明的真正挑戰。所謂文明同道，說少就少，說多就多。一俟國族昌盛，文明氣象浩浩泱泱，則響應風從，自然就有同道，也自然就有盟友了。如同北斗在天，行人辨象而異趨，不待人謀矣。—— 至少，老大中國文明，對此不陌生。

朋友，至少可見的未來，世界是多極的，而中國是其中重要的一極。

如此，天下三分，各自好生過日子，好好過日子，過好日子，才是正道。至於動不動這「不搞」，那「不搞」，或者，囂囂乎把這裏「炸回舊石器時代」，把那裏「定點清除」，都不是好主意，都不是好貨色。

2013年3月12日上午於香港樹仁

「49時代」：政治時間與文明刻度[*]

　　所謂歷史與歷史分期，不是自然時間，而是政治時間。由此生發出的「時代」、「時期」與「時刻」，基此而來的「時點」、「節點」或者「拐點」，均係人文，意在標記。它們概屬文明段落，也就是一種意義段落，而落定了此在，豐盈了實在，坐實了存在。轉進一層而言，標定人生，給人心以撫慰，這大地具形為土地，世界輾轉成為家園，人世才好是一個人間。

　　比如，政治哲學上的「立國時刻」、「立憲時刻」與「馬基雅維理時刻」，經濟學上的「明斯基時刻」和「劉易斯拐點」，中國近代史上的「第一共和」與「第二共和」，美國歷史上的「西進時代」和「進步時代」，更不用說全球史維度中的「樞紐時代」、「啟蒙運動」與「文藝復興」。諸如此類，不一而足，恍兮惚兮，挾帶雨雪雷電，令人浮想聯翩。無論時刻還是時代，不管節點抑或拐點，其之各有因緣，巧用機樞，證明的是歷史本身的屬人性格。經此作業，對時間起義，以世態定格時態，將時光切割卻賦予世界以整體性；將空間碾壓，於曲盡其妙中斬斷勾絆而構建起特定主體間性，令確切主題的申說揉抹進無盡歲月的浩瀚滄桑。不為別的，就為人類把握一己棲身之所，擘劃出可得辨認的刻度，而多少獲得一份踏實。從而，激發自我以自我感覺，賦予包括當下在內的一切存在以存在性。

---

*　2018年1月27日，在「《東方歷史評論》年度歷史圖書沙龍」上的演講

於是，萬物生焉，我在，這所謂的灑掃應對便有了東南西北。

一轉眼，白雲蒼狗，中國迎來第三波「改革開放」四十週年，也是「一戰」結束一百週年。再過一度春秋輪迴，便是「五四」百誕。好日子紛遝而來，摩肩接踵，簡直讓人目不暇接，好像也叫人心潮起伏，甚至惴惴不安。它們均為政治時間，每逢節點，便引發思潮，激發聯想，聚集沉思，砥礪思想，同樣基於自我認識那種不可遏止的必需，也是輾轉反側時節求存求榮之必須。所求非他，同樣是那一份堅忍不拔卻又弱如遊絲的此在確定性。否則，朋友，雖說人口眾多卻人煙稀薄，種系代際綿延卻了無時間，咋個活嗎？！

偌大京城，泱泱華夏，今天始知，在此片區，生民聚會，合群取樂，總數得不逾50者也。換言之，其上限為「49」。放飛想像，百年之後，遙望今日，懸想世事，子孫們神馳八極，或許欣然名曰：哈，此間非他，乃「49時代」，或者「49時段」者也。

置此「49時代」總題之下，自區區這一法政學人敘事中發掘，百年後的子孫如何看待今天？可能為此刻總結出什麼樣的時代特徵呢？當他們用「49時代」來定義這一時段，竟能感同身受，欣然復愀然，恍然又懵然，而終究心氣凜然、五味嘈然嗎？也許，那時節，風淡定，雲依稀，人約黃昏後，大家取地下出土之文物與紙面傳承之記載，

相互印證，彼此釋證，多方映證，終於發現這個叫做「49時代」的時段，還真不一般呢！

首先，立足中國說華夏，人們看到，這個時代的人民居然安享了數十載的和平，廣大多數的人口以辛勤勞作不再為當下溫飽而擔驚受怕。半個多世紀前長達百年的兵連禍結，此時此刻，早已稀薄如遠古神話。不過一個世代前的連番「運動」，生民塗炭，血流成河，亦且痛感不再，所有記憶慘遭無情驅除，一切情仇盡皆拋諸九霄雲外。大富大貴，峨冠博帶，東西馳騁，呼風喚雨；販夫走卒，搓澡搓腳，載歌載舞，小資麻麻。可是，縱便如此，那份飄忽不定的隱痛，那種不知哪天地震將至的惶恐，總會於夜半晨朝，冷不丁襲上心頭。酒醋宿醉，頭疼欲裂，後悔昨夜放縱，影怯燈孤；趔趄前傾，泥塗倒伏，始知方向有誤，用力過猛。於是，時間後撤居然成真，空間位移蔚為選項。而天神下凡，頌歌嘹亮，山河掛彩，光鮮刺目，不見瘡痍，大家一起山呼海嘯，迎接四月的降臨。

其次，放眼全球看世界，自西徂東，君不見，強人崇拜再度現身，強人政治一脈橫絕，急急如陣風吹沙，翩翩若救主降臨。龍要抬頭，犬要吠日，一犬吠來萬犬和。這邊廂，耶回交鋒，千年情仇，危機當頭，事關生存，人性底色遂原形畢露。那邊廂，普世大詞早已青春不再，衣衫襤褸，蹣跚佝僂，身心俱疲，面對如潮民粹，不戰自潰，一時間勢禁形隔，彷彿致令家家關門閉戶。更哪堪，風吹

雨打，達爾文式民族主義甚囂塵上，將個多年修煉始得的精巧文飾抖擻殆盡，正在開啟人性惡的閘門。於是，納粹魑魅鬼影瞳瞳，馳騁於南北，叫囂乎東西，早已不止蠢蠢欲動，更加令人膽顫心驚。喲喲嚄，風動雷鳴，印太北約正欲成型，帝國情結普遍發作，小小寰球山雨欲來風滿樓。由此，人類再度面臨理念對決，不惜詆毀肉身，注定了這個破敗星球，殘山剩水，必將風雨飄搖。風光人世，卻原來，慘酷而現實，百年牽漏，千載架補，也罩不住了。

也許，子孫們另有版本，對於百年前的盛世，那個「49時代」，好生羨慕，提三尺劍，讀無字書，「小山三四點，長亭酒一瓢」，恨不能夢回漢唐。

適才兩位講者，從役文史，情思兼備。所論「反叛」與「反抗」，切中肯綮，於心戚戚。此亦非他，就是思考，絕不停止思考，而思考賦予時間以歷史，時間遂成政治時間，自然狀態由此蛻轉為政治狀態，才有所謂文明。我們，幸而為人，由此自獸變人，據說是文明的主體，因而，必得文明行事，不忤文明底線。否則便為野蠻，那時節，人世豈非地獄。而文明起自思考，一刻不能停止思考，恃思考而開始，賴思考以維繫，借思考以提撕。篤實沉思，如花夢想，給人生老宅立基，為人世小院編織籬笆。因而，思考意味著反抗，本身就是一種反抗，也就是一種反叛。不是對於某一壓迫的反抗，而是對於一切壓迫形式的無條件反抗；不是對於某一主流思潮的反抗，而是對於一切宣稱只存在一種真理、而自己恰恰就是真理的唯

一掌有者的專斷蠻橫的決絕反抗與徹底反叛；不是因為對於某個時代不滿，而是秉持獨立思考與德性考問，向一切壓制多元聲音的時代重申，一再重申：眾聲喧嘩恰為人情之常，也就是人世常態，而為你我共同的生存底線，億兆生民活命之必需，胡可鉗口哉。

若說追思與紀念，對得住這個時代，並為百年後的人們預留追思的線索，而積攢資料，編織記憶，則此情此思，也許，就是「49時代」的一份不屈檔案。

「海上風雨至，逍遙池閣涼」，大幕正在開啟，噫嘻。

2018年3月20日，據現場記錄稿改定

為何「仍需努力」？「努力」什麼？

中山先生臨終一歎，以「革命尚未成功，同志仍需努力」遺囑黨人，警策億萬國民，讓萬千青年感時傷世，聞雞起舞，拋頭顱撒熱血。那麼，此處的「革命」究所何指？是指辛亥舉事，還是另有腹案？按理說，推翻滿清，肇建民國，革命目的即已實現，為何卻又喟言「尚未成功」，而「仍需努力」呢？

朋友，這個叫做「近代中國」的血淚物件，是一個長程的革命時段嘛！所謂兩千年未有之大變局也。其變，其轉，拋開1840年的鴉片戰爭，即以1860年開始的「洋務運動」起算，也已超逾一個半世紀了，而尚未捱到頭也。數代中國人生聚其間，掙扎其間，歌哭不離，流離必於是，顛沛必於是。一百五十年裏，歷經「洋務運動」、「百日維新」，復有兩度陷都，下迄「變法修律」，終於推導出「1911」和「1949」。此後「1978」與「1992」聯袂而來，不得不於內外交困中兩度重啟「改革開放」。如果說洋務運動和「1978」好比湯武革命，則百日維新至「1992」，頗類於1789年起步而至1958年「第五共和國」始得收尾的長程法國革命，血腥着呢！

不妨說，上述中國長程革命中的每一具體革命，比如「辛亥」，比如1978年啟動的第三次「改革開放」，都是成功的。置身一個半世紀的長程革命，環環相扣，所完成的是兩千年未有之大變局中的階段性任務，故爾，其成

功又是階段性的，一種「階段性成功」。面對西潮的強力衝擊，這個兩千年未有之大變局，是中國文明的整體性現代轉型，上天入地，鋪天蓋地，只有春秋戰國秦漢興亡之鼎革差可比擬。「革命尚未成功」，就在於所指為此「革命」，而非僅彼「革命」也。換言之，推翻滿清、改幟民國，只是一步驟，一環節，後面的路長着呢！這不，我們大家，海峽兩岸四地，均人在途中，有待最後收束也。凡此種種，中山先生《建國大綱》早已揭櫫，而演繹為軍政、訓政與憲政之遞次展開，關於中國文明復興之高瞻遠矚。他老人家擘畫未來，單單鐵路就要修九萬公里呢，四通八達，豈能一朝一夕竟恪其功！明白此間革命之長時段、遠距離、大格局，痛感變局之天翻地覆與形勢之錯綜浩繁，而萬事皆缺，獨存心志，因而，撒手之際，慨然僅走一程，剛渡過一階段，後面尚有若干路程和階段，不免千言萬語，萬語千言，俱湧心頭，而只能寄望於後人堅忍不拔之接續跋涉矣！

　　職是之故，在長程視野來看，此處所謂「革命」涵指中國的「現代轉型」，其之立國、立憲與立教者也，而以「民族國家－文化中國」與「民主國家－政治中國」歸納，有待收束於「文明立國」與「自由立國」之雙元並舉。同時，這個民族國家與民主國家，不能是別的，只能是並且一定是一個以工商經濟立國、具有深切歷史文化意識和高度政治成熟的現代邦國，一個中華文明的泱泱家國天下也。——朋友，自朝代國家、王朝政治和農耕文明，而轉型至此，其得為長程，其得為「歷史三峽」，有所然

也，有以然也！如此，其「尚未成功」，顯然矣！其「仍需努力」，必然矣！

實際上，迄而至今，放寬歷史的視野，自兩千年未有之大變局觀之，「同志仍需努力」，依然是警世恒言，堪當圭臬！此「兩千年未有之大變局」構成近代世界歷史中之「中國問題」，其主要指標和核心願景可具體概括為四項。此即「發展經濟－社會，建構民族國家，提煉優良政體，重締意義秩序」。凡此犖犖大端，「功名半紙，風雪千山」，無一不牽一髮而動全身，則其遷延時日，蔚為「三峽」，哪裏是一日之程！就以「提煉優良政體」而言，伴隨着現代中國的成長，一會兒君憲，一會兒共和，一會兒共產，一會兒權貴資本，歷經跌宕，終於似乎眉清目秀了，今日正需臨門一腳呀！

可是，就是邁不開這一步，甚至有可能轉身往回，愁煞人也哉，哥哥！

2012年10月21日於香山飯店